在愛中永生

永生

阿毛 長篇 小說

阿毛 著

獻給大學、青春與愛情——

她是我們的盛宴，我們的宿醉；
她是我們的此生，我們的永世。

目　次

007　詩　序　我們不能靠愛情活著

011　第一章　由離別開啓的芬芳之憶

035　第二章　閨密、深情的記錄者

061　第三章　象牙塔裡的愛情

091　第四章　白雲與溝壑

121　第五章　情書妖嬈

163　第六章　火車轟鳴

213　第七章　在愛的芬芳中

241　後　記

在愛中永生──阿毛長篇小說

我們不能靠愛情活著

除了傷心，我們還能說些什麼呢？
你年輕而健康，不可能死於病
在雨天，幾個舊友在電話裏
還是沒弄清楚
愛情是怎樣要了你的命

哎，你長得漂亮，性格也好
怎麼就死了呢？
我們弄不懂
就像我們總是弄不懂愛情

早就跟你說過
都什麼年代了
我們不能靠愛情活著
可你不管如何被傷害
還是把愛情當空氣，水和糧食

煙和酒是什麼時候
開始磨損你的肺

我記得你的第一場愛情失敗後
你和著眼淚一起
喝下了那杯解酒的茶水

十幾年過去了
你的長頭髮都絞短過多少次了
而你還像沒愛時那樣認真
這需要多大的毅力
多少煙和酒，還有眼淚

好像是在一個湖邊吧？
你一愛上他，就像吸了毒
一直沒有醒過神來
以至把後來所有的愛都看成他

這麼多年了
有多少愛死了
又有多少愛誕生了又死了
像水中的蜉蝣
自生自滅都非常快
可你偏要在一個軀體裏
維持一場愛情
這有多難？
何況現在的年代
靠什麼都可以活著
就是不能靠愛情

因為愛情就是病啊！
因為在那不能回到的湖邊
再也沒有一場愛
沒有一首歌
只為你而存在

在愛中永生──阿毛長篇小說

由離別開啟的芬芳之憶

一個人的離去開闢了另一個人永生的回憶之路

舊時光從秘密的角落流到我的眼裏，滴在你的唇上

1

　　血肉被病魔吞噬得日漸單薄與消瘦，那樣子就像是掛在樹上的一枚黃葉或落在地上的一頁紙，隨時都可能飄走。他知道，她一旦飄走，任憑他怎麼追趕，他都是抓不到的。病體又遭遇狂風是他無論如何都對付不了的。

　　她那雙眼睛很大，但常常是茫然和孤獨的，即便有一絲兒問詢的意思，卻也是晃來晃去的，如探照燈般找不到目標。可當那雙眼睛凝視時，流露出的卻是不安與疼痛。即便她的嘴角有再燦爛的微笑，也只不過是胸前的紗巾，隨風飄一飄就停下來。她不是真的要笑，只是風輕拂了一下。

　　他心疼她，這種心疼就像是一柄尖尖的刀在剮他的心，痛還帶著痙攣。這種疼，讓他變得特別的敏感，似乎得絕症的不是她，而是他。他弄不懂人為什麼要病，剛剛得到了甜蜜，卻要忍受永久的分離？人既然要出生，要相遇，相愛，為什麼還要忍受死亡與分離？早知道，死別是如此讓人心痛，真不該有生；早知道分離讓人如此痛苦，真不該有相愛。想到這些，他都不想活了，他希望死的是自己，而不是她——這樣一個有情有愛的女孩。她應該享有幸福美好的一生，而不是年紀輕輕的就要死了。那麼多無情無義的人都活得好好的，為什麼讓一個忠貞善良的女孩早早地離開人世呢？上帝真是不公啊！

　　而她卻出奇地平靜，很少滴淚，好像她不是去死，而是去一個既不令她好奇也不令她心懼的地方。她太累了，雖然她只活了三十歲，她覺

第一章　由離別開啟的芬芳之憶

得自己像活了三百年那麼久，她從一個一個的漩渦裏捲得太久了，一頭厚密的長頭髮捲得越來越稀薄。災難像狂風一樣裹著她瘦削的身子往前跑，她除了喘幾口氣，已沒有力氣去安慰那一頭憂傷的頭髮了。

那像綢緞一樣的黑髮，溫柔纏綿，暗香迷人。他愛得不得了。

可是現在死神要把黑髮一縷縷地扯去。他在她的身後總看到她一縷縷飄落下來的頭髮。他趁她不注意，悄悄地撿起來，藏在手心裏或袖筒裏，然後再把它們放進他的日記裏。「昨天是180根，今天是260根了。」一天比一天多，這麼多。這還只是他撿的。她自己為了不讓他傷心，偷偷藏起來的還不知有多少根呢？「我不想讓他看到這些落葉。這些落葉，一天天多起來。我的生命之樹就要禿了，要死了。我才給了他一年的幸福，就要讓他忍受死離。我多想能好好愛他，好好疼他。能永遠愛他，疼他，讓他幸福。可是我沒有這個機會了，沒有這個機會了。對他，我除了心疼和不捨，什麼都做不到了。」

他每天都在心裏祈禱，她能好起來。可是病魔卻讓他愛的人頭頂斑禿、面容憔悴。他想如果頭髮能換取她的生命，他願意讓她交出她的頭髮，像美人魚為了愛王子向女巫交出她的美麗的歌喉與頭髮。可是無論他作出怎樣的捨去，也不能留住她的生命。「死神啊，我求你，你放過她，放過她……」可死神是要定了她。他能做的只能是讓死別的時間晚一點來，晚一點，晚一點，晚一點，再晚一點，再晚一點，再晚一點……

「我們相愛到死別，前前後後加起來還不到一年的時間。上帝只給了我這麼多的時間，可是我覺得我已經愛了你一輩子了。似乎以前沒認識你的時間，都是在為這個愛作鋪墊。那些痛苦那些等待，那些煙和酒，都是為了我遲遲才得到的這個愛，這個愛。感謝上帝他讓我遇到了你。儘管他讓我在得到這個愛不久就失去它，但我還是充滿了感激。因

為我得到了真的愛。真的愛，這天賜的福分，我在短暫的一生中得到了。我已經知足了。可是你愛了我這麼多年，而我卻要離開你了。離開你了。我今生欠你的太多了。欠你的只怕來生都還不完了。」她把在病床前對他說的話，記在日記裏。她要讓這份不能繼續活在她身心裏的愛，活在日記裏。

他緊緊地攢著她的手，也顧不得她疼了。他擔心他一鬆手，她就像風一樣飄走，飄得無聲無息，沒有蹤影，他怎麼努力都抓不到。他的淚像一場大雨，潑濕了他整個的臉，脖子，還有頭髮，鬍子。頭髮，鬍子都長長的，亂糟糟的，似乎有很久沒有梳理過了。以前他是不留鬍子的，頭髮也梳得又年輕又有男人味。前面右邊分，微黃的幾縷往左邊翹一點，成為一個彎曲的波浪，有一種浪漫的質感。腦後也是微黃的一翹。這髮型把他整個人的靈氣和柔情渲染得盪氣迴腸。這也一直是她至愛的部分。沒病的時候，她經常用渚離水為他定型。可現在即便她幫他梳好，他也會在某個錐心的時刻把它們抓亂了。鬍子也是在他實在看不過眼了，才刮一刮。很多時候，他那亂糟糟的鬍子和頭髮，還有那張彷彿一夜之間變老的面容和頹廢的樣子，使他給人的感覺像是一個丟了魂的空殼。

她不知道如何安慰他。只能儘量不在他的面前流淚，痛苦。用一雙極力克制顫抖的手撫摸他的頭髮，他的臉。然後用那句連任何人都騙不了的話來安慰他：「沒事的，我會好起來的。」這一次他把她的手都攢疼了，他不想鬆手，她也不要他鬆手。她知道，這樣的時候不多了。他不要她離開，不要。所以他把她攢得緊緊的。他自己都不知道他用了多大的力氣。可多大力氣也沒能攢住那一點點消失的溫度。

她的手掌不但給他捏青了，有些掌骨都快捏斷了。她的淚流到脖子上就停了，眼眶裏的淚再也沒有流出來。她的臉上還在流的是他的淚。很快風一來，這些淚也要失去她了。

第一章　由離別開啟的芬芳之憶

2

宋依依兩年前辭職做了自由撰稿人之後，她行外的老朋友就很難找到她了。家裏的電話停機，手機也停機。以前做編輯時，她的電話知道的人太多了。經常有些人打她的電話和手機問稿子。還有一些身份不明的人，在情人節、三·八節、聖誕節的半夜給她打電話，手機裏的短信更令她哭笑不得。所以宋依依辭職後的第一件事就是把家裏的電話停了。原來的手機號也廢了，換了新號碼。知道她手機新號碼的，只有極少數的專欄編輯、雜誌和出版社編輯，一些詩人和作家朋友。圈外的老同學老朋友幾乎沒有一個人知道她的新號碼。

宋益明以前總是一個月與宋依依聯繫一兩次的。他仍然對她的這個小依妹懷著好感，總希望把他這個大學時期的小妹妹，變成他的小愛人。可是宋依依仍然只是叫他益哥，有一次竟直截了當地說：「哥可不能打妹的主意啊！」宋益明當時臉一紅，輕聲說：「哥不是親哥，妹不是親妹呢！」想不到宋依依連珠炮地說：「什麼時候你當我是親妹妹了再打電話！」隨後「啪」的一聲電話掛了。這之後，差不多三個月的時間宋益明沒有給依依打電話。但當他再打依依的電話時，依依的電話號碼都成空號了。打她單位的電話，對方卻說，她早就不在這裏了。電話我們也不知道。

莫非依依是存心避我了。親哥就親哥吧，為什麼一定要不理人呢？我又不吃你。宋益明一遍遍地給依依的手機發短信。可沒有一次發成功的。

當童世卿聽說白玉得了肺癌後，第一個想要告訴的人就是宋依依。因為他知道她們兩個不僅是中學同班同學還是大學密友，兩個人好得就差換男友了。雖然兩人畢業後天各一方，原本以為音迅漸稀，但如今是生死離別的時候，青春密友怎能隱瞞呢？他聯繫不上宋依依，就託宋益明聯繫，「我們一幫人都不知道宋依依在哪，你這做哥哥的應該知道吧！」其時，宋益明已有半年時間沒有聯繫上依依了。後來白玉死時也沒有人能與依依聯繫上，他們所知道的她的電話號碼依然是空號。

　　宋益明自認為是很瞭解依依的——浪漫，不務實，像永遠都長不大似的。好好的大學老師不做，硬是調到文學雜誌做編輯，據說還要做作家。一個女人寫什麼作啊，乾脆「坐家」算了。當宋益明也這樣對依依說時，依依卻生氣了——女人就不能當作家嗎？用自己喜愛的文字養活自己是一件很高尚的事啊！宋益明忙說，我不是說不高尚，是太高尚了，太辛苦了。我心疼啊！像你那樣為了那些詩啊，小說的，整天在電腦前吞雲吐霧，三十歲不到就把自己薰成黃臉婆了，再不想法把自己嫁出去，以後都沒人敢要你了。依依說，你不就是希望我嫁不出去嗎！宋益明笑著說，是啊，我等著你把外面的人都嚇跑了再來找我呢！你要是嫁給我，我就讓你坐在家裏，當「坐家」，不為工作奔波，不為生活發愁。想寫點東西就寫點東西，不想寫就做夢。依依說，真美啊，可是我沒這福氣。宋益明說，不是你沒福氣，你是根本就沒心。這麼多年，你的心在哪呢？沒人知道，恐怕你自己都不知道。是啊，我不知道我的心在哪？所以我不會給任何人承諾。依依說。

　　一直以來，宋益明都沒能抓住過依依的心。現在竟連她的聲音都聽不到了。死活聯繫不上。家裏的電話停機，手機停機，單位也辭了。小鳥依人的樣子，甜甜的聲音，說消失就消失。夠狠的。難道傍了大款被人藏在家裏了，抑或出國了？不會的呀，你連你哥的贊助都不要，你會委屈著把自己典給有錢的大肚腩？宋益明不安地猜測，甚至連不測都想

到了——不會是發生了什麼意外吧？難道也像白玉那樣得了□□。那沒有說出來的兩個字，自然是絕症了。一想到這，宋益明就狠命地摑了自己腦袋一巴掌——看你再往那兒想。宋益明被自己對依依的掛念折磨得坐立不安，沒辦法只得買了飛機票飛武漢。

宋益明一下飛機，就坐計程車到武昌大東門，住在新宜大酒店。從新宜大酒店到依依的小區不過800米的距離。所以宋益明每次到武漢，都住新宜大酒店，每次都選靠西邊開窗的房間。進房後，第一件事就是左手開窗，右手打電話。他在電話裏對依依說：「如果你在家，我就在距你東邊800米的地方。」幾年前，宋益明有一次回武漢，在電話裏這樣說時，依依說：「你別哄我了，誰不知道你在800公里以外的地方風光啊！」「我真的在距你800米的地方，從你十八層的窗口向東看看吧。」當時依依真的從十八層窗口向東看了看，東邊是財大東區校園，再東邊是因蕭條而正在拆遷的千家街服裝市場。再往東，就是新宜大酒店了。她看見一個人在酒店的一個視窗不斷地揮手。她雖然看不清他的臉，但她知道那一定是宋益明了。於是，她也揮著手。然後，兩個人幾乎同時在電話裏說，我過來看你。

可是這一次，依依家裏的電話停機，手機也停機。他和依依沒法聯繫上，所以也就沒法看到依依在十八層的窗口同自己揮手了。宋益明有些落寞地走出了新宜大酒店，左拐沿武珞路向西走。途經花店時，買了一束紅玫瑰。沒幾步，他就走進了財大校園，這次他已沒有心思，像以往那樣細細地觀望校園進出的車輛人流，欣賞氣派的新行政樓與教學樓了。他竟直奔向那座高層住宅。他坐電梯上了十八層，看見依依的1808房間的門把上斜插著一束已經凋謝的花，門口有一些掉下來的花瓣兒。宋益明的心更緊了。他知道依依肯定不在家，而且是有一段時間不在家了。要不然，這花不會插在門把上的。依依是最喜歡花的。即使花枯萎了，花瓣兒掉了，她都捨不得丟的。她會把它們撿起來，曬成乾花保留

著，裝在瓶裏，或做成絲綢一般的書籤。決不會任它在門把上，無人管的。宋益明看到花束上有一個留言條，上面寫著：「依依，找你不著。回來後跟我聯繫。李喻中於5月10日。」看那留言距離今天已經有10天的時間了，也就是說依依至少有10天不在這裏。依依啊，你到哪裡去了呢？宋益明心裏一聲聲地問著，手不由自主地按響了門鈴。正好有個中年婦女從電梯裏走出來，看著站在依依門前的宋益明說：「好久都不見她的人了，快有三個月的時間了。」宋益明差不多嚇出一身冷汗來，「這麼久？您知不知道她去哪了？」「不知道她去了哪？她這兩年來，在這兒住幾個月，就要出去幾個月。也許要回來了吧？」宋益明尷尬地笑了一下，想把花也插在門把上，但又不好意思拿下那把已經凋謝的花。正在為難中，他看見依依的門邊有一只好看的XO酒瓶，於是找到剛才的那中年婦女家裡弄了半瓶水，把玫瑰插在酒瓶裏，放在過道東邊的窗臺上。這個窗口，正是依依每次和他揮手的地方。此刻他和這個窗口是零距離了，可他卻不知依依在哪裡？宋益明心裏亂極了。恨不能砸開依依的房門，坐在她的房間裏，等著她回來。

天已經完全黑了。宋益明無奈地下了樓。他沒有回新宜大酒店，而是走過校門前的人行天橋，走過省圖書館，進了蛇山公園。

3

宋益明是很喜歡蛇山公園的。他喜歡蛇山公園撲面而來的新鮮空氣，它的花香與鳥語，它隨風飄揚的輕柔的音樂與悠閒的人們，還有暗影中的一對對情侶。其實，這些與別的公園沒什麼不同。宋益明喜歡蛇

山公園，是因為這裏藏著他的一份珍貴的記憶。這記憶不是別的，是愛，是蛇山上的一塊石頭，是依著山腰轟轟而過的火車，是頭頂的那輪明月。是石頭、火車、明月見證了的心跳與擁吻⋯⋯

當然這些的喜歡都與他對宋依依的愛有關。宋益明對宋依依的愛始於他對宋依依聲音的迷戀。宋依依擁有一副甜潤而若帶磁性的聲音，這聲音每到週末就會隨著校廣播台的音箱傳遍校園的每一個角落。那聲音既像清泉，又像細流，又像微雨。聽起來感覺就像某種飄遊的液態物質在輕柔地濕潤身上的每一個毛孔，而且要通過這些毛孔撫慰內心深處的一種倦意。所以宋益明每次聽宋依依的聲音都會不停地深呼吸。他感覺那聲音就像一種清幽的花香，越是深呼吸就越能感覺她的迷人香氣。宋益明聞著那聲音的香味，想：「擁有這種聲音的女孩兒是個什麼樣的天使呢？」

一天晚餐後，他在上教室的路上，偶然聽見身邊的兩個女孩子談論晚會的節目。其中一個問另一個：「你晚上的節目是唱歌還是朗誦？」「朗誦！舒婷的《致橡樹》」。話音還沒落，宋益明就聽出這女孩兒的聲音，驚喜地大叫一聲——宋依依。宋依依回過頭來，見到此人她並不熟悉，於是微微地一笑問：「什麼事？」這微微的一笑，像一陣輕微的電流，一下子傳遍宋益明的全身，一種麻酥的感覺讓他心蕩神怡。他意識到，從此刻開始，他不僅是喜歡她的聲音，也喜歡她的笑容，甚至是整個人了。這是一個長得非常清秀的女孩，臉龐小，細眉，丹鳳眼，尖鼻樑，小嘴巴，整個人不但嫵媚，而且有一種很柔和的，惹人憐愛的青春氣質，同時有一種柔軟而堅定的力量令人著迷。宋益明從上到下地打量著，好一會兒，想起該說句話——經常聽你的播音。就這一句，就沒有了下句。宋依依身邊的那個長辮子女孩掩住嘴，不讓自己笑出聲。宋依依又微微地一笑。宋益明感覺一種不明所以的東西再一次穿透了自己的身體，麻酥之後是懵懂。那女孩解釋說：「我這是第三次聽見男生這

樣說了。宋依依她本人聽到多少男生這樣說，我可不知道嘍。」聽到此話，宋益明很尷尬，心中還莫名湧起一絲酸意：究竟有多少男生喜歡宋依依的聲音呢？那晚，宋益明沒去圖書館，而是到圖書館西面的大禮堂去看晚會了。宋依依的詩朗誦太美了，台下響起一陣又一陣的掌聲。上臺獻花的人竟有六人，四個男生兩個女生。把宋益明看煞了眼。暗暗地惱自己：「我怎麼沒有想到獻花呢？」那晚宋益明很沮喪，但當他瞭解到宋依依的追求者很多，卻並沒有公開的男友時，心中又欣喜起來。他在心中暗暗下定決心，一定要贏得宋依依的愛。

　　為了能與宋依依正面接觸，宋益明很費了一些心思。最先他總是在宋依依午間和晚間播音時，坐在廣播台門前的草坪上等待播音的結束。他不是揣著一張舞會門票，就是電影門票。可是他沒有一次能把票從口袋裏掏出來。因為他總能看到二三個男生搶先把什麼什麼票遞到宋依依的面前，而宋依依每次都是微笑著搖頭，「對不起，我晚上有事！」很明顯，此路不通，得另想他法。很快宋益明瞭解到宋依依和一個叫白玉的女生非常要好，白玉就是那個總在宋依依身邊的長辮子女孩。她們兩個人課餘總是一塊兒到圖書館上自習。圖書館的自習環境好，沒有小教室裏那些嘰嘰咕咕的說話聲，也沒有小情侶們讓人難為情的卿卿我我的儷影，所以每次一開門不到五分鐘座位就被搶佔完了。有限的空位都是鄰座用書包或書本佔了。後來者是不便推掉他人的書包或書本入坐的。宋益明嫌佔座位太煩心，所以很少刻意守點去圖書館閱覽室裏搶座位，總是在開館一刻鐘左右才到，也不找座位坐，竟直選了報紙或專業雜誌在某排書架邊的窗臺上看。每次不過四十分鐘就會用閱覽牌號換回閱覽證後離開。有一次他正準備下樓上閱覽室，迎面碰到宋依依，宋益明驚喜地叫了一聲宋依依。跟在依依身後那個長辮子女孩白玉這次掩嘴，但還是笑出了聲。「借閱證拿錯了。這是你的。」宋益明接過宋依依遞過來的借閱證一看，果真是自己的。這麼說自己書包裏的那個豈不是宋依

依的了。我怎沒發現呢？早知道一定捧在手心裏好好看看的。現在一發現就要物歸原主，宋益明還真有些不願意。「到我的宿舍裏坐坐吧。我來找。」兩個女孩對視地一笑，就跟著宋益明到了他們的宿舍。宋益明滿心喜悅地招呼兩位女生坐下，並給她們泡了兩杯茶。白玉說：「你害得我們今晚沒能在圖書館佔到座位。」宋益明不好意思地說：「為了彌補昨晚的錯誤，今晚的損失，從明天開始，我每天晚上給你們兩個佔座位。」兩個女生相視一笑說：「一兩個晚上可以，每個晚上都佔，這可是一項非常艱巨的任務喲！沒有男士能超過十次的，難道你不打球，不出去看電影嗎？」「和兩位美女一起讀書，比打球，比看電影美多了。我會樂壞的。我這人沒別的本事，就是對美女忠心。」宋依依笑著說：「想不到你還這麼幽默。」「不是幽默，是真心。」真的從第二天開始，宋益明每晚給兩位女生佔座位了。這樣宋依依和白玉不必再像以前那樣匆匆忙忙地趕到圖書館佔座位了。可是不到兩個月的時間，宋依依就沒到圖書館了，白玉說依依參加了一個詩社的活動，經常到武大作家班聽講座。沒幾天白玉也不來了。宋益明的心裏空落落的，實在沒勇氣再到圖書館佔座位了，圖書館也去得少了。

他又像以前那樣坐在廣播台前面的草坪上等待依依播音時間的結束。因為只有在這裏宋益明才更方便見到宋依依。宋依依雖然不再避諱與宋益明一起散步，但不再像以前那樣開朗愛笑，眉宇間添了一些莫名的憂傷。不管宋益明如何說笑話，宋依依都只是默默地走，間或輕輕地歎幾口氣。把個宋益明弄得不知所措，也只得跟著歎氣。有一次，兩個人從校園的南門走到紫陽路，又從紫陽路走到首義路，過武珞路進了蛇山公園。

「今天是中秋節呢？依依你看月亮多圓啊！」

依依低著頭走著，嘴裏答非所問地誦著：「古人的月，是滲和著淚水的；古人的月是東坡赤壁的；古人的月是思鄉遊子的；古人的月是滿

印鄉愁的……」

宋益明正覺得耳熟。依依說：「這是我今天在廣播裏朗誦的一首《中秋月》中的幾句詩。」

「你寫的嗎？」

「我們詩社的一位詩人寫的。」依依帶著崇敬的語氣說，很快又滑入憂傷的沉默裏了。

兩人從樹葉打碎了的月光裏，一步步地拾級而上。月光下，樹叢邊，石凳上，一對對戀人依偎著，輕輕呢喃。也有一對對的戀人相擁在樹下走過，腳步非常輕柔，彷彿怕踩碎了樹的影子、月的柔光。似也怕驚動了樹叢裏的淺唱的秋蟲。更有一對對年輕的夫妻，在山頂的一塊月光朗照的地方鋪下一張大席子，讓孩子在上面玩小玩具，而他們則相依仰臥，享受著月光的撫照……

這些溫柔的場景讓宋益明走得心慌氣急，他時不時偷眼看依依，依依還是那樣像一片移動的陰影，沉默著不說話。在走過一群大學生開的月光派對之後，依依哭了。宋益明一下子不知所措，只是輕輕地拍著依依的肩問，「依依，你怎麼了？」依依哭著往前跑，一列北開的列車轟隆轟隆地經過蛇山的北面。宋益明趕上去狠命地拽著依依的胳膊。好久依依才說，我沒事，只是要哭。宋益明鬆了依依的胳膊，擁著依依的肩，在山頂北坡的一塊石頭上坐下來。在這樣美麗的月夜裏，在這樣花香的女孩身邊，宋益明的心跳得像拉炸彈的引擎時一般快。為了掩飾自己的心跳，宋益明只得不停地說話。

「聽說，相思的人因思念太深，他望明月的時候，可以從明月裏望見他戀人的影子。你猜我看見了誰？」宋益明望著明月說。依依依然低著頭不說話。

「如果給你兩個星球，太陽和月亮，你選擇在哪個星球上生活？」宋益明仍然輕聲地問。

這次依依說話了：「需要冷靜的時候，我就希望住在月球上；需要熾烈的時候，我就住在太陽裏。」

　　「到底是同一個姓，我和你的想法是一樣的。」依依望著宋益明輕輕地笑了。依依那帶著憂傷的笑，讓宋益明的心又緊又疼，他情不自禁地把依依擁進懷裏，輕聲說：「依依，我非常愛你，非常非常愛，先是你的聲音，你的笑容，然後是你整個的人。恨不能做你最愛穿的那件海綠色的裙子，和那雙精巧的粉色皮鞋……告訴我怎樣才有這樣的福分呢？」宋益明一邊問一邊吻著依依的脖子，臉頰……

　　依依像一隻從睡夢中突然驚醒的小貓咪，很快掙脫了宋益明的懷抱，「而我是不能愛你的人！」

　　「為什麼？」宋益明傷心地問。

　　「因為我一直把你當作哥哥！」

　　「是因為我們同姓，所以你把我當作你的哥哥？」

　　「當然不是，是因為你一直像親兄長一樣地關心我，是因為我已經……我已經心有所屬！」宋依依的後一句雖說得輕而緩，但卻是那種不容置疑的語氣。

　　宋益明聽出那不是玩笑，一下子懵了。他雖然早知道依依有很多的追求者，但他沒想到依依心中這麼快就有了別人。他以為依依一幅懵裏懵懂的樣子，在戀愛方面還沒開竅呢！「怎麼會這樣呢？」宋益明用手痛苦地捶著腦袋說：「我是多麼地愛你啊，還有誰比我更愛你呢？」

　　看著宋益明痛苦的樣子，依依禁不住心疼了，抱著他的雙肩說：「誰也沒有你更愛我。這正是我傷心的一部分。如果沒有他……可是偏偏有他。所以我就只能像妹妹一樣地愛你了。」

　　「他是誰？為什麼是妹妹，而不是愛人？」宋益明說完，張開雙臂猛然地抱住了依依，拚命地吻著她的雙唇。依依怎麼用勁都推不開，嘴裏全是鹹鹹的淚水……

被宋益明雙手鉗制與雙唇覆蓋的依依，感到天昏地旋，脆弱無比，只有雙腳還有一點兒移動的力氣。依依那雙精巧的粉色皮鞋在酥軟中不小心踩在宋益明的黑色皮鞋上……

一陣尖銳的痛把一張瘋狂的唇推開。

「依依，你不必緊張，我不會傷害你。我只是太痛苦了。才會這樣失態。」宋益明鬆開依依痛心地說。

「我沒有辦法。沒有辦法不愛他，因而沒有辦法不傷害你。有些感情是天生的。親情是的，有血緣，讓人割捨不下；愛情也是的，不愛，就會痛，痛得快要瘋掉，死去。」依依低聲哭著說：「真的是沒有辦法不去愛。也沒有辦法不依念。和你在一起有一種天然的親切感，安全感，內心非常寧靜與知足。我這麼自私地把你當成我的哥哥，就是因為這些愛情都給予不了的感覺的緣故。可是看到你這麼痛苦，我只能狠心捨棄這份親情。希望你不愛我，或少一點愛我，這樣我的心就會好受多了。」

我既不能讓我不愛你，也不能讓你不去愛別人。沒有辦法，只能隨緣了。宋益明無奈地說。

先是聲音，再是笑容，再是整個的人，和她的味道——有一種梔枝花一樣清香的味道，有一種黑白照片的味道，有一種永生永世的味道。這味道，作用於他敏銳的身心，成為一種迷香，在他的體內妖嬈。即便是萬水千山，卻依然芬芳。

所以，宋益明每次到武漢，總被那芬芳牽引著進蛇山公園，一次又一次地去走夜空下那些樹木與花草的碎影，聽那夜行火車的轟轟聲，一次又一次地去坐山頂上的那塊石頭，同一些煙頭與歎息一起，記起宋依依的點點滴滴……

4

　　回到賓館時，已經是午夜兩點了。宋益明的睡眠本來是很好的，可是近一段時間因為沒有宋依依的消息，心裏忐忑不安，夜裏覺也睡不好。這晚也折騰至凌晨四點才睡著，不到八點就醒了。睜著眼睛躺了一個多小時，才懶洋洋地起床。想聽聽歌，可是打開電視機，看到的不是新聞就是廣告。他拿著遙控器亂按一通，突然他聽到「宋依依」的名字，心中一驚。他定睛一看，發現螢幕外出現了這樣兩行字：「詩人的火車——與作家、詩人宋依依談電影《周漁的火車》」。

　　這是省電視臺影視頻道，正要播出《電影視界》——《作家看電影》這個欄目。於是宋益明鎖定此頻道，睜大眼睛等候節目在廣告之後開始。同時從行李包裏拿出攝像機，錄下了整個節目。

　　觀眾朋友們，大家好，歡迎收看最新一期的《電影視界》。在現在這個時代，詩歌似乎成了遙遠模糊的背影，詩人也已退隱一旁。但有些電影卻頑強的記錄著詩人的命運，它裏面總有某個真理存在。今天來到我們節目現場的嘉賓是詩人宋依依女士，這樣的身份，決定了她對這一題材影片的情有獨鍾。

　　主持人的聲音剛起，宋益明就看見一身繡花黑衣的宋依依與一位穿紅衣黑長褲的男士面帶微笑地出現在電視螢幕上。兩人隔著一張小圓桌斜對面地坐著。穿繡花黑衣的依依端莊秀麗，一頭染成玫瑰紅的盤發，既隨意又精心，整個面容精緻而高貴。宋益明驚訝得叫起來：「想不到依依還有這麼好的電視形象。比她本人還好看。」宋益明這是第一次看

到宋依依盤發，沒想到盤發的依依更顯出一種成熟女人的別樣氣質來。這氣質是有別於依依以前的那種清純與陽光氣質的。「呵，呵，這小傢伙終於長大了，更可愛了。」宋益明情不自禁地自言自語，很快從包裹拿出MP3，按下錄音鍵，同時眼睛死死地盯著電視螢幕，屏足呼吸地聽電視上兩個人的對話。

主持人：你好，依依女士。

依依：主持人好！

主持人：反映詩人的影片很多，不知道今天您會談一部什麼電影？

依依：《周漁的火車》。這是一部充滿激情，夢想與愛的電影。

（依依微笑著說。兩個人的背景是該片的電影海報。）

主持人：據我所知，這部電影公映時，有兩種截然不同的反應。一般的觀眾覺得自己看不懂。這讓我想起朦朧詩剛剛興起時的情況。您當時看完這部影片後，有什麼感想？（影片開始拉動，音樂響起。）

依依：彷彿回到了大學時代，見到了我們的青春，詩歌和愛情。《周漁的火車》讓我一一回想起塵封我在記憶裏那些詩人朋友——他們經常坐火車風塵僕僕地來，坐火車絕塵而去。更重要的是，我有一位女友經常坐四個小時的火車去外地看一位詩人朋友。那位朋友也經常坐火車到武漢來看她。雖然不是一周兩次，可也至少是一個月兩次。所以《周漁的火車》讓我覺得特別親切。（依依的神態充滿柔情。眼中似有回憶的暗影在波動。宋益明知道依依話語後面的那個她，不是別人，正是白玉。）

主持人：其實，電影講述的是一個女人精神成長的故事，詩人在次要的位置。所以，這又和您女性的身份相合。您之所以對這部影片有興趣，和這個因素有沒有關係？

依依：當然。周漁就像很多九十年代初中期的女性詩歌寫作者和詩歌愛好者。那時候在我們的身邊，真的會有一些女孩子會因為一首寫給

自己的詩愛上一個詩人，愛上詩中的自己。（依依的語氣非常肯定，主持人投以神秘的一笑。螢幕上同時出現陳青與周漁在舞會上邂逅及此後陳青羞澀地把詩送給周漁的鏡頭。）

主持人：這部電影的時間背景很模糊，但影片卻表達出了某個時代的某種意味，您認為這種時代的特質是什麼？

依依：影片所表現的是一個充滿激情夢想與愛的年代。那種激情夢想與愛帶有一種獨有的單純、青澀與狂熱，就像一部經典的黑白電影。朦朧但是令人回味無窮。

這部電影中出現兩次CAII機的鏡頭，還有陳青的詩歌朗誦會無人問津的鏡頭，都表明這部電影的時間背景應該是九十年代初中期。其實這種影片更多的傳達出了八十年代的一些意味。那就是非凡的激情、夢想與愛。只有那樣的年代才有那樣青澀、孤獨，逃避現實和愛情的詩人。只有八十年代，及九十年代初中期才會有那樣非凡的激情和夢想與愛詩人的女性。（依依的語速緩慢而柔和。左右手隨著說話的節奏左右揮動著。宋益明發現依依說道「激情、夢想與愛」時，右手的食指和中指差不多快要放在嘴唇上，細長的眉葉往上輕輕一揚。這個下意識的動作，其實是依依抽煙的動作。顯然依依很快明白這是在電視上，她的手連忙揮向一旁。主持人不明所以，以為依依說到動情處眉飛色舞了。宋益明看得笑出聲來——這個癮君子！）

主持人：我想這種特質也表明了愛與純粹的關係。周漁的愛情生活在兩個男人之間徘徊，但它和忠貞無關。和詩人陳青的愛情表現出了周漁怎樣的精神世界？

依依：熱愛夢想與浪漫。喜歡在顛簸的途中去發現和證實虛幻和可能。電影中有這樣一組鏡頭：周漁在一個名叫仙湖的站臺，在雨中的湖邊，用陳清寫給她的那首名叫《我的仙湖》的詩去尋找對照現實中的一個湖。用陳青詩中虛幻的湖去對照可能在現實中根本不存在的湖，就是

證實虛幻與可能。另外，陳青支邊後，周漁仍然每週兩次坐火車到陳青的家中。這表明周漁仍然執著地用夢想與浪漫，來保持自己精神世界的豐盈與詩意。正像那首詩所寫的那樣：「……她溢出了我的仙湖，由你完全充滿／完全充滿。」

所以，電影到後來，周漁不停地奔跑，不僅僅是去愛一個詩人，而且是愛她的夢想和非凡的激情。周漁對陳青的愛，是一個靈魂對另一個靈魂的愛，是一個靈魂對夢想和憂傷的愛，就像愛自己看不見的心和找不到的夢。這個靈魂讓火車對鐵軌說，我必跟著你；這個靈魂讓影子對光說，我必跟著你照耀的人。（背景上出現周漁一次次追趕火車的鏡頭。宋益明突然想起他一次到武昌火車站接一位從外地來漢的中學同學時，意外地從出站的人群中看見了依依。一臉的疲憊，不像她所說的是接人未接到，顯然也是剛下火車。這事兒當時在宋益明的心中打了結，但一直不便問明。因為依依不太高興，根本就不想告訴他是怎麼回事？現在宋益明結合依依的講解，突然明白了依依當時是去看了某個朋友，而且是一個詩人朋友。這一點他是可以肯定的。因為那時依依的男朋友是一位畢業於武大作家班的詩人。）

主持人：詩人陳青的個性也比較有特點，他似乎一直游離在現實世界之外，您怎樣看待詩人的這種性格特點？

依依：很多詩人總是要和現實世界保持適度的距離，才能寫出更好的詩。一個和現實世界妥協，或者和現實世界糾纏不清的詩人，往往無法保持自己心靈的孤傲，也很難寫出好詩。（宋益明認為這段話更像是依依本人的創作談。難道這也是依依一直不入世的原因？）

所以，孤獨與怯弱的詩人陳青，總是靜靜地坐在生活的角落，寫詩，看書，和熱愛自己詩歌的女子相愛。可是當現實逼迫詩人選擇時，詩人卻只能逃避，遁入自己的虛幻的精神家園。援藏和寫詩，都是對現實的一種逃避，對愛的逃避，對自己怯弱的背影的掩蔽。自朗誦會過

後，陳青這個自閉、軟弱，甚至懦弱的詩人，已經發現自己無法駕馭周漁被喚醒的內心瘋狂！

......

主持人：慾望是影片並未回避的主題，女人的慾望和愛的關係，非常複雜，您認為電影通過表現周漁的肉體慾望，強調了周漁對愛情的一種什麼態度？

依依：周漁在回答詩人陳青的提問——你愛的是我的詩還是人的時候，她說她愛的是「詩人」。在周漁的潛識裏，周漁拒絕將精神與肉體分開來談。可見周漁渴望的是一種精神和肉體同時在場的愛情。一種精神和肉體健康的狂迷。我們看到周漁和陳青的身體親密是非常自然與歡娛。就是因為精神與肉體同時在場，周漁和張強的卻勉為其難，則是因為周漁的情感已經飄搖不定。一個女人她只有心裏愛了，身體才會愛。心裏不愛，身體就不會投入。（依依這一段起音很低，說到最後這一句時，聲音低得竟像是自語。眼睛裏迷漫著一種深深的憂鬱。這憂鬱像一陣不經意的到來的寒噤，令宋益明輕輕一顫。）

主持人：電影中有幾個重要的意象，在揭示周漁的精神世界。火車是電影的最重要的敘事元素，您怎樣理解火車與周漁精神世界的關聯？

依依：火車這個意象是對愛情、對夢想的一種詩意的連接。周漁，這個在瓷器上畫畫的女人，這個熱愛詩人的女子，多年來，她坐的火車通向一個詩人的城市。她說：「在火車上就像在家裏一樣，跑來跑去的，總會發生點什麼。」是的，有事情發生了。正是在火車上，張強認識並愛上了周漁。正是在火車上，周漁一步步地走近自己的愛情和夢想。

片中夢幻般的感覺來自一些被賦予了象徵意味的人或物（瓷器、仙湖），但更多的來自火車的舒緩或飛馳，鏡頭的組接、對電影敘事語言的運用都是在講述火車和周漁精神世界的一種緊密的關係。可以說，火

車是周漁連接片片詩意的象徵性工具。（聽到這裏，宋益明突然記起，依依寫過一組關於火車的詩，曾獲得過全國大學生詩歌大獎賽一等獎。依依對火車與一個女人的精神世界的聯繫的認識，似乎不是靠分析獲得，竟像是一種個人的經驗。宋益明不由得更驚訝。一直顯得單純幼稚的依依到底有多少未言的秘密呢？）

……

主持人：一個作家對敘事形式肯定會比較感興趣，您怎樣理解這部影片獨特的敘事手段？

依依：這是一部充滿了曲折敘述的電影，結構環環套嵌、情節步步推進讓觀眾陷入意識的迷狂和迷霧。

這部影片一開始就用秀，一個和周漁長得一模一樣的女子來敘事。中間不斷穿插秀的鏡頭。這實際就是用一個親臨者的身份來敘述主人公的故事。實際上很多時候，我們觀眾都以為是周漁自己在敘事，回憶自己的故事。這種似乎是第一人稱的故事，當然會給人親切與自然真實的感覺。只有到了電影的最後，你才會弄明白，原來是一個酷似周漁的女子在講周漁的故事。這是一種非常有魅力的敘事手段。它使這部電影在結構上也很耐人尋味。這種敘事手段類似於一些作家寫作中運用的「個人化」、或「跨文體寫作」，為電影鏡語增加了張力，美感和詩意。（「個人化」與「跨文體寫作」其實就是依依早期作品常用的敘事手段。）

主持人：應該講周漁的精神世界較為複雜，請您評價一下鞏俐的演出。

依依：鞏俐以前演的角色都很實，《周漁的火車》有些東西很虛幻，很朦朧，不確定的，而這虛幻的東西需要一個演員有非凡的激情與想像力，敏銳的感悟才能演好。這對鞏俐來說，是有一定難度的。如果給鞏俐的演出打分，我可以給她打個90分。另外10分是她在火車上走來

走去抽煙，不天真不純粹給扣掉了。我不說是周漁不該抽煙。周漁可以抽煙，但她應該是坐在一個固定的位置上，滿臉憂鬱和天真地抽煙。這才符合一個八十年代末九十年代初的畫家和詩歌愛好者的形象——既憂鬱又天真，既純粹又狂熱。另外，鞏俐的激情與狂熱還沒有完全深入靈魂裏，很多只在表層遊蕩。還有，火車空蕩蕩的，就像是周漁的專列，這是不現實的。中國的火車都非常的擁擠，短途火車也不例外。這是這部電影一個明顯的硬傷。儘管如此，《周漁的火車》仍然不失為一部唯美的藝術片。

　　（依依和白玉都愛抽煙，不過她們抽煙的動作都非常秀氣，好看，令她們吹出的煙都有一種天真與純粹的意味，惹人憐愛。宋益明想起以前和依依談論電影演員時，依依一直對鞏俐的評價不高，說她是靠張藝謀成名的，自己並沒有多少演技。這次在電視上談論鞏俐，言談之中也很讚賞鞏俐，全不像以前一副鄙夷的神情。宋益明想依依態度的改變，可能與鞏俐扮演的是一個愛詩與愛詩人的女子有關。因為愛詩的緣故，依依會對一些愛詩的醜女孩都喜歡，何況鞏俐。大學期間常常接待一些來歷不明的男女流浪詩人。有一年的五月，一位來自西北的詩人，在武漢的幾所大學待了近兩個月，差不多有一個月的時間待在財大，與財大的一幫詩友飲酒賦詩，經常一次又一次地相互朗誦情詩，宋益明就碰到過好幾次。每次都被他酸掉了牙齒，奇怪的是那幫寫詩的，都一臉的神聖，就像在做聖事一般。依依開始也較投入，後來慢慢地神情恍惚，一臉迷茫，似乎心已隨著那些火熱的詩句，飄到雲霧裏去了。那位詩人愛上了依依，經常跑到依依的女生宿舍去，一次又一次地說，要把依依帶到西北大學作家班去玩。宿舍裏的女伴開玩笑說，依依要與詩人私奔了。這玩笑把宋益明弄得緊張了好一段時間。以防萬一，宋益明專門讓那位流浪詩人從一位校園男詩人的宿舍裏搬到自己的宿舍去住。說實話，他並不擔心依依跟他走，他只是擔心那人喝多了酒，會對依依不

在愛中永生——阿毛長篇小說

利。從一開始依依就從不單獨與那人獨處，身邊沒有詩友時，便叫宋益明作陪。送那位流浪詩人上火車，就是宋益明作陪的。臨走時，因沒有換洗的衣服，那流浪詩人把他的那件一直捨不得穿的白襯衣都穿走了。宋益明心疼得不得了。恨不能從那傢伙的身上剝下來。那襯衣是依依送給他的生日禮物。他只在生日那天穿過一次呢！依依說算了，我以後送你更好的。依依果真沒有食言，每年過生日都要送他一件白襯衣，還有一條花色不一的領帶。儘管如此，宋益明還是想念那件白襯衣。因為那是她送給他的第一件禮物呢！宋益明正在浮想聯翩的。主持人的一聲「再見」重又把他拉到螢幕前。）

主持人：火車承載著一個女人的矛盾、慾望以及對愛的幻想，奔向未知的他鄉。斑駁的光影、沉浮的聲響，以及一個女人狂熱又迷茫的眼神，讓時間在某處停留。感謝詩人依依為我們今天的《電影視界》開出的詩人專列，我們跟隨依依和周漁領受我們久違的詩歌的狂熱與激情。好，再一次感謝依依女士。下一次《電影視界》我們再見！

節目完時，宋益明差不多都聽傻了。他以前只知道依依會朗誦，會寫，卻還不知道她這麼會說，一套一套的，很有見解。依依啊，你越來越了不得了。

可是，這個壞傢伙，跑到哪去了呢？

宋益明靈機一動，撥通114台，打聽省影視頻道的電話號碼。宋益明心想，依依，我總算有辦法逮到你了。

在愛中永生──阿毛長篇小說

第二章

閨密、深情的記錄者

我出發，我返回，
是為了和另一些軀體裏的自己相見。

1

依依？宋依依？

我是依依。宋依依。唐宋的宋，依戀的依，依依不捨的依依。

還是小鳥依人的依。有朋友會心地一笑：名符其實啊！

最開始人們問我的名字時，我不好意思說出自己的名字是哪兩個字。因為總覺得自己的名字太粘乎，太多情，還很柔弱，無力。不管這名字是不是代表了我性格中的某一部分，總之我不願意別人從我的名字猜摸我的性格與脾氣，先入為主地對我這個人下定義。所以很多時候我不願意解釋自己的名字，即便要解釋，也只說是很隨便的兩個字，並沒有什麼特別的意義，只是好聽而已。但是時間長了，我發現即便自己不說，別人也會替你說。想想，還不如自己大大方方地說出來的好。這樣，對方就沒得說的了，就只會無言地笑。

名字說了，再說長相。咦，我不能說自己長得漂亮，只能說自己還算端莊。我哥益明說的那幾點基本符合，但是他帶了太多的感情色彩。我以前瘦弱，青澀，現在豐腴、狂放。這都是時間在一個女性身上的功勞。小鳥依人也好，身體玲瓏也好，都是因為我個子不高。但我很自信，覺得女人就應該是這個樣子——優雅、精緻、小巧。別看那些女模特瘦高瘦高的，我要是男人，一定覺得她們高得像馬大哈。別以為我是文字自戀，這是我從小就形成的偏見——就因為我的奶奶身高只有1.58米，卻顯得優雅，高貴，還有一雙舉世無雙的小裹腳。所以我覺得奶奶是世界上最美的女人——當媽媽悄悄在我耳邊說，奶奶是潛江一位大地

主家的閨女，與打長工的爺爺產生感情，一起私奔到沔陽來的。這在身高1.70米的媽媽那裏似乎是醜聞。在我這裏卻是一段令人稱羨的傳奇——於是我生來就期待一場傳奇，可我無奇可傳——儘管我遺傳了我奶奶的身高與長相，還有她左邊鼻樑上的一顆黑痣，可是我至今還沒有碰到一個可以一起私奔的人——哪怕他像我的爺爺大我奶奶那樣20歲都沒有關係的。哦，我們那個從沒見過面的爺爺，在我們出生好多年前就去世了的爺爺，你是那麼窮，是怎麼打動了一個地主家嬌小姐的芳心的？我那至今未婚的身高1.78米堂哥，每次戀愛受挫，都會這麼自言自語。「一代不如一代啊！或許是因為我長得太像爹媽，而不像爺爺奶奶的緣故。」

我長得不像我的爹媽，尤其一點兒都不像我媽。我媽五官粗獷，性格豪爽，卻有一幅風姿綽約的好嗓子。這正好中和了她外形上的剛性，所以她還是稱得上溫文爾雅的。我雖然不像愛奶奶那樣愛媽媽，但還是感謝她，因為她給了我一副好嗓子。這副好嗓子，使它與我的身段，外形配得恰到好處——要知道我最愛的奶奶，可沒有這麼柔美的聲音——她的聲音，尖而細。因為她說的一直是潛江話，所以還很動聽。如果說沔陽話，就不一定好聽了。因為沔陽話的語氣和音調，和柔氣的潛江話比起來要粗要高一些。奶奶不會說沔陽話，她只說潛江話，雖然她只在潛江生活了16年，在沔陽生活了60年。所以我們總是聽見她把「面」說成「命」。我們常打趣奶奶——奶奶，「命熟了，命來了，命在碗裏，你吃命吧。」奶奶揚起手，要打我們。但是她捨不得打。她追不上我們，因為她的腳小。媽媽見我和哥哥，親奶奶比親她還親，多少有些嫉妒。想跟奶奶吵架都不成。因為媽媽的聲音又柔又低，像絲綢，奶奶的聲音又尖又細，像剪刀。一吵架，奶奶的剪刀喀嚓一下，把絲綢剪個口子，揮手一扯，就吱吱地響了。我媽媽不是對手。但是她個高啊，高我奶奶那麼多，所以她總是有勇氣要吵的。

所以我從小就知道自己不會是吵架的好手，不是因為身高的原因，而是因為嗓音的原因。因此，我很少用嗓子。可是一開口，別人就會羨慕地說，我說話都像在唱歌。可是，這樣一副嗓子的女性，天生就是只適合抒情，不適合吵架的。但是女性不吵架肯定是失卻了一點世俗生活的女人味的。他們說我是不食人間煙火的人。即使不是天使，也是住在天使隔壁的人。當然不是。我肯定不是天使。我只是一個不會吵架的女人而已。這讓我很痛苦。怎麼辦呢？一個人不能總是抒情吧？抒情也會很累的。沒辦法。說話是沒有粗暴的力度了。哼，我就只好寫。寫。寫。追求愛人般地寫。趕殺仇人般地寫。與其說我是用文字抒情，不如說我是用文字罵人，殺人。我用文字幹一些我在現實生活中幹不了或不能幹的事。有人說，寫作就是飛翔，就是做愛。我說寫作就是吵架，就是謀殺。找一些紙上的人吵架，在紙上進行一場又一場看不見血的謀殺。有的人在愛，有的人在恨。有的人剛剛出生，有的人剛剛死去。比現實生活還熱鬧。我像上帝創世時那般痛快。我寫作，我存在，我寫作，我快樂。我就是這樣一步步地把自己逼成自由撰稿人的。我今天的這個身份，就是因為我的聲音太好聽的緣故。還有一個原因，是我太愛做夢了，盡做一些白日夢。——不是一個畫家，就肯定是一個舞者；不是救拉茲的律師，就肯定是飛刀舞劍的女俠；還有曖昧的同性戀，似曾相識的兩生花。這次到了西藏，下次再去雲南，再下次遠一點到印度，甚或熱帶某個不知名的小島，可是到哪兒都不忘記帶一些書。可是帶書還不如自己寫書呢？所以我就寫書了。

　　躲在誰都不知道的地方。

　　我常常是三四個月換一個地方，或采風，或寫作。這次我找了武漢周邊一個遊人不多的度假村，背了一台超薄型的筆記本電腦，和七八本書，一大堆影碟，一些衣物和日常用品，住下來寫作。寫作進行得順利，以前在家裏每天最多只能寫兩千字，現在則可以寫四千到五千字。

我每天早晨6：00至6：30起床，8：00之前吃早餐，8：30開始寫作。11：30中餐。中午午睡。下午3：00繼續寫。晚上6：00吃晚餐。飯後散半個小時的步。晚上基本上不寫作。打開手機。看看書，或影碟。泡一兩個小時的澡。不用淋浴液，也不用香皂。是用鮮花。因為是五月中下旬，度假村湖邊的梔枝花一樹一樹地都開了，白白的一片，清香四溢。整個園子裏都是香氣，我的房間裏也很香。原因是我每天早中晚都摘很多。每天摘的差不多都有七八十朵了。老闆說，你那麼高興地當了女採花大盜，卻不知道我的心裏有多疼。我說，老闆，你不要心疼，好花當摘只須摘。你看那些花，開得那麼好，大太陽一曬就蔫了，雨一淋就黃了，多可惜啊。我把它們摘下來，用水瓶養著，還可以芳香三四天呢？即使枯了，也還是香香的，總比枯在樹上好。老闆見我這樣說，並不反駁。但每次碰到我摘花，他還是心疼。我說，老闆，我知道你心好，不想阻止我，但是你又心疼。這樣吧，為了感激你的不阻止，我按十五天的花期給你算錢。一天算八十朵。城裏賣一塊錢四朵，你也一塊錢四朵賣給我。老闆說不是錢的問題。我說是不是錢的問題，可我給了錢才會心安。老闆見我這樣說，也不說好，也不說不好。因此我每天照摘不誤。說實話，我當初采點住到這個度假村來，除了這兒人少安靜之外，多半原因是這裏有很多的梔枝花樹，都打了花苞。我當時住進來時，就跟老闆說過，梔枝花開的時候，我可能每天都會摘的。到時候老闆你可別心疼喲。老闆大方地說，沒關係，你儘管摘吧。到時候花開得多開得快，你摘都摘不過來的。真的是摘都摘不完的。園子裏到處都是花。我的房間到處都是花。走到哪裡都是香的。我的身上也是花香。

　　我每天都插一二十朵在瓶裏，泡六朵，分三餐吃掉，其餘的都洗了澡。早晨用我剛摘來的帶著露水的梔枝花洗臉。把梔枝花在臉上拂來拂去的，那感覺像輕風吹著身上的絲綢。不同的是這絲綢還是香的。真是美啊！花朵撫摸臉龐的同時我一口一口地深呼吸，不願放過每一絲清

香。這樣十分鐘過後，把花朵放在清水裏泡一會兒，拿在手上擠壓出汁液，先從額頭擦起，一直擦完下巴，十分鐘後，再用清水沖洗。晚上泡澡前，全身進行這兩套程式後，再把用清水泡過的花朵，放進浴盆的溫水裏，同時裸身入浴。整個人躺在花朵泡滿的澡盆裏，靜靜地躺上一個小時，再用花搓洗整個身子。

用鮮花洗澡，收集乾花瓣都是我的嗜好。我的家裏，每年都有二十多斤乾花瓣。金銀花、玫瑰花、月季、牡丹花、梔枝花、玉蘭花、廣玉蘭、桂花、菊花等等。一些是我自己買的，一些是朋友們送給我的花凋謝後，我收集花瓣自製而成的——將花朵花瓣兒泡乾淨，再濾掉水，然後晾在潔白的紙上，放在陽臺上吹乾。用乾淨的塑膠袋裝好，放乾燥處保存。冬天裏沒有鮮花的時候，拿出乾花瓣泡澡。我家裏除了瓷浴缸外，還有一個木製的大浴盆。這浴盆是我爺爺親手為奶奶做的。用非常香的一種樹木做的。浴盆上沿雕刻的全是大朵牡丹花，華麗高貴。奶奶說，她們家族的女孩子代代都是從小用鮮花洗澡，所以身上一輩子都是香的，皮膚香，血肉香，連骨頭都是香的。有的還吃花，奶奶就吃玫瑰花、梔枝花、月季。她們家的園前園後種滿了花樹，一年四季到處都香噴噴的。奶奶做閨女時，繡有一對滿園花開的枕巾，跟爺爺到沔陽時一直隨身帶著，安家落戶以後，在房前屋後栽了很多花樹——迎春花、金銀花、玫瑰、牡丹、月季、指甲花、臘梅……春夏蝴蝶蜜蜂滿園飛舞，我在花園裏跑來跑去。奶奶看著我笑著說，你多像我小時候。我從小就跟奶奶一樣洗鮮花浴。鄰家有些小孩子效仿我們洗鮮花浴，可她們的皮膚都過敏。只有我好好的，從不過敏。所以一年三百五十天我的身上都有花香。我不用香水，也從不去美容院做香薰。我的芳香秘訣是盡可能地用鮮花洗澡，即便沒有鮮花，也要用乾花。

我走出浴室，就聽見手機響了。我剛一按下通話鍵，對方就急呼呼地說，你倒是接電話了，白天你關掉手機，晚上我打了幾十個電話你才

接，什麼意思啊？益哥一開口我就聽出是他的聲音了。

哥，對不起啊，我剛才在洗澡呢！

益明說，你在哪啊！急死我了，恨不能把武漢都翻個個了。

你不是找到我了嗎？

要不是昨天在電視上看到你，我哪裡想得到向電視臺的製片人打聽到你的手機號呢？為什麼換電話號碼都不願意告訴我一聲？你哥又有什麼地方得罪你了？

沒有啊。我在靜閉。不太需要電話，所以把以前別人知道得太多的那些電話號碼廢了。

你在哪？我這次又在距你住處800米的地方。

哦，到武漢來出差？待幾天？我慢條斯理地問。

不是出差，半年多都聯繫不上你。怕你跟人私奔了？聽得出他的玩笑中還是有些緊張。

我的理想正是跟人私奔呢？總有這一天的。到時心願達成的時候，你要為我高興啊！

哼，還高興呢！恨死你了。無緣無故地把電話改了，都不告訴哥一聲，怕你哥騷擾你啊？

是啊，怕你對我太好了，找不到嫂子。

告訴我，你躲在哪？

嗯，只要是在地球上，躲在哪裡你都可以找到我的。

2

益哥退掉新宜賓館的房間,坐計程車到香園度假村時,已將近午夜十二點了。我給他登記我隔壁的房間時,服務小姐很曖昧地看了看我們倆。我說,他是我哥,剛從外地回來。

益哥說他找到我太不容易了,現在逮著了要好好說說話。我說,好啊,聊通宵都沒有關係,反正我們倆總是聊通宵的。

益哥說就在我的房間裏聊,他沒有進他的房間,竟直到了我的房間。還沒坐下來,他就歙著鼻子做了幾個深呼吸。他看到滿房間的花,羨慕地說,你總是這麼奢侈啊,這麼多花,這麼香。誰要娶你,就意味著要娶一屋子鮮花,這樣的溫柔鄉會把男人的骨頭都香軟的,誰有勁走到外面去闖世界呀!

所以我的閨房是不輕易讓人進的,對花香與溫柔沒有免疫力的男人說不定會給毀掉的。你當心嗾!

我對你天生就沒有免疫力。與花與香氣毫無關係。說完,他陷入了沉思。

他仍然對我好。每次面對他,我都是心有愧疚,不知道說什麼怎麼做才能讓他對我死心,又不損害我們的友誼與一份非血緣的親情。愛情太脆弱,親情太頑固。而我們倆的感情比愛情堅韌,比親情柔軟。所以我非常珍惜。雖然有時候我會鬧些小脾氣,他也會嘲笑我,但是彼此的心中都非常珍視對方,視對方為自己最親最好的人。

我把煙遞給他,讓他抽煙。他說,你還在抽煙啊!一個女人伏案

寫作與慢性自殺已沒什麼分別，你還抽煙，這就是雙重的自殺了。你對自己太殘忍了。像你這個年齡的女孩子都在做美容美髮，聽音樂，看電影，出國旅遊……活得輕鬆自如，陽光健康，而你卻這麼凝重呆滯。真是浪費生命啊！依依，對自己好一點，生命太短暫了，青春更短暫，尤其是女人的青春。像這些花，今天還好好的，過不了幾天就蔫了，就枯了，一點點餘香都散盡了，到哪裡都找不到了。益哥的臉色越來越幽暗，聲音越來越低。

他一向快人快語，很少傷感，這些話從他的嘴裏出來，真讓人覺得有些怪。我詫異地看著他，不說話，仍把煙遞給他。他不接，我自己點燃抽起來。你不抽煙，就喝酒吧？白酒還是啤酒？我們邊喝酒邊聊天吧？我說完，轉身拿酒杯。

他猛地從身後扳過我的肩，奪掉我手中的煙，說：你聽我的，戒煙吧！

你怎麼了？你知道我離不開煙的。再說，抽煙又不會死掉。

會的，已經有人死了。

我看著他。

嗯……白玉。

一年前她新婚，說很幸福，還勸我找個愛人，快點結婚呢？好久沒跟她聯繫了，她一定都生了小寶寶吧？

益哥越來越沉的臉色，把我的話壓得越來越低，低得我自己都快聽不到了。

她已經去了半年了。是肺癌。

我看著他，腦子開始變木了，心口有一種痛一直到喉嚨，到鼻裏，到眼裏。我想說什麼，可是我已經說不出來了。眼淚已經溢出眼眶。

她臨終前，想見你。我們怎麼都聯繫不上你。

我頭脹欲裂，胸口喘不過氣，似有無數雙看不見的手在追著撕扯我

的身體和靈魂。我沖出房間，飛快地下樓，跑到了樓前湖水邊的梔枝花樹旁。

　　梔枝花在夜裏也是白的，香的，好看的。我每次走過梔枝花樹都會情不自禁地摘花，可是現在我不想，我只想靜靜地看著它們。它們怎麼能這麼白，這麼香，這麼好看啊？我不明白。也不明白它們這麼白這麼香這麼好看，為什麼要枯萎。一陣風吹過，捲起一陣清香，也捲落一些黃葉和花瓣兒，掉進湖水裏。我在湖邊的臺階上坐下來，看著左邊的那一溜梔枝花樹，低枝上開滿了花，被擠壓著臨著湖水，有些花朵還浸在水裏。白天我就見過它們在變黃變壞，而臨水新開的也會壞的，比高枝上壞得更快。我起身，雙用手攏起它們，想讓它們跟那些高枝依在一起。第一攏我弄成功了，第二攏我夠著夠著也成功了，第三攏的半棵樹都低到水面了，我得走進被湖水淹沒的臺階上，才能扶起它們。可是我的腳剛一接近湖水，整個人就栽進了湖裏。冰涼的湖水裏全是白花，它們擠在一起開，像長在一處的眼睛，像水中白色的火焰與飄遊的燈盞，像悄悄溫暖的姊妹……

　　益哥抱我上來時，我感到身子比在水中還冷。我想下來自己走，可我沒有一點勁。一回到房間，益哥就坐在椅子上，脫去我的衣服，用浴巾把我裹住，放在床上，蓋上被子。他的衣服也濕透了。他找了衣服換上，然後坐在我的床邊。

　　我在被子裏哭起來。

　　依依，別哭，答應我，以後別抽煙，別喝酒。我要你快樂地活著。益哥俯下身，雙手抱起我的頭，說，你的臉色烏紫，臉，還有手……都是冰冷的，身子還在抖……我挨著你躺著，等你暖和就好了。說完，他躺在被子外面，雙手緊緊抱著我。用他的臉擦我臉上的淚。

　　我還是冷，全身都在顫抖，好像越來越厲害。

　　依依，依依，抱緊我，千萬不要，不要像上次那樣……

3

　　七月到來時，離別就開始了。火車站台全是揮手送別的大學生。大概我是送人最多的了，本班的，他班的，甚至他系的畢業生。我送了一批又一批，從早晨送到晚上，從晚上送到凌晨。先是抱頭痛哭，再後來，就是躲在別人的身後悄悄地哭，再後來，就背過身去，用雙手捂著眼睛。那些天送人的被送的，全都是臉色灰暗，雙目浮腫。

　　白玉離校的那天是陰天，但氣溫仍舊悶熱。他們一行有七個人到廣州再轉車去海南，同行的白玉班上的就有三個，其中一個一直是白玉的追求者。白玉雖說是七人中唯一的女生，但有這麼多男生護送，我還是放心的，開始也不怎麼傷心，因為我們是老鄉，我又留校了，她回家探親是要路過武漢的，我們總有見面的機會，不是那種一揮手就可能今生再也見不到面的朋友。所以在從學校到火車站的路上，我們還有說有笑的，氣氛很輕鬆。可是一踏上火車站台，腳步就開始沉重起來，鼻子也發酸，眼淚會不由自主地流出來。從白玉他們踏上火車至火車開動的那一段時間，我領受了整個站臺最悲傷的離別場面。

　　一群女學生在送男生，男生們合唱著齊秦的歌：「輕輕地我將離開你，請將眼角的淚試去，漫漫長夜裏，未來日子裏，親愛的你別為我哭泣。前方的路雖然太淒迷，請在笑容裏為我祝福。雖然迎著風，雖然下著雨，我在風雨之中念著你。沒有你的日子裏，我會更加珍惜自己，沒有我的歲月裏，你要保重你自己。」有個女生傷心得要臥軌，被乘警扭送到休息室讓人看管起來。白玉班上的三個男生背著吉它，在白玉的車

窗下邊彈邊唱邊流淚。白玉用長髮蓋住了臉，但我還是看到了她的身子在哭泣中不停地聳動。我咬著牙不讓自己哭出聲。可是沒有辦法不哭。車廂內外一片痛哭聲。一對對戀人一對對朋友緊緊地擁抱著，一直不鬆手，乘警一扯開，他們就抱到一起，再扯開，他們又抱到一起。沒辦法，乘警只好扯著他們的胳膊把他們架上車。可是窗內外的雙手也緊緊拽在一起，火車開動了，還不鬆手。有人還抓著車窗內的手，跟著起動的火車跑，有個小女生差點摔倒了。乘警無奈，一手抓住她的肩，一手電擊他們緊握的手迫使他們放開……然後是火車嗚咽悲鳴……

悲傷的眼淚和歌聲，久久在眼前湧現，在耳邊回想。

這樣令人悲痛欲絕的場面，每經歷一次都像是一次死別。我一直不知道自己是否有勇氣去送他。所以一而再，再而三要他晚點離校。這樣我就可以多和他呆幾天，這樣我就可以讓離別的時間慢點到來，這樣我就可以培養自己的堅強與勇氣。可是，離別的這一天還是在一分鐘一分鐘地，一小時一小時地，一天一天地到來。無論如何我必須面對。

——7月9日早晨六點鐘的火車。7月9日就是明天。

送走白玉後，回到學校我就上他的宿舍了。上午說好，我送了白玉回來幫他收拾行李的，讓他在宿舍裏等我。可是他不在。他們的宿舍沒有一個人。宿舍的地上，桌上，椅上，窗臺上，到處都是碎紙，丟棄的衣服，玻璃杯，空煙盒，空酒瓶……一片狼籍。宿舍裏八個床位，已經空了七個。他的床上鋪得非常整潔。行李靠在床邊。也許等會兒，他就回來了。我太累了，不想動，就躺在他的床上睡下了。因為有六七天都忙著送人，根本沒能好好睡一覺，所以我的頭一挨枕頭就睡著了，而且還睡得很沉。一陣巨雷把我轟醒的時候，已經是夜裏十一點了。這麼晚了，應該回來了。他在班上是最晚的離校時間，在系裏或學校都算是較晚的了，所以，他已經沒有同學要送了。能到哪裡去呢？我起身出門下樓，冒著大暴雨跑回我住的40號樓女生宿舍。我想他是不是在我的宿

舍裏等我呢？可是我回到402房間時，沒有他的人。宿舍裏一個人都沒有。我們的兩居室公寓裏，其餘的床位上已經空空如也，只有我的床位還是我上午鋪過的樣子，根本就沒有動過。風從陽臺上刮過來，地上的紙片兒到處飛，還有室友丟下的薄襪，圍巾和髮卡，也在地上，桌上移動。衣鏡白著眼，立在牆面上，空無一物，偶爾只裝下我走來走去的影子；十幾個開水瓶歪七豎八地或靠著牆，或靠著椅子或桌子，像一些炸彈空殼。我的衣服全濕透了，走到哪兒，哪兒是一串濕鞋印和零亂的水漬。我脫了衣服，從床鋪裏面拿出幹衣服換。看見一個潔白的信封夾在我的衣服堆裏。那熟悉的字跡，讓我的心裏又一陣發緊。我打開信封，是他寫的信：

依依：

　　我不忍心看到你送別我的樣子，所以我悄悄地走了。我趁你送白玉的時候，一個人離開了學校。

　　只帶了我們的一本相冊，愛著你的兩本日記，和我的有關報到的證件。我沒帶行李。

　　床也還是你上午鋪過的樣子。

　　除了我不得不離開的軀體，我什麼都留下了。

　　記著這樣一句話吧——

　　我們不曾在一起，也從不曾分離。

永遠愛你的喻中
7月8日下午3時

　　我看完信的第一反應是去找他。他是早晨六點鐘的火車，不管他什麼時候離的校，六點鐘之前他一定要去火車站的。這麼大的雷暴雨，

他是去不了別的地方的，一定在候車室裏。於是，我拿了一把傘就出了宿舍下了樓。外面仍舊電閃雷鳴，風很大，雨也很大，打開的傘根本就撐不住，身上很快就被暴雨淋濕了。我索性丟了傘任雨淋。人在雨中，淚在雨裏。街道上沒有車，更沒有行人。很多地方的積水已經到膝蓋處了，更多的水沟湧湧而來，像洪水。我到火車站時，雨還在下。候車室的坐椅上擠滿了人。有的在打盹，有的在打牌，有的在交談，有的在擁吻……我從第一排找到最後一排，沒見到他；從東邊找到西邊，也沒見到他；從南邊找到北邊，還是沒見到他……哪兒都找了，哪兒都找不到他。絕望時，聽到車站播音室有播尋人啟示的，雖然播音被雨聲雷聲撕裂，但仍能聽清楚。於是我去播音室讓播音員播了尋人啟示。然後我就在候車室的門口等。等了半個多小時，沒見他。於是我又到一排排的座位前去找，沒見他；再播尋人啟事，又在門口等，還是沒見他。如此反復多次。廣播裏已開始報列車按時開出的班次了，六點鐘出發的旅客已經開始進站了。我到窗口買了一張站臺票，也擠進了進站的長列中。我記得他的火車票是第11節車廂的座。於是進了那節車廂裏找他。沒有。我一直守在那節車廂裏。仍沒見他。廣播說還有五分鐘火車就要開了。我木然地坐在一個空位上。等。

益哥來把我拉下了火車。

雨還在下，街上還是洪山般的雨水，人少，車少。我的衣服一直沒有幹過，現在又濕透了。益哥的衣服也是濕的。從火車上下來，出站，回宿舍，益哥一直護著我。

我一陣陣地發冷。回到宿舍，就換了乾衣，上床躺下。還是止不住流眼淚。益哥冒雨到食堂買了早餐。我吃不下。中午買了中餐，我也沒吃，晚餐我吃了一點，可是很快就吐了。

不停地喝開水，身體還是一陣陣地發冷，蓋著很厚的毛巾被也還是冷。後來就發起了高燒。我一會兒哭，一會兒說胡話。益哥不住地為我

擦眼淚，用溫潤的毛巾替我降溫。後來又冒雨上校醫院買了退燒藥。吃藥後，燒退了一點兒，但還是渾身不舒服。我身子發軟，喉嚨發乾，嘴唇都起了白泡。

第二天一早，雨終於停了。接下來幾天驕陽似火。我接連打了三天的點滴，體溫才恢復正常。

現在，我躺在被子裏，益哥抱著我，我的身子還是很冷，還是抖得厲害。

依依，依依，抱緊我，千萬不要，不要像上次那樣……

千萬別像上次那樣發燒。這個度假村太偏了，可能醫務室都沒有，計程車也不會再到這裏來的。

可我還是不爭氣地發起了高燒。我一會兒哭，一會兒說胡話。益哥不住地為我擦眼淚，用溫潤的毛巾替我降溫。找服務台要退燒藥，沒有。叫計程車也沒有。他不停地用溫濕的毛巾在我的頭上身上貼著。第二天一早，就帶我回武漢，上醫院掛點滴。這次打了一個星期的點滴我的體溫才恢復正常。

這是我至奶奶去世後，最厲害的兩次發燒。

第一次是因為生離，淋了幾場暴雨。

第二次是因為死別，不慎落入湖中。

4

我在香園度假村寫作的這部長篇，是通過兩對夫妻的愛情婚姻生活，來反映三個截然不同女性的愛情與婚姻觀的。一對夫妻琴瑟相和，

雙方堅定不移地經營著兩個人的愛情與婚姻生活；另一對夫妻貌合神離，丈夫對妻子的日益瑣碎、強悍與神經質，漸生不滿與無奈，終於有了外遇，要離婚。可是妻子死活不同意。一直以來，她視丈夫和家是自己唯一的事業。在她看來，離婚無疑就是毀了她的事業，毀了她活著的全部意義。所以她寧死也不願意離婚，要離婚就要兩個人共同毀滅。還寫了一個只願戀愛不願結婚的獨身女人。她認為現在的愛情太脆弱，而把脆弱的愛情裝進婚姻這樣風雨飄搖的城牆裏，並非是一件幸福的事情。所以她會從自己的婚禮上逃走。最根本的原因是她畏懼婚姻。

第一對夫妻的愛情與婚姻當然是最美滿的。一輩子能與自己最愛的人白頭偕老，當然是人世間最美最好的事情。可是這樣的婚姻是難遇的也難求的。有些夫妻是在一起一輩子，可是也相互折磨了一輩子，臨死還是怨家。這樣的婚姻是沒有意義的。

第二對夫妻的婚姻態度，我是不屑的。能相守一輩子是福氣，不能終身相守的，不要死守。婚姻不是枷鎖，丈夫或妻子並不是對方的私有物。人的生命太短暫，我們沒有必要為沒有愛情的婚姻，犧牲自己或他人的幸福，甚至生命。所以，我們應該允許婚姻中有競爭。允許婚姻中的另一方有重新選擇的權利。理由不是別的，只因生命太短暫，只因對方要另外的幸福，只因有結婚的自由就應該要有離婚的自由。

我雖沒擁有過婚姻，但這並不妨礙我對婚姻的觀察、思考與關心。也並不妨礙我在文章中寫婚姻，擁有婚姻。而能進入我的文章裏的婚姻肯定是對現實愛情婚姻生活有比照、有研究價值的。雖然我不是愛情婚姻問題的專家，但我能用小說這種文學樣式來表明最理想的愛情婚姻模式。

一個沒有婚姻的女性寫婚姻，是一件非常有趣的事兒。我覺得這比有婚姻的女性寫婚姻多了一重意味。因為她既可以像文章的主人公一般融入婚姻生活的諸多感受中，更能像一個清醒的旁觀者一樣寫出自己對

婚姻的見解和理想。有了這樣的認識與感覺，所以我寫得相當順心。

可是白玉的死，以及她的死給我帶來的震痛與思考，卻使我無法繼續這部長篇的寫作。因為我無法避開白玉的死，去面對小說主人公的婚姻生活。

要減輕生離死別帶給我們的痛苦，要紀念我們的青春，要紀念我們狂歡慶典般的歲月，還是得寫愛，寫那種純粹到偏執的愛，寫那種被憂鬱浸泡的愛，寫那種錯過了一輩子都不可能再擁有的愛，寫那種一生都不可能忘懷的愛。

惟其如此，我才能輕鬆起來，才能減輕生者對亡者的負疚。所以我停止了這部有關婚姻生活的長篇小說，半年之後，也就是白玉去世一年，我開始了這部名為《在愛中永生》的長篇小說的寫作。

在寫作之前的兩個月時間裏，我去海口拜祭了白玉的墓地，見到了她的丈夫朴純樹，又去北京走訪了影響她一生的初戀情人周天宇。

我意外地獲得她的十二本日記。

現在我終於能坐在桌前寫作這部長篇了。

開篇第一章我用了他人的敘述，然後才是我的回憶與傾訴。我採取了我從來沒有用過的一種方式——先是傾訴，然後才是歌唱。

我用這種獨特的方式，讓逝去的人，讓我們的青春與愛，活在文字裏。

於是我在記憶的引領下，借助文字把我們的青春與愛情又擁有了一次。

5

　　我一向對數字相當遲鈍，可是白玉的手機號碼和住宅電話號碼，我是記得很清楚的。一年多沒打，還是沒有忘記。得知白玉的死訊後，我一直想給樸純樹打個電話的。可是我不敢。因為我擔心他面對亡妻的閨中密友，會增加一重痛苦，即便是在電話裏，我也不敢。可我的手指卻不由自主地按動了一串號碼。那串號碼正是白玉的手機號。我想白玉去逝7個月了，這電話不可能是通的。可是我分明聽到白玉的聲音：朋友，你好嗎？祝福你一切都好。別惦著我。我很好！愛你們的白玉！原諒我先掛電話了。

　　白玉的語調，輕柔，溫馨，飽含深情與眷戀。我淚如泉湧。驚喜地喊，白玉，白玉！可是那個電話卻是盲音。我把那串號碼又撥了一遍，還是白玉的聲音：朋友，你好嗎？祝福你一切都好。別惦著我。我很好！愛你們的白玉！原諒我先掛電話了。

　　我終於明白過來。我聽到的不過是白玉的電話錄音。無論我打多少遍，替我接通電話的始終是白玉電話的錄音鍵，而不是她本人。

　　保留白玉的電話號碼及電話錄音，這說明樸純樹是多麼珍愛白玉。這愛有多深痛苦就有多重。所以我去看白玉，不驚動樸純樹是對的。

　　我跟益哥打聽白玉的墓地所在的公墓名稱和地址。益哥不願告訴我。他是不願意我一個人去憑弔白玉。他說：芳顏已逝，墓草淒淒。誰見了都會傷心不已，更何況曾經的密友。如果我不是擔心嗜煙會損害你的健康、不是擔心你的愛情生活的話，我是不會告訴你白玉去逝的消息的。

可是，哥，我心痛啊！我算什麼密友啊？她病中我沒能看她一眼，死前沒能見她一面。我不能原諒自己啊！

你不要這樣自責。純樹和白玉夫妻倆對所有的親戚朋友都隱瞞了病情。是童世卿透露的。他還是白玉去北京看病請病假時才知道的。我們因為想到你是白玉的閨中密友，還是覺得告訴好你一點，哪會知道你的電話號碼全是空號呢？我們曾暗暗責備你更改電話號碼都不告訴我們一聲。後來，覺得這何嘗不是一種天意，天意不讓你去親臨這場死別。你不知道，童世卿從白玉的葬禮上回來後，有一個月沒有上班，待在宿舍裏不見人。他說，我愛她，卻沒有從實質上關心到她，從大學同班到工作同事，我們在一起十二年，我沒能寬慰她，反而陪著她抽煙喝酒，我是有罪的啊！

我長歎一聲說，是啊，我也有罪。大學期間我更經常地陪她抽煙喝酒。

如果你們有罪，那是因為愛也有罪。依依，別責怪自己了。答應我，不積鬱，不抽煙，不喝酒，健康快樂地活著。

我答應你，可是你得告訴我白玉的墓址。

除非我陪你去。

我同意了。我從武漢飛海口，益哥從廣州飛海口。在7月初的第一個週末的中午，我們一起去了海邊公墓。我看到一大片的墓地，大大小小白色或黑色的墓碑掩映在綠色的檳榔叢中。墓碑上簡單的幾行碑文和一張照片，便是一個曾經鮮活的生命在人世間最後的紀念。一切只剩下這石碑之下的一杯塵土。「最是人間留不住，朱顏辭鏡花辭樹」。我們到哪裡去找尋那親愛的面容啊！以前我見到白玉，我們倆會擁抱很久，可是現在我只能抱著她的墓碑哭；以前我總是撫摸她的臉龐和長髮，現在我只能看看她的遺照──黑背景，白衣。一張消瘦的臉龐，一雙憂鬱而深陷的大眼睛，一頭長髮越過雙肩鋪在胸前。遺照下是「愛妻白玉之

墓」六個大字，再下面是生卒年月。一個親愛的人現在只有這幾塊沉重的石頭和簡簡單單的幾行字。我能說什麼呢？除了自責，除了對人生無常的感歎，我再也說不出別的話來。我想說，白玉，如果有另外的世界，我希望你好好地待自己。可是我說不出來。我知道一個人如果愛著，什麼樣的對待對她來說都是好的，她知道愛著，卻從不顧及愛的傷害。墓旁的櫻欄有蟬在鳴叫，墓前的鮮花已經被炎熱的氣溫奪去了新鮮的水分。已經是下午很晚的時候了，益哥第三次拉我走。白玉，我的胳膊都被拉痛了，但這痛還是沒有我的心痛。告訴我，如何能不心痛呢？這是你每次和我談心時的一句口頭禪。現在輪到我問你了——告訴我，如何能不心痛呢？真的像我們所做的那樣，抽煙喝酒，麻醉自己，才不會心痛嗎？我們一直在抽煙喝酒麻醉自己，可是清醒之後仍然心痛啊！

益哥扶著我，我們倆剛要轉身離開白玉的墓地，卻看見樸純樹手捧鮮花走過來。我看到臉色蒼白消瘦的純樹卻不知如何安慰他。純樹對我淒然一笑，然後俯下身把鮮花放在白玉的墓石上，輕聲說：「白玉，依依來看你了，益哥也來了……」

純樹說完就伏在墓石上哭起來。我和益哥拉他起來，他擁著我們痛哭。「原諒我，我沒有照顧好白玉。」

「別自責，純樹，白玉擁有你的愛是她一生中最幸福的事。看到你對她這麼深情，這麼懷念，我相信她在天之靈也會幸福的。好好待自己是對白玉最好的慰藉。」益哥對純樹說。

我除了流淚，仍然一句話都說不出來。

良久，純樹對我說：「依姐，白玉有一樣遺物，生前託我轉交給你。」

我們一行三人離開海邊公墓時，已經是晚上了。

純樹仍然住在海濱路小區的那套三室一廳的房子裏。房間的一切擺設仍然是他們新婚時的佈置。客廳玄關後的鞋架擺著那雙達芙妮的玫

紅色的細高跟皮鞋，像新買的那樣嶄新整潔，纖塵不染。純樹說，你送的這雙鞋子和那條一直掛在衣櫃裏的玫紅色旗袍都是她最喜歡的新婚禮物。她穿著它照過好多照片。臥房的床頭櫃上的六幅單人照和一大本相冊上都是。

我走向玄關，捧著那雙玫紅色的皮鞋，看到粉紅色鞋墊上淡淡的纖細腳印，彷彿散發著她呼吸一般的甜美的酒味與微醺的煙味。我的雙手禁不住地和身子顫抖起來，像電擊一般的疼痛。淚水再次溢出我的眼眶，更多的淚和痛從心底湧出來。良久我才依依不捨地放下那雙鞋子，慢慢轉身走進白玉生前的臥室。

床頭的牆上仍然掛著純樹和白玉的婚紗照。床頭櫃上放著白玉的單人照，單照旁邊擺放著一大本相冊。化妝櫃上依舊擺放著美寶蓮牌子的化妝品。唇膏、睫毛膏、眼影、指甲油……全是白玉喜歡的淡藍和玫瑰紅兩種。就像白玉剛剛使用過一樣。空氣中彌漫著一種我熟悉卻久違的香味——由化妝品的氣味、煙的氣味、酒的氣味、洗髮香波和香水的氣味，混合而成。間或有一種鹹澀的體味飄移其中。我禁不住輕輕地喊了一聲「白玉」，我就看到了她的微笑，像我每次喊她時的那個樣子，微笑地看著我，儘管我這一次看到的微笑是在照片裏。要不是今天下午去過墓地，我真不相信，白玉已經死去。這裏的每一處存設，每一寸空氣裏都有白玉的影子，都彌漫著白玉的氣息。

我每個週末都會到她住的地方和她談幾個小時的心。這樣她的身體就會跟著我回到這個房子。她就在這裏，在我的身邊。純樹的語氣真誠，從容而堅定，臉上是一抹淡淡憂傷的笑意。

我的眼淚再一次溢出了眼眶。這一次是一種既感到安慰又感到心酸的淚水。安慰的是一個人逝去了還能像沒逝去一樣被人愛著。心酸的是純樹的癡情，他盛大的癡情留住了一個離去的人的面容與氣味。從那一刻起我更加相信，愛可以令一個離去的人永生——永生的不僅僅是她的

靈魂，還有她速朽的軀體氣味。

　　我看見那麼多的煙霧嫋嫋而上。腦子會猛然出現另一個景象：煙波浩渺。隨後一個詞蹦出我的腦子：微熏的憂鬱。這憂鬱是溫馨的，玫瑰色的，寶石藍色的。

　　純樹從衣櫃裏搬出一個黑色的大皮箱，箱子裏有兩包用白色的絲綢系著的包裹。一包是一摺日記和厚厚的一札信件。另一包是一大把長長的黑髮。

　　「這是我收集的她病中的碎髮。我要留下的。這12本日記和一札信件是給你的。」純樹說完，從箱子裏捧出那些物什放到我的面前，「她說，你是最適合保存這些日記的人。」

　　我捧著那一摺日記，雙手不住地顫抖，我把腦袋伏在上面很久，手還是抖個不停。是珍貴的遺物讓我如此震動。我知道這是白玉純潔、善良的心與愛的全部見證。

　　純樹從衣櫃裏拿出一個玫紅色的皮箱，對我說：你還記得嗎？她說這皮箱是你送給她的二十歲的生日禮物。她一直裝著這些日記和信札。本來我想把它們之中的一部分留下來的，但還是按白玉希望的這樣，把它們給你。這封給你的信上寫得很清楚。純樹說完，轉動密碼鍵，打開了皮箱。

　　我把日記和信札裝進那個玫紅色皮箱裏，然後接過純樹遞過來的一封信。白玉寫給你的。純樹說。

　　我接過那封信，輕輕地打開，白玉娟秀的字體帶著熟悉的氣味，映入我被淚水溢滿的眼簾。

　　依依：

　　　　見信如晤！

　　　　相信我，我以另外的方式存在，在祝福著你——我最親愛的

姐妹，與朋友！

　　我一直不能忘記我們在一起的時光。我們朝夕相處，行影不離。我們一起自習。一起看電影，一起跳舞。一起歡笑，一起流淚。

　　親密得讓熱戀中的人都嫉妒。這是益哥的話。還記得益哥到圖書館給我們搶佔座位的事嗎？他真好，還為我們打開水買飯。像個保鏢。這也是他的話。他是難得的好人。這麼多年了，還一直愛著你。這樣的愛難求啊！你一定要好好珍惜。

　　多年前，我一直絕望地愛著。直到我遇到了純樹，才真正體悟到愛更多的元素不僅僅是靈魂的狂歡，更是身心健康的愉悅。與純樹的愛，非常溫馨與和諧，使我獲得了從沒有過的幸福與歡樂。我把純樹的愛，當作是上天的饋贈。

　　正是因為這饋贈，讓我對一切都充滿了感激。

　　三十年對漫長的時光來說是一瞬。可是對我而言卻是綿長的愛與感恩。我義無反顧地愛過，執著地愛過，也獲得了萬分珍貴的愛。一份永生的愛。

　　還有什麼比獲得愛，永生的愛，更幸福的呢！

　　所以，不要為我傷心。因為我活在愛中。

　　依依，沒有什麼貴重的禮物送給你。留給你12本日記和一札信件。日記是我12年的心路歷程，其中有3本是寫我與純樹在一起的時光的，其他的9本日記裏有4本日記的內容，你是肯定不陌生的。因為你是我那一段時光，尤其是大學四年生活的最重要的見證人。那裏面記錄我們在一起的許多事情與感想。是我們友誼的珍貴資料。也是我們的青春紀念。

　　我把它們留給你，連同過去的永遠不能回來、也不能帶走的日子，一起留給你。

知道你愛寫作。寫一部關於生活，關於青春與愛，愛與永生
的小說吧！或許我的日記對你的回憶有幫忙！

永遠祝福你的白玉

　　我的眼淚還是忍不住地流下來。我知道我的眼淚的含義，既是悲
哀，也是感慨。悲哀白玉短暫的一生，感慨白玉在愛中的永生。

　　從海口回武漢後，我一直在家裏讀白玉的日記，從第一本到第十二
本，從白玉上大學的第一天到去世前倘能提筆的最後一日。十二年的生
活十二本日記，一本日記一年的生活。她說過的，未說的，我知道的，
或不知道的都在裏面。
　　它們見證了一個善良、天真的靈魂最忠貞最純潔的愛。
　　這種愛正是我們這個時代日漸喪失的良心與珍貴禮物。
　　作為一個作家，我有責任和義務把這份愛，這份珍貴的禮物呈現在
讀者面前。
　　但我只能摘取其中極少的一部分。因為這十二本日記，每本都有
八九萬字，十二本差不多有100萬字了。100萬字有厚厚的幾本書那麼厚
啊，所以我只能捧出其中的萬分之幾在你們的面前。
　　這萬分之幾是十二本日記內容的縮寫與改寫。為了與前文敘述上的
連貫和一致，有些部分我刪去了具體的年月日期。用第一人稱「我」來
寫，這個我是白玉，不是依依，但依依會在必要的時候出來作些補充與
解釋。
　　另外日記中附有非常重要的一些信件，為了真實，也為讓讀者便
於瞭解主人公感情的來龍去脈，我摘抄了一部分信件，並署上了具體月
份和日期。至於年份，為了避免讀者產生不必要的聯想，我用19××，
19××＋1，19××＋2，19××＋3等來表示。

不知是誰說過，回憶沒有具體的日期。但是在日記裏，在信件中，卻往往是忽略了年份的。所以，也請讀者朋友原諒我在本書中隱去年份。

象牙塔裡的愛情

正如你所渴望的──

我成了另外的白雲、他處的溝壑

1

　　我是9月9日報到的，爸爸送我來的。學校在傅家坡長途客車站設有新生接待站。我們一出車站，就看到了好多學校的接站橫幅。武漢大學、華中理工大學、中南財經大學，還有華中師範大學、中國地質大學、湖北大學等等。我向一個舉著「中南財經大學歡迎你」條幅的女生走過去，很快就有三個男生熱情地接過我們的行李包，把我們送上中南財經大學的校車上。車上已經坐了一些新生和送新生報到的家長。不一會兒，車就開動了，出了傅家坡車站，不到五分鐘的時間就到了財大。印象中好像拐了兩個彎就到了。校園裏人來人往，到處都是花花綠綠的迎新標語，像過節一般。車在體育館門前停下來。一下車就有人替我們拿行李，領我們到系裏的報到點報到。我們基建系的報到點就在體育館門前。我填了報到登記表和學籍卡之後，領了一把宿舍鑰匙。三位男生拿著我們的行李，帶我們去宿舍。我的宿舍是40號樓401室。我是第一個住進來的新生。他們讓我自己選擇床鋪和自習桌。爸爸說，這學生宿舍不錯。一男生介紹說，這兩幢宿舍樓是新蓋不久的女生公寓，每一套都有兩個八鋪的朝南的臥室，外帶陽臺，朝北是一間大自習室，一個衛生間。像家居，很方便。這條件在全國的大學生宿舍中是最好的，還上過幾次電視呢！不過，男生的宿舍條件就沒有這麼好──自習桌就在床鋪的旁邊，洗漱間一層樓只有兩個，跟全國許多大學的大學生宿舍一樣的普通。

第三章　象牙塔裡的愛情

我選了一個靠南邊陽臺的下鋪。從這可以看到41號樓女生公寓。自習桌選的是朝北邊窗戶的。從窗戶可以看到北邊的大學生田徑運動場。送我們的男生走了，他們還要去接待站接新生。我把床鋪鋪好後，就和爸爸下樓準備在校園裏逛逛，順便買些日常品。剛下樓就碰到依依，她也是她爸爸送來的。三個男生幫他們拿著行李。她住40號樓402室，是我的對門。我們倆高興得尖叫。我們是同鄉，中學同班同學，好朋友，現在大學又同級同校，還住對門。想不成為死黨都不可能了。於是我拉著依依上四樓，囑她把行李放下，床位自習桌選好後，我們再一起逛校園，買日常用品。我爸爸和依依的爸爸都很關心學生食堂的飯菜做得如何，決定先嘗嘗，所以晚上我們四個人在學生食堂吃飯。因為有人介紹說一食堂的環境最好，所以我們去了一食堂。我們買了魚香肉絲、番茄牛腩堡、紅燒武昌魚、花菜、酸辣土豆絲、紫菜雞蛋湯等幾個菜。菜做得不精緻，但味道還不錯。因為興致高，我和依依還專門到校園北門的副食店裏買了一瓶黃鶴樓的白酒和四瓶行吟閣啤酒（食堂裏不賣酒）。依依和她爸爸一樣喝酒臉紅。我爸說臉紅是有酒漏子，更能喝。可是依依每喝一點酒就搖一下頭，很痛苦的樣子。所以我和依依不怎麼喝酒，就聊天。我爸和依依她爸喝得很痛快，談的也開心。兩個爸相約晚上去住校招待所，第二天早晨一起乘車回家。

　　開學幾天，我們倆到處逛。財大逛完了，就去逛武大。武大真美啊，有山（珞珈山）有水（東湖）。我們興奮得不得了，老鄉都不找了，就去爬珞珈山，看東湖了。（順便說一下，我高考填志願時，本來填的是武大中文系，估分也夠填武大。可班主任建議我改成中南財大。他說，填個經濟類的專業吧？但經濟類專業沒有財大過硬。財大好，經濟類專業都過硬，還很熱門，畢業後工作很好找。你看這幾年財大的起分線與武大不相上下，有兩年比武大的還高，這說明財大很吃香啊！我那在縣城師範教語文的老爸也是這個意思，就是他讓班主任監督我填志

願的。既然如此，我就改填中南財大，想到房地產熱門，就填了基建系。如果填志願之前，我知道武大這麼美，打死我也不填中南財大的。我向依依說了自己的遺憾。依依也說，改糟了，她當時也要填武大中文系什麼的，最後也改成財大了。你看，我們倆就是這麼有緣，錯都錯到一塊來了。還是依依說，後悔來不及了。實在喜歡武大，就找個武大的男朋友唄！再或者畢業後考武大的研究生。哈，她想得還很遠的。）

下午很晚的時候又跑到華師去了，華師沒水但有山，山叫桂子山，也很美。校園裏到處都是桂花飄香，情侶依依，很醉人。我們很順利地找到了考進華師藝術系的一位中學同班同學。三人一起到學生食堂吃晚餐。晚上華師露天電影場要放映電影《簡·愛》和《羅馬假日》。我和依依都很想看，但是開學幾天，晚上鋪導員要到宿舍裏點名。無奈，我和依依只得坐車回財大。

昨天都覺得財大很美的，有思園，大運場，有坐落在蛇山下的外型古典而華美的外賓賓館。可是今天看到武大和華師之後，覺得財大的環境像個簡易的研究所，很枯燥，一點都不浪漫。唔，管它呢！我們的住宿條件不是全中國大學生中最好的嗎？這一點就很了不起。外部環境是生成的，內部條件是人造的。很不錯了。

2

　　這些天我不停地參加老鄉會，系裏的、班上的晚會，很累人，但很開心。好多學生社團都在招收新成員，如校學通社、開拓文學社、曉風文學社等。我喜歡文學，但不會寫作；喜歡畫畫，但不想參加什麼畫協，原因是畫得不好。依依聲音好聽，已經考進校廣播台當播音員了。她跟我說，她還想參加文學社，勸我一起去考開拓文學社的編輯。我被她說動了，寫了一份自我簡介，整理了兩篇小文章，和依依一起到36號樓506室《開拓》文學社社長的宿舍去交稿子。依依交的是她剛寫的兩首詩。一個星期後，我們去食堂打飯的時候，看到有關《開拓》文學社新成員名單的海報了。依依是詩歌編輯。我是散文編輯。我們高興壞了。我和依依現在還是同事呢！

　　《開拓》是校團委主管下的學生社團，是全校學生社團中最有名的。在武漢地區的高校學生社團中也是相當有名的。它每年舉辦五‧四詩歌大獎賽，與武大的櫻花詩賽，華師的一二‧九詩賽，成三足鼎立之勢，每年都共同推出一批校園詩人。所以，每年《開拓》的迎新詩歌朗誦會不僅被大學生矚目，也很受校領導的關注與支持，不僅有許多文學愛好者參加，一些領導也會受邀參加，氣氛非常隆重。聽說迎新詩歌朗誦會除了規模僅次於跨校系的五‧四詩歌大獎賽之外，氣氛和被喜愛程度與跨校系的詩歌大獎賽不相上下。因為每年的迎新詩歌朗誦會都是十月中下旬舉辦，因而被財大詩歌愛好者看成是為華師一二‧九詩賽選送選手的熱身賽。

這次《開拓》迎新詩歌朗誦會的海報與我們新成員的錄用海報是一併貼出的。海報寫明了開會時間和地點。盛情邀請《開拓》新老成員及全校文學愛好者踴躍參加。

　　大會是在大運場東邊的三號教學樓的一個大教室裏開的。時間是晚上7：30。我和依依6：30就到了。本來以為我們來得最早，可有比我們來得更早的。所以後面的邊角餘料的位置都沒了，只有前面三排的嘉賓座，是專門留給學校領導的，如學生部的正副部長，團委書記，各系部的團支部書記，還有其他系及文學社的正副主編及正副社長等。我和依依小心翼翼地坐在第三排靠右邊走廊最邊的位置。7：30到了，領導們也陸陸續續地到了。前面三排的座位也基本上滿了。7：40會議開始。主持人先介紹了各級領導，然後逐一介紹《開拓》的新老成員。介紹完後，分別請學生部的部長及校團委書記講話。領導講話完畢，朗誦會就正式開始了。

　　依依小聲告訴我，會議男主持是《開拓》新社長周天宇，商經系大二生，是上一屆《開拓》五・四詩歌大獎賽及一二・九詩賽詩歌創作一等獎的雙料得主。女主持是廣播台的王音副台長，政治經濟系四年級的學生，先後三次獲得五・四詩賽及櫻花詩賽朗誦一等獎。

　　依依到底是做過半個月的廣播台播音員，知道的訊息多多了。她的語調流露出掩飾不住的敬羨之情。我對這會議的氣氛感到新鮮與好奇，不住地東張西望。哪兒有一些響動，我就看哪兒。一會兒臺上，一會兒嘉賓席，一會兒後座，一會兒走廊，每一眼都讓我覺得新鮮。現在我的目光注意著主席臺，盯著依依小聲介紹給我的周天宇看。這男生身高1.75左右，穿一件白色的襯衣，外罩一件銀灰色馬海毛的背心，黑褲子很整潔，黑皮鞋很亮。他的臉很清俊，有雕塑感，嘴唇很飽滿，言語之間，嘴角會有一絲不經意的笑意，這笑意在他低沉的嗓音之間若隱若現，一舉手一投足都有一種說不出的迷人與親切。正像我所想像的詩人

那樣，有風度，有一種神秘感。哇！他說什麼我都不記得了，只記得他
說話時那若隱若現的笑意及舉手投足之間流露的一種神秘的氣韻。

　　按會議通知，朗誦詩的基本上都是《開拓》老成員的，沒想到主持
人臨時點將叫新成員詩歌編輯上臺朗誦詩了。我一下子緊張了，擔心會
讓我上臺。仔細聽出是請詩人上臺，我就放心了。先上臺的是貿經系的
男生，姓陳，戴副眼鏡，文質彬彬的，有點兒徐志摩的風味。陳詩人朗
誦完後，周天宇說：「下面有請《開拓》的新成員，女詩人宋依依給大
家朗誦一首她自己寫的詩。我們掌聲有請——」話音沒落，掌聲已起，
我聽見依依輕輕地「啊」了一聲，同時左手使勁地捏了一下我的右手。
我的右手暗暗地回力，算是給她鼓勁。她因為沒準備有些緊張，為難地
向我笑了一下。「對不起，沒準備，請大家多多包涵！」依依說完，就
開始朗誦一首叫做《有風的下午》的詩。她的臉有一種羞澀的紅，很好
看。聲音柔軟華麗，像絲綢。我真羨慕依依，嗓音好還會寫詩。在臺上
也很大方。依依朗誦完後，掌聲如雷。她回到座位上後，悄悄問我感覺
怎樣。我說不錯，我在下面都緊張得不得了，你一點兒都不緊張，真不
簡單。依依說，哪裡，我緊張得要死，你看不出來嗎？我說，你不就是
臉紅了嗎？還沒有喝酒時臉紅呢！依依用左手掐了一下我的右手。

　　此前校領導們都陸續離開了會場。留下來的全是《開拓》的人，和
文學愛好者。接下來，主持人請文學愛好者們自願上臺朗誦詩。新生們
比較踴躍。有的講話，有的朗誦，激動而天真。很可愛！

　　周天宇不知什麼時候，坐在依依前面的一個座位上，回過頭來跟依
依說話。兩個人在講請武大作家班的作家搞講座的事情。我聽見依依問
周天宇，「五里霧是你的筆名嗎？」周天宇拿起筆在依依的草稿紙上寫
了他筆名的來歷：「五里霧，意即看不透的世界。另有外國諺語，五里
霧，意即大海中一隻孤獨的船⋯⋯」依依思索了一會兒，拿起筆在「看
不透的世界」這六個字上面寫道：「不要看透，難得糊塗。」在「孤

獨」兩個字的下面寫道：「登上高樓，望盡天涯路。」寫畢遞給周天宇，周天宇沉思片刻寫道：「今生今世無努力，不想玉佩白馬入高堂，只求高山流水遇知音。」依依看了看我，微微地一笑，然後低頭寫道：「情到深處人孤獨，但願你能出類拔萃，早日覓到知音。」周天宇接過去，想了一會兒，提筆寫道：「……在自焚之後得到涅槃，秋蟬脫殼之後才得以解脫。當濕潤的春天到來的時候，也會濕潤我的雙唇。」寫完，周天宇把字條放在桌子中間。依依看了輕輕一笑。我拿不准自己是否能看，但眼角餘光中還是看到了。心裏一陣緊張。覺得此刻氣氛怪怪的。我把目光投到臺上。自願上臺朗誦的也差不多盡興了。女主持人王音作總結發言時，周天宇也上臺說了一番話，之後就宣告朗誦會結束了。

　　我和依依隨著人流出了教室，慢悠悠地回宿舍。聽到身後有人喊依依。我們回頭一看，是周天宇。他說，《開拓》下個星期六與武大作家班在東湖舉行聯歡，讓我們兩個等通知。依依輕聲問，作家班有詩人參加嗎？周天宇說，有的，專門給我們搞講座。也有講散文的。白玉，你的散文寫得不錯。我不好意思地笑了。

　　目送我們進了40號樓女生宿舍的大門後，周天宇和另外幾個男生就走了。依依問我今晚的感受，我說，嗯，很有意思的。依依問什麼有意思。我說，你們詩人好多情，你一句，我一句的。我在旁邊都很難為情了。依依用手指輕輕地彈了彈我的臉，笑著說，什麼啊！周天宇是財大公認的才子，聽說喜歡他的女生不少呢？可是他很孤傲，一個都看不上呢？我問她，怎麼知道得這麼多？她說，廣播台的一個播音員說的，那個播音員是周天宇的同班同學。據說，周天宇想轉到政法系學哲學，可是學校一直都沒批。我「啊」了一聲，那不就是你們系嗎？依依說：「是啊，如果能轉成功，就會降一級，成了我們班的同學了。」我若有所悟地「唔」了一聲。

3

　　周二我們接到通知，每人各備一輛自行車，週六早晨8：30在大禮堂門前集合，一起騎車到武大。先在武大聽講座，然後到東湖磨山遊玩。可是我不會騎自行車。依依說，沒關係。她帶我。

　　《開拓》全體人員18人都到了。六個女生中有兩個不會騎車。就安排男生帶。可是我們女生都不大願意，就自行組合。依依帶我。可是依依膽子小，在大東門的路口看到路上人多車多時，自己都不敢騎了，就更不敢帶我了。我們倆自然落後了。周天宇在隊伍後面壓陣，見我們慢下了，讓我下來坐他的車，依依在他的前面一個人騎。沒辦法，我只好坐周天宇的車。剛上座時，因為緊張用力不當，把自行車都快晃倒了，人還沒有坐上去。周天宇用腳往地上一支，自行車正了。他讓我先坐在自行車後座上，他騎上去。我非常難為情，但也沒辦法。只好閉著眼睛坐上去。周天宇問我怕不怕，我說還好。其實心裏很緊張，到傅家坡車站時，才慢慢地放下心來。因為騎自行車不讓帶人，所以周天宇看到警察時，就會用雙腿往地上一撐，讓我穩穩當當地下車。他推著車在前面走，我在後面跟著。一避開警察的眼耳，我就再坐上去。周天宇的車技靈巧而穩重，在人行道上行避自如，我完全放下心來，鬆開了緊緊抓著自行車座位的雙手去攏風高高地吹在腦後的頭髮。進武大時，我們的車騎到隊伍的最前面去了。回頭看我們的隊伍浩浩蕩蕩的，每一輛自行車前面插著一面小紅旗，迎風招展，上面用黃色的筆寫著「金秋詩之旅」！真氣派！我看見依依追上來了。風把她的長髮吹得高高的，

一會兒像一面黑旗幟，一會兒像一陣黑風暴，美極了！我的心裏雖有一絲兒不會騎車的遺憾，但覺得搭車也美。正在得意時，自行車猛一個急剎車，把我騰得跳起來了，放在膝蓋上的雙手此刻揮在空中，來不及抓座位了，就抱住了周天宇的腰……原來，在下坡的時候，迎面碰到一個逆行騎車的人，他的車在上坡用力時一個急拐到我們的線路上來了。我扭頭看見我們後面的自行車都停下來了。依依在向我伸舌頭。我這才意識自己抱住了周天宇的腰，整個上身都貼在周天宇的後背上。我慌忙鬆手，離座。

我們一行人把自行車停在桂園作家班的宿舍前，步行上山。請來的兩位作家也一同與我們上山。上午的講座是在珞珈山上的一個坡上進行的。由一位詩人、散文作家各講40分鐘，然後回答聽眾的提問。

先講的是一位叫藍島的詩人。此人身高挺拔，留有一臉鋼絲一般的胳腮鬍子。沉默時，有一種冷森森的牛氣與帥氣。說話時，他那一身藍色牛仔服和潔白整齊的牙齒、柔和的嗓音與有力的手勢一起，顯得英氣逼人。依依坐在我的旁邊，用手撐著腦袋癡癡地看著。我用胳膊拐了拐她。她才明白自己的失態，望著我不好意思地一笑。沒過多久，又撐著雙手看。提問時，有人問他為什麼筆名叫「南島」？是不是因為有個北島的緣故？藍島說：不是筆名，是原名。我姓藍，藍色的「藍」，不是南北的「南」。又有人問他怎麼看待「pass北島」？回答說：北島是一位優秀的詩人。但他的優秀是針對某一時期來說的，但並非一輩子都是優秀的。他說他後期的詩就不怎麼樣。但無論如何，他已成為朦朧詩時期的最優秀的詩人，這一點是誰也否定不了的。他的講座幽默、感性，時不時地冒出幾句詩。很多人一會兒笑，一會兒鼓掌。我聽得迷迷糊糊的，什麼意境、張力、節奏啊，我一概不懂。依依卻聽得笑盈盈的。

講散文的是一個王姓作家，他的講座不幽默但很嚴謹。旁徵博引，引經據典，讓我很受用。特別是他講著名歷史學家、經學大師王國維

時，引的一段話讓我使受啟發。他說，王國維認為，要成就一番事業，必須經過三個境界。第一境界——「昨夜西風凋碧樹，望盡天涯路。」第二境界——「衣帶漸寬終不悔，為伊消得人憔悴。」第三境界——「縱你尋他千百度，驀然回首，那人卻在燈火珊闌處。」想不到這樣的麗詞豔句可以看作事業成功的境界，真有意思！

午飯時候，我們一行人下山，騎自行車到了東湖邊的一個小漁樹吃飯。一共兩桌人。我和依依、周天宇、兩位作家，和《開拓》社的兩位副主編、兩位理事、一位秘書長坐一桌。另一座由《開拓》社長、副社長和其他一些編輯坐在一桌。他們那桌因為沒有外人，所以吃得很隨意。我們這桌除了周天宇和那兩位作家談笑自如的，其他的都較拘緊。我和依依更是緊張得不得了。第一次和詩人、作家們吃飯，不緊張才怪呢！安排了喝啤酒。依依一點都不要，把杯子都藏起來了。我還來不及藏杯子，就讓周天宇給倒了一杯。藍島笑著對依依說，詩人要喝酒的，不然怎麼叫詩人呢？依依臉一紅，笑著說，我不會。哪你抽煙嗎？依依又擺手。不會。藍島搖搖頭，笑眯眯說：好啊，你不喝酒，又不抽煙。怎麼辦呢？哈，你笑得真好看，嗓音也好聽。我們喝酒的時候，你是微笑呢？還是朗誦詩？依依臉一紅，又是一笑。好了，你就笑好了。藍島說。依依用雙手捂住臉，只露一雙眼睛。可是你的眼睛還是在笑啊！藍島又說。依依放下手，嘴湊到我的耳邊，小聲說：這人好討厭！我讓依依把酒杯給我替她倒半杯，小聲說：你就意思一下吧！我給依依倒了一點兒。周天宇招呼我們在座的一起敬兩位作家。並說，男女有別，讓兩位女生少喝點。王姓作家說：一個飯桌上還有什麼別的。周天宇說：喝酒當然有別囉！男生們都笑。我最怕別人囉囉嗦嗦地勸酒了，懶得推來推去的。誰要我喝酒，我就喝一口。反正我能喝酒的。依依不能喝，大不了我幫她喝。想到這裏，我就不怕他們敬我酒了。還好，有周天宇護著我們倆，並不讓我們舉杯。他說，我們下午要騎車到磨山。少喝點

酒。藍島說：又不是開車。沒關係的。依依只喝了幾口酒，臉就紅了。藍島拿過她的酒杯說：她的酒我代了。下午我騎她的自行車帶她。你們放心了吧？王姓作家說：我們更不放心了。藍島的話說的多，酒喝得並不多。最後兩個桌子的人一起敬酒。中餐就算吃完了。

周天宇依然騎車帶我。藍島帶依依。王姓作家不帶女生，卻讓高個的李雲（《開拓》的小說編輯）帶他，笑著說，今天下午我受到最高的待遇（意即李雲個高）。一干人向磨山進發。藍島騎車好瘋，一會兒追到我們前面，一會兒又慢到我們後面。還故意把鈴聲摁得鈴鈴地響。

在去磨山的中途，有人建議划船。周天宇說，先上磨山，上了磨山，再下來划船。於是一個勁地向磨山最高峰朱德亭進發。在朱德亭登高望遠，湖邊的高樓大廈就變得精巧別致起來，像一格格的棋子。此時的東湖帆船點點，金光片片。一條條綠樹掩映的蜿蜒之路，像一條條的綠袖子飄在東湖上，又像一條條水上長廊，柔腸幾折，鋪在東湖的水岸邊。下磨山時，在千帆亭前留影。到山下時，已是下午3：30了。周天宇說還可以劃一個小時的船。於是，安排四個人一條船。每個船上都有負責安全的。我和依依、周天宇和藍島一條船。周天宇負責安全，可是藍島一個勁地搗亂，故意把船弄得兩邊蕩。我和依依不會游泳，嚇得尖叫。藍島說沒關係，掉下去有人救的。我有點暈船，還想吐。船不晃也暈，我只好建議他們把我放回岸邊。我下了船，站在湖邊，周天宇也下了船，站在我身邊。我們一起看依依和藍島慢悠悠地划船。好一會兒，周天宇蹲在湖邊，想用手觸水，可卻突然停下來，對我說，白玉，你看你水中的倒影，像一座堅毅挺拔的高山的縮影——頭上的風和水中的波紋把長髮蕩成水草的形狀，眼睛像兩顆掉進水裏的星星，頑皮地眨著。我不好意思地說，詩人總愛抒情。周天宇說，不是抒情，是真實地描寫。好一會無話。周天宇問我喜愛什麼，愛看什麼書？我的心提得很緊，卻不知道如何作答。想說自己愛畫畫吧，可畫畫得不好，說不出

口。想說自己愛看電影吧，可愛看電影又不是自己一個人的愛好，因為誰都愛看電影。只好說沒什麼特別的愛好。過一會，反問他。他說當然是詩囉，應該還喜歡哲學吧！我突然想起那次朗誦會後，依依對說我的話，便問：「聽說，你要轉系讀哲學專業？怎麼樣了？」周天宇茫然地說：「學校還沒批呢？」他的臉上掠過一絲愁雲。

下午四點的時候，船都回到了岸邊。我們一行人騎車，按原路返回。到武大時，藍島說要護送依依，王姓作家也說要護送李雲。兩位女生不好意思地說，謝謝了，我們自己騎車回去。藍島笑著說，你們怕我們下次到財大要你們護送嗎？一番話把我們說得都笑了。

回到財大時，正好是吃晚餐的時間。我和依依累得飯都不想吃了。

早早地洗了，寫了日記，上床睡覺，卻翻來覆去地睡不著。依依敲門進來，躺到我床上，要和我說悄悄話。夜裏十二點鐘了，宿舍的臥談會基本結束。我們倆說話恐吵著睡覺的同室，於是，一人搬一張凳子到陽臺上咬耳朵。依依告訴我，她寫了三首詩。我說你詩興大發啊，寫了幾首詩！依依說，我每天都寫一到兩首，今天不過多寫了一首。我問她今天划船怎樣？她說，藍島一個勁地朗誦詩給她聽。我有些不相信地說，就朗誦詩嗎？依依說，還能怎麼樣？嗯，他當時送我一首詩。我就說，看你們倆依依不捨的樣子，肯定有什麼的？原來都給了信物啊？依依使勁地掐了我一下。我讓她把那首詩背給我聽聽。她向我眨一眨眼，輕聲朗誦道：《白雲和溝壑》——

　　　因為這個風起雲湧的主題，
　　　我留下這麼多的牙齒
　　　給歲月，
　　　和去年的白雪。
　　　聽任黑沉默地說：

074

在愛中永生——阿毛長篇小說

「愛，就是嗑咬，

就是糾纏。」

你不可能看不到的：

天和地，白和黑

還有那麼細小的綠，肆意的藍

一會兒讓我上浮，一會兒讓我沉陷

正如你所渴望的——

我成為了另外的白雲

他處的溝壑

　　我說我聽不懂詩寫的什麼意思。依依說，她也不懂。沉默一會兒說，有時候詩只要你覺得美就行了，不一定要懂的。又問我和周天宇在湖邊談什麼？我回答說，反正沒有朗誦詩，沒有你們倆浪漫。依依不信，說一定有秘密，讓我坦白交待。還說：「我什麼都對你說了，你是我姐，能不說嗎？」我扭不過依依，於是把周天宇看我在湖裏的倒影時說的幾句話，說給她聽了。依依輕輕地「啊」了一聲，詭秘地說：「看來我們學校的桂冠詩人要給你搶走了。」我敲了一下依依的背：「你瞎說什麼啊？我連詩都不會寫。」依依說：「要寫詩幹嘛？相互欣賞就行。」我遺憾地說：「可我沒有什麼值得他欣賞的。」依依說：「怎麼沒有？你的優點你自己都不知道。」差不多快兩點了，依依沒回她們宿舍。她和我擠在我的床上，又咬了一會兒耳朵，才睡著。

　　因為睡得太遲，今早醒來之後又睡著了。竟做了一個別致的夢。前幾天中午或晚上總見到宿舍裏的女生在練舞。看她們開始雙腿硬棒棒的樣子，不竟想起我的小侄子的「小正步」。沒想到今早在夢中，我抬起雙手，平指前方，雙腿交換上提，嘴裏一個勁地喊著「正步走」的口

令，在家門前往返幾次，弟弟笑話我上大學後舞蹈精彩之極，母親則認為我瘋了，痛苦地說：這是怎麼了？我自顧自地笑著前進，嘴裏喊著：妖怪，鬼怪，精怪。後來我笑醒了。把身邊的依依笑得莫名其妙。依依鬼裏鬼氣地問我做了什麼美夢，笑得這樣開心。我把夢話講給依依聽。依依笑得要命，她說她的肚子都笑疼了——想不到你平時那麼嚴肅矜持，做夢卻是這麼活潑幽默。

4

　　這段時間我和依依都懶得到圖書館上自習了。以前沒人搶座位時，兩個人上圖書館都很積極。現在有益哥幫忙佔座位，反倒去得少了。總是賴在床上，不是讀詩，看哲學書、美學書，就是心騖八極地神遊。我從《大學生》雜誌、《飛天》雜誌、《詩歌報》等刊物上找到周天宇的詩讀了，非常喜歡他那首獲得全國大學生詩賽一等獎的詩《太陽祭》，此詩大氣雄厚，思想深沉，具有史詩般的氣概，其他一批詩也都不錯，很有爆發力，充溢著一種陽剛而不失陰柔的力量之美。令我這個不太懂詩的人都深深折服，難怪依依發出「桂冠詩人」、「詩歌天才」的驚歎。

　　我們單周的星期三下午和雙周的星期五下午都沒課。而依依她們單周星期三下午是哲學討論課，雙周星期五下午是美學討論課。而且都是大課，她們系的三個班都在一起上。聽說每次討論課氣氛很激烈，在學生中反映很好，在全校的討論課中的影響也很大，經常吸引不少的外系學生參加。依依見我不想上自習，就邀請我去聽她們的討論課。他們的

大課堂是在3號教學樓的大教室上的。我去的那次他們的議題是時間觀與空間觀。出我意料的是，周天宇竟參加了他們的討論，而且基本上是主角。他認為時空既不是物質的也不是意識的，但它們屬於物質範疇。另一派學生的觀點認為時空是物質的。「沒有物質，就沒有空間」，空間是物質的存在形式。兩派人什麼絕對空間，相對空間地爭得面紅耳赤，激動處，拍桌子，振茶杯，大有一種「非我莫屬」的味道。後來還是周天宇以理服人，使另一派觀點的爭論者心悅誠服。在他們激烈的爭論中，依依插過幾次話，還時不時地笑著對我說：「還是周天宇的道理服人。」依依說得非常誠懇，顯出了一種弄清問題後的輕鬆喜悅感。我被周天宇的風度深深迷住了。討論中，他的觀點鮮明，思路清晰，邏輯思維強，激動時也顯得理性冷峻，既有感染力又有威懾感。難怪他會贏得陣陣掌聲。討論課完後，我和依依走到周天宇面前，周天宇驚訝地說，你們基建系的也聽哲學討論課啊？我回答說，你們商經系都來參加討論了，我只不過是聽了一下。依依補充說，他根本就上不了他們商經系的課了，這幾個星期以來都在上她們的課。看來周天宇是一個很執著的人。我問他轉系的事情怎麼樣了？他茫然一笑：天知道！快到宿舍前了，我還想隨周天宇走一段路，可是周天宇被剛才與他激烈爭論的男同學叫走了。我聽見有人喊我，回頭看見益哥提著兩個開水瓶，依依站在他的旁邊不說話。益哥說請我們倆吃飯，晚上還有活動。我笑而不答，示意這件事我做不了主。依依說，你先告訴我們什麼事，我們才答應去不去？益哥說沒什麼特別的事，就是請你們吃飯，聊天。依依不信。站在益哥身後的他同宿舍男生坦白了——今天是益哥生日。依依說，原來你當壽星了，好的。我們等一會就去。我笑著，想提益哥手中的那兩水瓶。益哥說，我送上去，順便帶走空瓶，明天好為你們打開水啊！依依又是一笑：「我們這哥哥愛服苦役啊，真沒辦法！」

益哥送了開水，就先走了。他讓我們六點鐘到首義路的一家餐廳

第三章　象牙塔裡的愛情

去。依依問我送什麼禮物？她自言自語地說鮮花是送給女孩子的，蛋糕又太小兒科。我建議依依送首詩，到時候朗誦給益哥聽。他一定會非常喜歡。依依說，只有男孩子送女孩子詩，哪有女孩子送男孩子詩的？我故意為難她說，反正你寫那麼多情詩，都沒送人。益哥對你那麼好，你總得有所表示啊！誰知依依聽了生氣了：「我的詩是寫給日記的，不是送人的。再說益哥對你也好啊！又不是我一個人的哥！」看依依生氣的樣子，真逗人——小嘴撅著，眉毛擰著，天真稚氣，有一種淡淡的喜氣。還這不是真正的生氣，頂多是任性而已。可是如果她的胸部一呼一吸地高節奏聳動。那就是來真的了。這次就是真的。我忙委婉地說：「逗你玩的，你說送什麼就送什麼好了。」依依這才緩過神來。我們商議到商場看看，再決定買什麼。我們兩個人去逛了中南商業大樓，買了一件雅戈爾的白襯衣。到首義路餐廳時，他們都坐好了，就等依依和我了。有人說：「按規矩，依依坐上席。」依依欠身一笑，「什麼規矩？應該壽星坐上席。」於是把益哥拉到上席上，我們兩人坐在他的左右邊。在座的男生都偷偷笑。舉杯敬酒時，不怎麼敬益哥的酒，反倒一個勁地敬依依，還讓依依賦詩，把依依急得臉通紅。為了給依依解圍，益哥喝了不少酒。我也喝了一些。酒鬧完之後，一干人又要回到益哥的宿舍去鬧。依依不想去，為了不掃益哥的興致，我悄悄做依依的工作。依依答應了，我自己卻在路上碰到一個程咬金，說他們宿舍有活動，讓我去參加。程咬金不是別人，是我的同班同學童世卿。此人總愛一個人偷偷地笑，笑起來像個小孩子，臉上還有兩個酒窩，很甜。我們女生都暗暗叫他「糖果小弟。」其實他身高1.78米，儒雅挺拔，嚴肅起來是個十足的男子漢。我說，糖果小弟，你找我有什麼事？童世卿說，無論身高還是年齡，我都是你哥，什麼時候成了你弟弟？我正兒八經地說，個高並不就是哥哥了，再說你有那麼甜的兩個小酒窩，不叫弟弟叫什麼？童世卿急了：把我的兩個酒窩送你算了，讓你對我甜一點。童世卿害羞地

一笑。我得意地說：「我又抓住把柄了。看你笑得多害羞。」童世卿生氣地說：「就是你說我笑得害羞，現在班上人人都說我笑得害羞。我哪兒得罪你了，抑制我長大成人？」

　　我看童世卿不像有事的樣子，於是不理他，拉著依依跟著益哥他們走。童世卿追上來，說是真有事。問他什麼事，他又不說。益哥說，如果不是你過生日，你就跟我們走，說完過來拉童世卿。童世卿就一臉嚴肅地跟著走。益哥的宿舍裏，煙酒糖果瓜子都擺好了。又有人說：「按老規矩，依依應該坐上席。」說完有人嘿嘿地笑。依依瞪了那人一眼，拉我坐在偏座上。益哥走過來坐在依依的左邊。其他人才開始入座。益哥對依依說，今晚不要你喝酒，也不要你唱歌，只要你說幾句話，朗誦一首詩。說完，從口袋裏掏出一個袖珍採訪機，放在依依的面前。依依顯然不適合，疑惑地問，「你這是幹嘛！像採訪似的。」眾人都笑，益哥也笑。依依這才明白是什麼意思——哦，我明白了。祝你生日快樂！依依說一句「生日快樂」，看著益哥笑一下；依依笑一下，益哥就點一下頭；依依再笑一下，益哥就又點一次頭。依依又說一句「天天快樂」！又笑一下，益哥就又點一次頭。依依不說了，益哥還對著她不住地點頭。意思是讓她再說。依依不願意說了。益哥說，你是詩人，才女，朗誦一首你自己寫的詩。眾人都鼓掌稱好，益哥還在點頭。依依搖頭說，我從記不全自己的詩。又有人建議依依即興賦詩。依依說，即興賦詩是一件很好笑的事情。我還是朗誦一首別人的詩吧。這是一位叫劉利的詩人寫的《感覺》——

　　　黃昏又一次降臨／揚揚／這不屬於你和我的黃昏／屋子裏光線幽暗／這不屬於你和我的／床和杯子／脆弱的杯子／／鞋橫在地毯上／吉他在沙發上／電話線拖得很長／這一切全像愛情／愛情在我們體外／在我們觸摸不到的地方／它本來就不屬於／你和我／

揚揚／你仍遙遠得像從未曾有過／而我不過是不過／隨便是什麼／比如桌子那端安靜的鐘／準時地走著

　　依依朗誦完，大家仍靜靜地不說話。似都被依依朗誦的這首憂傷的詩所感動。良久，才有人說，好。掌聲響起。益哥說，好的，很好聽，就是太憂傷。依依說，好詩都憂傷。童世卿說，喝酒吧？我要呼酒買醉。男生都對酒感興趣，都開始舉杯豪飲。童世卿一瓶喝完了，突然問我，「白玉，你喜歡我嗎？」我的腦子一片混亂，沒想到他在大眾場合問這樣一個問題，慌忙回答，「如果你是我的弟弟，我就喜歡你。」童世卿顯然不滿意，對益哥說：「你是後來才認識他們的，你都是哥哥，而我卻是弟弟。不公平啊！」益哥笑而不答，小聲對我說，才喝一瓶酒，就說起了酒話。話沒說完，童世卿拿了一瓶又喝了一半，搶過益哥手中的採訪機說，我也給大家朗誦一首詩，不是我寫的，是本人今天上午上課時，在課桌上看到的，是刻在課堂上的一首詩，不是詩，是對話——有人對我說／說什麼／說你有了愛人／哪的事？有了新人你忘了舊人／怎麼著？童世卿一問一答，把大家都逗笑了。大家爭先恐後地說起自己看到的課桌文化。甲曰：「大學生沒人愛我，就是免費，我也不嫁。」（顯然是女生刻的）「如果你想嫁，請到39號樓與××聯繫！」（顯然是男生刻的）乙曰：「饅頭誠可貴，油條價更高，若為鮮肉包，二者皆可拋。」丙曰：「奇粗學院橫行系，霸道專業佔位班。」……諸如此類，令人捧腹。

　　說呀，喝呀，大家很快發現，童世卿醉了。「誰說我醉了，我沒有醉，我只不過喝得太多了。宋益明你想灌醉我，讓我等會跳不成舞。太不夠哥們了。」童世卿一邊說，一邊晃著腦袋，用手打桌子，蒼白的臉上還是笑。大家你看著我，我看著你，還有人做鬼臉。我和依依低低地問周圍的男生：「哎，他是不是有點兒醉了？」「沒醉，喝多了點。」

我從沒見到醉漢，當然也就不知道醉酒人的舉動了。但我對他們的回答又不敢相信，因為童世卿此時確實相當反常了，他一個勁地說話，喝一口酒就要說上十句話，還用一雙帶笑意的酒眼盯著我，好像我答應過他什麼私密的事情卻沒有踐約似的。看得我滿腹委屈，又不便說。況且他那麼風趣幽默，常惹大家一陣笑，我要是說什麼掃興的話就太煞風景了。

那就轉移話題吧。大家建議道，既然沒人醉酒，那就跳舞唄。說著就開了音響。童世卿的迪士科舞得狂極了，嘴裏一個勁地隨著節奏喊，「來，來，一、二，跳，跳。蹬左腳，聳右肩；蹬右腳，聳左肩。蹬左腳，聳右肩；蹬右腳，聳左肩……」有幾個人本來跳得好好的，讓他這樣繞口令似地一叫，都不知道自己該怎麼跳了，乾脆停下來看著他搖頭晃腦地跳。他那滑稽的動作惹得人笑得前仰後合。益哥的舞跳得非常乾淨漂亮，像踢踏舞。他在教依依跳。我也想學。沒想到童世卿突然舞到我面前，「白玉，來，來，我們來跳迪士科。」然後單腿下跪，作了一個請的動作。弄得我笑也不是不笑也不是，只得掩嘴扭過身。「你不伸出你的玉手，我就不抬起我的玉腿。」所有的人都盯著我們倆看。沒辦法，我只得在眾目睽睽之下，伸出手。我心想，跳就跳唄，迪士科誰不會啊，只要順著節奏甩胯扭腰就行了。可是跟著童世卿的口令就沒法適應。他根本就是誤導。

總算大家都盡興了。益哥送我和依依回宿舍。童世卿跟著，嘴裏嘰嘰咕咕地，半路上吐了。益哥改送他回宿舍。我和依依都覺得很累，一回到宿舍洗了就睡。

5

依依雙周星期五下午是美學討論課。她約我去聽。可她自己卻臨陣脫逃。理由是今天她是廣播台的主播，要提前去做準備。我知道她們的播音稿都是先一天晚上廣播台的值班編輯編好了的。她只需播音前用半小時時間備稿，這樣直播起來一般都沒有問題。今天她用半天的時間去備稿。讓人費解！她最近有些神神秘秘的，圖書館的自習室也不去了，晚上也不怎麼到我的宿舍來咬耳朵。我每次去找她，她都是一副神智恍惚的樣子。聽她宿舍的人密告：她每天晚上息燈後，打著手電筒在被窩裏寫詩。晚上常常說夢話，有時候還會把人吵醒。聽她朗朗有聲的，掀她被窩，才知道她做夢在寫詩。只要一醒她就立馬把夢中的詩都記下來。我有天問她，「聽說你做夢都在寫詩？」她神秘地一笑。「我說你是不是走火入魔了？」她反說：「你才走火入魔了，從來不看詩的，竟會抱著一個人的詩反反覆覆地讀。」

我一個人去聽美學討論課。因為去得晚，後排的位置都沒有了，只得坐在前排。想不到今天的討論，開場很冷清。沒有人出來接題。美學老師環顧了整個教室後說，今天我專點女士。我正緊張呢，眼睛不敢看老師，頭悄悄地往座位下面縮。「這位女生你說說？」我不敢抬頭看老師點誰。沒想到老師又重複了一遍。我偷偷抬眼看。老師正瞪著眼睛朝我笑呢！我慌忙站起來，吱吱唔唔說：「老師，我是外系的，第一次聽美學課。」老師笑了，「哦，是覺得你面生，還以為是你逃課太多的緣故呢？好吧，你就回答一個最簡單的問題——你說情人眼裏出西施是不

是審美活動？」課堂上一陣轟笑。我心裏一驚，老師竟問這樣的問題，真讓人難為情。正在猶豫著，一個聲音從後排的座位上響起——我來談談這個問題吧！上帝啊，是周天宇的聲音，他來給我解圍了。我終於舒了一口氣坐下來。周天宇話音剛落，就有一男生大聲地問，「老師，課上英雄救美女又是什麼活動？」話音一落，整個教室裏哄堂大笑。老師也在笑。討論課的氣氛由此活躍。回答老師問題的人非常踴躍，問題爭論也很激烈。我的心裏有一種害羞的甜蜜的味兒。一節課的討論完後，接下來是美學小課堂，放影幻燈。我一直覺得後面有人盯著我看，不想再上第二節課了。於是一個人悄悄地溜了。沒想到剛下樓梯，周天宇就追上來。我紅著臉對他說，謝謝你給我解圍。周天宇說，應該的。美學幻燈你不看嗎？見我搖頭，周天宇說他可以給我講講，他課前找老師看了幻燈的。

周天宇從北京人講到西班牙鬥牛，從陶器講到古人的崇拜，講得生動具體。我現在還記得他講陶器——古人在陶器上畫一些水波浪似的曲線，象徵著對蛇的崇拜，寄託著他們的信仰。陶器的色彩從單一到富麗，線條由拙劣到靈活，給人一種動感、力感，引發人的想像。如有一陶器上繪著青蛙的圖像。乍一看，那青蛙像要騰腿而飛似的，動感、力感都很強。還有一個陶器內壁繪有一個人，身著輕紗，手和腳都如絲帶，非常輕盈柔美、飄飄欲仙……此刻的周天宇口若懸河，滔滔不絕，和那日對湖冥思的樣子判若兩人，卻另有一種風流倜儻的美。我被他深深地吸引住了。先是細心地聽他說話，後來完全不知他在說什麼，只知道癡迷地看著他。他那話語的懸河，已經變成了我癡迷地望著他時的一種背景音樂。

我們倆沿著校園不知不覺地走了三個來回。從校北邊的三號教學樓走到東邊的二號教學樓，從二號教學樓經過學術大樓、校醫院、學生二食堂、研究生樓、34、35、36、37號學生宿舍到最南邊的38號樓，轉

身經過校運動場、體育館、29、28、27、26號教學樓、電教樓、思園、圖書館、大禮堂、廣播台、41號男生宿舍樓、40號女生宿舍樓、大運會運動場到3號教學樓，如此反復竟一點兒都不覺得枯燥與漫長。平時從南邊的教學樓到北邊的教學樓上課時，或者從北邊的教學樓趕往南邊的教學樓，總覺得人流如織、道路漫長，雖只夾著書包提著飯盒，也走得人氣喘吁吁的。今天的漫步卻輕鬆諧意神清氣爽，竟覺得校園是如此之小，一會兒一個來回，一會兒一個來回。第三個來回經過40號女生宿舍樓時，碰到同宿舍的大姐、二姐、三姐。她們三人是前不久剛結拜的姐妹，她們的結拜宗旨是大學四年不談戀愛；週末一起看電影或是跳舞；共同對付對任何一位結拜姐妹有企圖的男生。她們三人一直有意讓我加入她們的「不戀愛聯盟」，一則湊個偶數，二則四人好打「雙升」。可她們見我既有外系的哥哥宋益明，又有外系的妹妹依依，肯定會最先污染「不戀愛聯盟」。因有如此擔心，所以忍痛放棄我的加入。但她們還是會時不時地叫我一起參加她們的活動。最近很少見到依依的人，所以我參加她們的活動就頻繁了些。現在她們三位在幾米之外細細地打量了幾次我身邊的周天宇，然後朝我詭秘地一笑，一起向我招手。我走過去，大姐向我咬耳朵，說我都已有主了，幸虧我沒有加入「不戀愛聯盟」，不然一定會動搖軍心。又說，她們三人剛去湖北劇場買了電影票，也買了我的，讓我一定去。我笑著不答話，回頭見周天宇站在身後，微笑地看著三位姐姐。過了一會兒，才說，白玉你有事，我回宿舍了。記住給我看你寫的文章。我點點頭，目送了他好遠。三位姐姐開始拿我開涮了——他好英俊，好面熟。我們在一次全校的學生演講會上見過他。好像是才子周什麼的。聽說很多追求者喲！你能讓他對你傾心，真不簡單啊！我說，我們不過是普通的交流而已。她們當然不信。

看完電影回來已經是夜裡11點了。我到依依的宿舍看她在不在。依依剛剛回來，靠在床上寫東西。見我去了慌忙往枕頭底下藏。我問她這

段時間怎麼這麼忙？她一臉神秘與幸福地說：「你應該知道的。」我笑著搖頭。依依示意我坐在她床上，讓我伸出右手給她看。「哦，這是感情線，這是事業線，這是生命線，這是成功線。你的感情線很長，感情很純潔很執著。但是追求你的人特別多。追求你的男生中，A、B是挖牆角，童世卿十全十美，益哥是好朋友，周天宇是永遠的男朋友。」我抽回右手，用左手輕輕捶了一下依依的肩，「你瞎說什麼啊？益哥是你的追求者，周天宇是誰的男朋友恐怕他自己都不知道？依依你別轉移話題了，老實交代，你這段時間神神秘秘地幹什麼去了？」依依小聲說，她這段時間聯繫作家來搞講座的事情。我恍然大悟了，依依一定是在和……我的話還沒說出來，依依就噓了一聲。「明天晚上他要來，和王姓作家一起來。說要到學生俱樂部跳舞。讓我們叫上李雲一起去。」我心裏咯噔一下——藍島和依依、王姓和李雲，剛好兩對，我和誰呢？一個人落單，還不如加入同宿舍三位姐姐的「不戀愛聯盟」。依依自顧自地暗自甜蜜，根本沒注意我的落寞與不快。我對依依說：「你接著寫你的詩吧，我回宿舍睡覺了。」依依說：「好的，寫好了，過幾天再讀給你聽。」

　　第二天吃過晚飯，我就躺在床上看書。「不戀愛聯盟」的三位姐姐在化妝。大姐把我拉起床，也要我化妝。我前幾天買了一套美寶蓮的化妝品，剛剛學了一點化妝。基本掌握了化妝的程式——用洗面乳潔面後，用玫瑰精華油柔膚，再擦粉底霜，最後撲粉，在面頰上擦胭脂。我的眉型比較好看，只需用眉筆在眉梢輕輕細細地加長一點就好了。眼影用的是玫瑰色的眼影，口紅用的是玫瑰色的口紅。完畢用鏡子瞧自己妝後的一張臉，精緻、細膩，很耐看，心中竟會有一種輕輕的醉意——這樣的粉臉人兒啊！正在沉醉中，大姐說我一頭濃密的長髮太沉重，最好盤一部分在頭頂，留一部分垂在肩後飄逸。說完就給我盤髮。先是中分，在頭頂處向左右兩邊分道摟起兩縷長髮，打成小辮，分別盤

在兩耳上方。盤結精緻小巧，像黑色的蝴蝶結，尾梢兩縷和沒盤的頭髮一起順至肩後。大姐細細地打量我，說，瞧你像誰？多像我們昨天看的電影《亂世佳人》中的郝思佳啊！我走到穿衣鏡前，端詳自己的臉與髮型。髮型還真有點兒郝思佳的味道。只是身上的衣服太寒磣了。白襯衫黑褲子，是這個宿舍，不，這個校園，這個城市，這個國度，這個地球上，最普通的搭配。我想我的化妝色系是屬玫瑰色的，衣服也穿玫瑰色的可能更好，於是從床上拿出自己前一段時間剛買的玫瑰色毛背心與玫瑰色裙子換上。三位姐姐都說漂亮，今晚聯盟的盟主非我莫屬了。我搖搖頭說，不敢當。大姐說，今晚我們去跳舞，你可別為我們引來狂蜂浪蝶喲。我一愣，對她說的跳舞表示詫異。她說，你以為我們去幹嘛？打扮得這麼漂亮當然去跳舞。我說，舞伴呢？大姐說，我們四個人就是相互的舞伴。管她會不會男步，隨著節奏走就行了。於是，四個人嘰嘰喳喳地出了宿舍，下了樓，往學生俱樂部走。一路上，我感到很多眼光看我，可我不敢抬頭，只管低頭走路。

　　天還沒黑，舞會還沒開始，舞廳裏就坐滿了人。我們好不容易在角落處找了兩個座位擠著坐下來。靜靜地等舞會開始。我發現不少男生盯著我們這邊。大姐說憑她的經驗，這是男士是在找舞伴。我們一定要穩住，前三曲不和男生跳。我說我不和任何男生跳，只想一個人靜靜地坐著。大姐說，哪不可能。到時候會有人搶著拉你進舞池，你想不跳都難。可是我心裏已拿定主意，不和男生跳。舞會還沒開始，就有一批男生站在我們的前面。看樣子是鎖定我們了，只等舞曲一開始就來請。可是舞曲還沒開始，我們就倆倆地緊緊拉著手。舞曲一響，我們就雙雙地站起來，跳。把身邊的男生看得直瞪眼，悄悄說，哇，女生和女生跳啊？

　　第一首歌曲是《讀你》：「讀你千遍也不厭倦，讀你的感覺像三月……你的眉目之間，鎖著我的愛戀，你的唇齒之間留著我的誓

言⋯⋯」舞廳裏的人越來越多了，即便小幅旋轉，都可能與其他的舞伴發生碰撞。我們在人群中小心翼翼地舞動，盡情避免與別人發生身體磨擦。可是在一次旋轉中，我的腳被人點了一下。不是不小心的踩，而是有意地點壓。我驚訝地回頭，看到依依正衝著我笑。還有藍島。知道今晚可能會碰到他們的，沒想到第一曲就碰上了。依依說，我從李雲那裏回來就找不到你了。說好了咱們今天跳舞的，你怎麼都不等等我？依依對我做了個鬼臉。又小聲說，有人在找你！你應該知道是誰。舞曲還沒完，依依就要拉我下舞場。我示意跳完這支舞。依依一直跟在我們的身邊跳，舞曲一完，依依就抱歉地對大姐一笑，拉著我就走。我看見周天宇在座位上沉默地坐著，見我走過來，微笑起身，做了個請坐的姿勢，然後在我旁邊的座位上坐下來。我的心緊緊的，跳得厲害。第二舞曲剛響，就有人來請我跳舞，我微笑地搖頭；又有人來請，我還是搖頭。周天宇說，哦，跳舞不是我的特長，但我還是要請你。說完，就伸出手，非常紳士。我把右手輕輕地搭在他伸過來的左手上，他的右手輕輕地一摟我的肩，我的左手像中了魔法一樣，很自然地搭在他的肩上。他很會帶舞，所以我跳得非常輕盈。感覺腳底生風，身輕如燕，非常陶醉地在舞曲裏飛——

「愛的路千萬里，我們要走過去。別彷徨別猶豫，我和你在一起。

高山在雲霧裏，也要勇敢的爬過去。大海上暴風雨，只要不灰心不失意。

有困難我們彼此要鼓勵，有快樂要珍惜。使人生變得分外美麗，愛的路上只有我和你。」

因為太陶醉了，所以我原諒其他舞伴有意無意的粗暴的碰撞。周天宇說：「學生舞會總是這樣擁擠，像下餃子似的，一砣一砣的面咯嗒。再相愛的人跳再抒情的曲子，都會跳變了味兒。最浪漫的舞會應該是兩個人的舞會，只有兩個人，相愛的兩個人。彷彿整個世界都已睡去，所

有幽暗的燈光，輕柔的音樂，都只為這靈與肉的依偎與撫慰。我想，如果可以，我給愛人的第一件禮物，就是這樣的一場舞會。」我詫異地聽著周天宇的話，心酸地想，誰能得到他的這樣一件禮物呢？第二支舞曲結束時，我驚異地發現，我們已不知不覺地舞出了舞廳，進了外面的走道上。兩人不約而同地下了樓，走在夜風如水的校園中，感覺神清氣爽。現在舞曲聽起來，輕柔而飄渺，如煙似夢。我們倆一直默默走著，在思園的密林旁，周天宇突然轉過身，看著我，我也看著他。他帶電的目光迅速地擊打著我。我雙目溢出的一種劇烈的灼痛感製造了一種輕微的昏眩，從頭一直貫穿到腳。我扭過頭，想慢慢地朝前走，可是心力不支。整個人倒在他迎過來的懷抱裏。他的臉頰輕輕地磨著我的臉頰，暖濕氣流的嘴唇在我的耳邊溫柔地低語，「多麼令人愛憐呀，白玉無瑕。彷彿世間再聖潔的吻都會有損她的純潔……為了她潔白的一生，我願意就這樣捧著。」可是這片低語被急促的呼吸與劇烈的心跳淹沒了。他把我抱得越來越緊，越來越緊，緊到快要失去呼吸了……

不知過了多久，舞曲停了，舞會散了。校保衛人員開始打著手電筒在校園裏進行拉網式的搜查了。這意味著，校園裏悉悉嗦嗦或行或坐的戀侶要分開分別回到各自的宿舍裏去。我們依依不捨離開思園。周天宇送我回40號樓時，門衛喊，快點快點，還有五分鐘就關門了。我進了大鐵柵門，回頭看見周天宇站在門外向我揮手。良久，才離開。這個夜晚將是一個不眠之夜了。走在樓道裏，我已經聞到了這個不眠之夜的所有甜蜜氣味了：玫瑰色與黑白色中相互靠近的嘴唇，在輕柔的音樂中波動的節奏裏，於夜風中深深的陶醉與迷戀……它們不僅僅彌漫在11月的花香中，它們彌漫在因喜悅而產生的超越季節的所有花香中——那些梅花、那些櫻花、那些牡丹、那些火紅的玫瑰、那些濃郁的廣玉蘭、那些潔白的梔枝花、那些蓮花、那些桂花……還有那些植物的氣味，那些微雨的氣味，那些露珠的氣味……所有因甜蜜而產生的聯想已經調動了一

個愛中的人所有的嗅覺。我滿懷喜悅地聽任這個夜晚成為個人情感史上最珍貴的典藏，聽任日記以癲狂的速度和節奏，記下所有甜蜜的印記。聽任一隻喜悅的小鳥兒在絲綢般的夜裏以夢遊般的方式高飛鳴叫。從這個夜晚開始，我完全相信，所有愛中的人皆是詩人。

　　不止一個人在回味，在記憶，在抒情。已經有人輕輕地在我的耳邊朗誦愛的詩句——

　　　　一千年一萬年

　　　　也難以

　　　　訴說盡

　　　　這瞬間的永恆

　　　　你吻了我

　　　　我吻了你

　　　　在冬日朦朧的清晨

　　　　清晨在蒙利蘇公園（洪山公園）

　　　　公園在巴黎（武漢）

　　　　巴黎（武漢）是地上一座城

　　　　地球是天上一顆星

　　是初吻，肯定無疑的初吻。這當然不是一件小事情，而是驚天動地的一件大事情。所以普列維爾寫了這首《公園裏》的詩，所以依依滿懷柔情一遍遍吟誦，所以我的日記彌漫甜蜜的詩意。這是一些甜蜜的永生的事件——普列維爾在巴黎的蒙利蘇公園，依依在武漢的洪山公園，我在母校的思園。

在愛中永生──阿毛長篇小說

白雲與溝壑

我發現：

我們的甜蜜，我們的愛

在歌唱中成為下陷的深淵

1

　　當然是因為戀愛的緣故，依依和我都先後不去圖書館了。我們兩人也偶爾晚上七八鍾的時候到教室上上自習，可每次都把時間花在上自習的路上──在校園裏走來走去的，就是走不到教室裏去。一會兒在廣播台前的草坪上站站，一會兒又在思園的門口望望。兩個人都像在夢遊，不是出神淺笑，就是輕語歌唱。好不容易到了教室，不是暗自走神，就是嘰嘰咕咕地說話兒。學習效率空前的低。

　　依依更像生活在夢中。什麼時候都是一幅沉思的樣子。問她在想什麼甜蜜的事兒，她吱吱唔唔地說，沒……沒什麼。在想詩吧？依依似在回答，又似在提問。這真是一件神秘的事兒。既寫詩，又戀愛了。有如此遭遇的人，應該知道這雙倍的熱量囤積在一個人的身上，會是多麼大的一種魔力。所以任何時候見她，都會看到她雙頰緋紅，鼻翼閃光，似有滿腹柔情，卻又心靜如水；期期艾艾的神態，輕言細語的聲音，似有滿腹心思，卻又似一無所思；眼光既灼熱又淡漠，似有深深的眷戀，又似一無所戀，一無所托。這真是一份詩的莫名其妙的境界。真讓人匪夷所思。所以，我聽她說「在想詩吧？」的第一反應是──真要命！她已經把詩深入到日常生活的方方面面了。以前只知道她在日記裏寫詩，做夢寫詩，現在竟聽說她上課都在寫詩。

　　更要命的是，自從她的詩在校報、晚報和一些大學生雜誌上發表後，她的詩名也日益大起來。她的很多任課老師都紛紛誇她是才女。哲學老師竟然公開對全班的同學說：「依依是有才華的學生，她的詩文寫

得非常好，她完全可以成為詩人作家。我的課她可以不聽，上課趴在座位上寫詩、睡覺都可以，學習成績不一定要多麼優秀，考試過得去就行了。我想，財經大學的學生不一定人人都是將來的經濟學家、法學家、律師、會計師，也可以出詩人作家、畫家、音樂家，都可以的。你們在座的有什麼特長，儘管發揮好了。」老師的講話引來一陣陣的掌聲。此時的依依正在夢遊，她把自己依稀聽到的掌聲，當成詩歌朗誦會上的掌聲了，正在甜蜜蜜地笑呢？坐在她身邊的同學用胳膊肢把她拐醒了。她看見同學們都用羨慕的眼光看著她，她不解。老師善意地把剛才的一番話又重複了一遍。依依站起身來，連聲說：「對不起！對不起！上課沒用心，請原諒！」老師做了一個讓依依坐下來的手勢，說：「天才不用說『對不起』、『請原諒』之類的話。在俗世保持自己的特質，往往是一個天才成其為天才的最初原因和立世之本。……哲學是一門智慧的學科，愛哲學就是愛智慧。智慧對一個人的人生觀和世界觀都會有影響，對寫作也會有幫助。雖說哲學是理性的，詩歌是感性的，是兩種不同的思維方式。可是哲學學好了，對寫作不無裨益。現在你可能不明白，以後你自然會明白的。」老師的一番話讓依依聽得既欣喜又不安。讓依依欣喜的是老師對學生的寬容與厚愛，不安的是依依覺得自己有愧於老師的厚愛——自己既不是天才，也不是一個有智慧的人，只不過擁有青春和愛情所賦予的一種可愛的偏執的才情而已。能不能成為一個優秀的作家與詩人，是當時的依依想都不敢想的事情。奇怪的是，這堂課以後，依依再也不在哲學老師的課堂上走神打瞌睡了。她非常認真地聽講，做筆記，課外還閱讀了不少哲學書。

　　就這樣，詩歌再加上哲學，把依依塑造成了一個既感性又理性，既熱情澎湃又心靜如水的女孩兒。她會用冷靜去對待詩歌與愛情，她也會用熱情洋溢對待哲學，她就是這樣一個吸取了哲學與詩歌交叉魅力的人。她會因地制宜地散發出哲學與詩歌賦予她的神奇魅力。一切都是那

麼自然，彷彿是一種天生的能力。不理解依依的人，只是因為他們不理解，也碰巧遇到的正是她不同的魅力段。比如，有的詩人會說依依不像是寫詩的，因為他用詩歌所期待的激情碰到了依依哲學的邏輯與冷靜。依依的理由是——我不可能對很多人很多事都有激情，言外之意是她只對自己有好感的人與事、愛的人與事有激情，而你不是我有好感的、愛的人；也有的人認為她不像是學哲學的，因為她有時候會感性得語無倫次，毫無邏輯，激情得無邊無際，像個狂人。這時候你碰到的絕對是詩歌的依依，如果你用哲學的要求去看待一個詩人，那麼這個詩人肯定不像是學哲學的。不管怎麼說，依依都是一個學哲學的、愛詩寫詩的女孩兒。這女孩兒的矛盾與困惑，總能在不知不覺中給那些或許是來自哲學又來自詩歌的神奇魔力一一化解。新的矛盾與困惑產生了，被化解了，更新的矛盾與困惑產生了，又被化解了，像個彈力鏈條，推進著依依的魅力人生。我佩服依依的這種似乎天生一樣自然的能力與魅力。而我自己總是給矛盾與困惑死死地纏住，不容易解脫。像人們說的那種，一根筋，轉不過彎來。不過，我也不認為這樣有什麼不好。只要是自己願意的，就是好的，舒心的。

不論拋不拋開益哥對依依的癡心，我都能理解他對依依的看法——依依總是那種時時都有新奇魅力的人。我們理解的只是她極小的一部分，絕大部分都悄悄處在美妙的變化之中，連依依自己都不知道，所以沒人能把握她的心，因為她自己都不知道她的心在哪裡？你說她在詩歌裏吧，她卻在哲學裏；你說她在哲學裏吧，她卻在詩歌裏。哦，總是雲裏霧裏的，還有無限的魅力——這就是依依。益哥對我的看法是執著、純粹、純潔，像一個愛沉默的天使。對如此簡潔的評語，我自我解嘲地理解為俗話說的「一根筋」。也罷，人與人總是不同的，我和依依雖然情同姐妹，但這改變不了我們是不同的兩個人的事實。也許正是因為這不同成就了我們的友誼。我們一直能相互依戀又彼此欣賞，這種友誼在

女性中並不多見。所以我們都非常珍惜。我能理解她半夜寫詩，上課時偷出去與戀人幽會，偶爾夜不歸宿——因為她寫詩，她在愛中；我也能理解他不讓戀人到她的宿舍裏來，更不讓他給自己打水買飯，因為她說學生的愛情不是居家過日子。她這一點與周天宇真是絕對的一致。因為那晚在思園，周天宇對我說，他的愛表現形式不會是打開水買飯，可能更多的是心靈之愛——談心，看電影，寫文章。所以，我和周天宇、依依和藍島的愛情形式不同於其他的同學。沒有人看到我們這兩對戀人幫對方打開水買飯，手牽手進出宿舍樓。我們不是身體戀愛，更多的是精神戀愛。

所以，益哥根本就不承認依依心有所屬。即便他碰到依依和藍島在一起，他只會認為依依是在和詩人交往，是在寫詩，而不是在戀愛。因此，益哥一如既往地為依依打開水。但他已經不給我們佔圖書館的座位了。因為他11月裏來佔的座位我們都沒有去。座位自然被後來的人坐了。再後來益哥就像以前沒有認識依依和我一樣恢復了一個人在閱覽室的窗臺邊看書報雜誌的習慣。

今天又是週末了，中午我和依依在學生二食堂吃飯，碰到周天宇。他邀我們晚上到他們的宿舍去聊天，順便看電影。依依問，為什麼說是順便？周天宇回答說，我們宿舍外面就是露天電影場，每次我們都是從窗口往外看電影，根本就不需要搬凳子進露天電影場。我和依依都高興得「啊」了一聲，記起他的宿舍是37號樓。以前我們女生在露天電影場看電影，都是找36號男生宿舍樓的老鄉搬凳子的，有時候去遲了，凳子沒了，就找35號樓的搬，看完後還得去還，多少有些不方便。當時坐在露天電影場看到37號的窗口伸出的一些男女腦袋，非常好奇，非常羨慕——他們就那樣從窗口看電影。看到激情處，如拉手或親吻，就有人不停地鼓掌，吹口哨。看到再親熱一些的動作，就會有人大喊「流氓，學生不宜」等口號，讓露天電影場的人時不時地扭頭看他們。這樣露天電

影場的觀眾幾乎有三分之一的時間在看他們——每個窗口都有男女腦袋，可就是不知道到底是哪個窗口發出的聲音。而他們則居高臨下的可以看到全場的每一個角落的每個細微的動作。更氣人的是，只要電影膠片一斷，或者暫時的停電，他們簡直像是在狂歡——一個勁地鼓掌，敲盆擊碗，還有的趁著樓下沒人，迅速地往樓下的水泥地上摔燈桿、燈泡、開水瓶。開水瓶的爆炸聲，和其他物品落地的聲音，和著部分女生的尖叫，一起砸向耳鼓，真是比電影中的尖叫和爆炸還刺激。我們驚駭之餘，不免羨慕他們這些「實彈」演習者的瘋狂——如電視上有球賽的晚上停了電或輸了球一樣瘋狂與壯觀。依依每次都問我，為什麼我們兩個班的男生都住體育館後面的28樓，而不住37號樓呢？如果住37號樓，這樣我們就可以經常看免費電影，還不需要搬凳子，多省事啊！我非常贊同，甚至接著她的話題說，最主要的是可以瘋狂幾下喲！依依說，那當然，偶爾發一下瘋的感覺，一定很好！

　　所以，現在周天宇說順便看電影，依依就對我一個勁地眨眼睛，我知道她的意思——那就是偶爾發一下瘋！於是我們倆異口同聲地說，今晚肯定去！

　　藍島也來了。他每次來都是先到周天宇哪兒。現在周天宇的宿舍成了藍島約會依依的主要地點之一。今晚依依是和我一起去的。看到兩男兩女，周天宇同寢室的同學就很知趣地到隔壁的宿舍了。這樣一個住八個人的宿舍被我們四個人佔據了。宿舍收拾得很整潔，不像那些少有女生光顧的男生宿舍——襯衣臭襪子臭鞋臭，還混雜著不新鮮的酒味兒、煙味兒，以及不斷產生卻不斷發臭的荷爾蒙（這個詞我是從依依他們的美學課上聽到的，借用在此處還很恰當）。這間宿舍汗味兒、煙味兒也是有的，不過都是新鮮的，被穿堂風一吹，還很爽人！桌上擺放著瓜子、糖、話梅等零食，還有水果。還有兩副撲克牌。依依問誰打牌？藍島說，電影開始之前，我們四個人打「雙升」。我和依依都說不太會

打。那兩男生都說沒關係，跳舞都會，打牌就更不難了。我和依依相互伸舌頭，還是分別做了周天宇與藍島的對家。想不到藍島打牌的水平比我和依依的還臭，態度還認真的不得了，只要依依一出錯牌，他就會責怪依依。依依不高興不想打了，他就溫言輕語地哄依依，弄得依依只得硬撐著打。他們兩個人自然配合得不好。而我和周天宇則配合得非常默契，把他們剃了兩個光頭，我們都打到K了，他們還在打5。依依打牌是不用心的，所以輸贏也無所謂。可藍島卻一定要趕上並超過，「依依雖然你的頭髮沒有白玉的長，可是我的卻比周天宇的長，我們倆頭髮加起來的長度也和他們的差不多長了，他們居然剃我們兩次光頭了，我們也一定要剃他們的光頭，讓他們也做兩次小和尚小尼姑。」依依笑說：「我們倆打牌都是沒有天分的人，恐怕一輩子都當不了剃頭師傅。」藍島回說：「你不能長他人的志氣，滅自己的威風啊！要『報仇雪恨』啊！」依依說：「以後能不能『報仇雪恨』我不知道，今天是肯定打不了翻身仗了。」我看見藍島洗牌笨手笨腳的樣子，偷偷笑。他跟我和依依一樣，牌都拿不住，一動牌牌就往外跑。好像那些牌故意作對似的。可周天宇洗牌的樣子，真好看，就像流水線一樣，呼啦兩下，牌就均勻整潔地擺成一摞。他出牌的樣子也很有氣勢，右手高高地一揮，牌就重重地落在桌面上，既乾脆又響亮，還威風凜凜，霸氣十足，真有些氣吞山河的味道。即便我的牌差，我看他那架勢，心裏上就很放鬆，就贏了一半了。周天宇不像藍島那樣不停地說話抱怨，他只是微笑，臉上卻全是堅毅的表情。這讓我覺得非常溫暖，心中時不時湧出想站起來吻吻他的感覺。當然，不可能。我倒是看見藍島時不時地用手指尖刮刮依依的臉蛋兒，既是責備又是愛撫的那種。

電影開始了，藍島卻還沒有罷場的跡像。我和依依都靠窗坐著，兩人時不時地會伸出頭去看電影銀幕，他們出什麼牌，我們輕輕「啊」了幾次才弄明白。再加上其他窗口的尖叫聲，口哨聲攪得人心神不安。

藍島這才罷手，埋怨說，露天電影實在沒什麼好看的，吵鬧不安靜，嘈雜不溫馨。什麼時候我們一起到解放路的電影院去看通宵電影，據說那裏的情侶包廂很怡人。我和依依不答話。周天宇說，露天電影也有好處啊，你看他們在樓下看風景，我們在樓上看他們，我們同時看兩部電影，別有一番情趣啊！兩個男生開始抽煙，並要我和依依吃零食。我和依依都說不愛吃零食。藍島詫異地說，不吃零食的女孩不可愛。我和依依面面相覷。依依說，我有時候吃，有時候不吃。藍島又說，那你有時候很可愛，有時候一點都不可愛。哦，我和依依略有所思。周天宇說，不吃零食的女孩應該愛抽煙。說完就給我和依依各遞一支煙。我和依依都搖頭，藍島硬塞了一支煙給依依，並點上，說，偶爾瘋一下沒關係。聽到這話，我和依依都笑了。我也接過周天宇遞過來的煙，輕輕地吸了一口。哇，你們倆抽煙的樣子都很好看，非常優雅有味道。兩個男生不約而同地說。我和依依同時看著對方。煙霧中的依依，竟有些迷茫與飄渺的感覺，她白皙而骨感的手指，留著堅韌的長指甲，看起來芳香迷人，似乎天生為煙這樣柔軟與飄遊的事物而生的。可能對煙霧有點兒不適，依依嘴唇輕吸煙時，雙目不由自主地微微一閉，長睫毛婆娑如影，非常迷人。我都看得入迷了。周天宇輕輕說：「看你們倆吸煙的樣兒，那麼的一致。我今天總算弄明白，你們為什麼是這麼好的姐妹了，你們在某些方面根本就是對方的鏡子。」依依看著我說：「白玉，你那麼纖長的手指，沒學鋼琴真可惜了。不過，能畫畫也不錯啊。」周天宇驚訝地看著我，問，「白玉你會畫畫？我怎麼不知道？」依依說：「你不知道的多著哪！她的日記本裏就畫了你的不少肖像畫。」周天宇驚訝地「哦」了一聲。我的臉一下子紅了。藍島說：「依依你不也畫畫嗎？有幾次我的胳膊和肩膀上都是你的指畫兒。只要我有親近你的念頭，你就用指尖兒劃我，像我老家的貓咪。總有一天，我要趁你不注意，把你的手指甲給絞了。」依依笑而不答。我真羨慕依依的手指甲，洗衣服都不

斷，而我的一碰水就會發軟，就會斷掉，所以指甲總是留不住。而依依十指尖尖。可依依羨慕我長髮飄飄。她的頭髮細軟柔順，稍長一點就會發黃分叉還斷髮，不剪都不行。所以我們倆一個很少剪指甲，一個很少剪頭髮，所以一個尖指甲，一個長頭髮。依依有一幅堅韌的鎧甲，我有一頭飄揚的旗幟，走在一起非常鮮明，引人注目。

　　抽了幾支煙後，我和依依守在窗口看電影，兩個男生本來在聊天的，也湊過來插在我和依依之間。右左左右的兩對人兒的腦袋集體伸出窗口。下面偶有目光掃過我們這邊，周天宇伸手拉熄了宿舍的燈。我們現在完全是躲在暗處看明處了。銀幕上的親熱鏡頭，看得人非常難為情，心裏辣辣的，似乎臉也在發燒。我沒有低下頭，可是眼簾垂下來了，悄悄瞅依依，依依也瞅我。偏偏藍島不老實，總是偷襲依依，害得依依不斷施搯功，藍島一會兒笑一會兒叫，引得樓下的人東張西望地尋找聲源。後來，依依乾脆地離開了窗口，坐在凳子上生悶氣。我抽出周天宇緊緊握著的手，也坐到依依的身邊。藍島靠在窗邊輕聲笑，說依依你真是一朵帶刺的玫瑰啊！周天宇故意問，怎麼她又刺著你了？代替藍島回答的是樓下「啪」的一聲巨響。是誰砸了開水瓶呢？我和依依還沒反應過來，就聽見藍島說，偶爾瘋一下。依依嬌嗔嗔地跑過去，重重地捶打藍島說：「你總是這麼壞！」。藍島說「男人不壞女人不愛」，然後雙手緊緊地箍住依依，把她整個人抱在懷裏，依依嘴裏喊「白玉……救」，還沒喊完，就被藍島用嘴封住了。我不僅救不了她，還感到難為情，比電影裏的鏡頭更讓人難為情。於是我起身打開宿舍的門，向外走。周天宇跟出來，牽過我的手，把我整個人往他懷裡拉。他的唇剛碰到我的唇，我們就聽見依依氣咻咻地跑出來了——依依你不夠朋友，竟然見死不救！看到我和周天宇要接吻的樣子，她輕輕地「嗨」了一聲，又被跟出來的藍島封住了嘴。我們都給封住了嘴。嘰嘰喳喳的小鳥兒都給封住了嘴，改在胸口蹦跳了……

過道上不斷有人走動。我們四人下了樓，不知不覺地走進了露天電影場。第二場電影已經放映過半了，所以電影院門口已沒有人把門了。我們站在最後看。這是一部叫《雷場相思樹》的電影，男主人公君默正在聯歡會上彈奏一曲吉它：「為什麼我走的時候你看天上的飛鳥並不是在看我；為什麼我走的時候你看前面的道路而不是看著我；當你轉身抹眼淚的時候，但我看到的卻是你的微笑。」依依說，這歌詞真感人。藍島卻說，可它沒有你的微笑感人。依依嗔怪道，你總是那麼討厭，一點都不含蓄。可是我的天宇卻是太含蓄了，不願意多說一句話。天不知不覺地飄起了雨。看電影的人也陸續散了。我們一行四人走出電影院，沿著校南路往校北路走，路過思園時，雨點大起來。思園裏的戀侶也驚慌地逃出來，各自散去。我們四人仍像在小雨中一樣，慢悠悠地走。兩個男生都把外套脫下來，分別頂在我和依依的頭上。不知哪一幢宿舍樓裏飄起了《在雨中》音樂，我聽到走在身邊的天宇，情不自禁地跟著音樂唱起來——在雨中，我送過你，在夜裏，我吻過你，在春天我擁有你，在冬季我離開你。有相聚也有分離，人生本來是段戲，有歡笑也有哭泣，不知誰能躲得過去。你說人生豔麗我沒有異議，你說人生憂鬱我不言語。只有默默地承受這一切，承受數不盡的春來冬去……

　　天宇的嗓子非常低沉，有磁性，唱這首歌非常好聽。我感到渾身有一種甜絲絲、酥麻麻的感覺，彷彿每一個音符都像手指在身上的每一寸肌膚上滑動，既像是彈奏又像是一種輕輕地安撫，令人心旌動搖。我忍不住轉過身停下腳步望著他，天宇掀掉我頭上的衣服，狠命地吻我……我聽到藍島在天宇歌聲停止的地方接著唱——在雨中，我吻過你。然後是一聲惡作劇的尖叫——快點，女生宿舍要關門了。再不快點，就要挨訓了。保安人員來了。我輕輕推開天宇，卻見藍島和依依擁吻在一起……

　　已經晚上11：25了，再過5分鐘宿舍樓真的要關門熄燈了。雨一點兒也沒有小下來的意思，把戀人們想在外面遊蕩的念頭也一一洗盡了。

藍島說，無奈啊，我只得跟天宇回他的宿舍了。真想淋雨回武大，可是依依不陪我。一個人在雨中像落湯雞，不如一對戀人在雨中像落湯雞浪漫。

今天還不夠浪漫嗎？再浪漫可就要病了，發高燒了。依依小聲對藍島說。我和天宇一個勁地笑啊！門衛已經打著傘準備鎖門了。我和依依迅速還了他們兩人的衣服，閃進去。回頭看見兩個人在雨中還傻乎乎地望著我們這邊……

進宿舍時，依依小聲對我說，她洗了澡過來跟我睡。我知道今晚一時半會兒是睡不著的，兩個人咬咬耳朵也好。於是洗了澡，就打著手電筒寫日記，依依敲門進來時，差不多一點了，我的日記已寫完了。問她怎麼洗了一個多小時的澡。她說，她又寫詩了，三首詩。我們倆坐在床頭，她看我的日記，我看她的詩。我有一種強烈的感覺，依依把與藍島的戀愛，當作是寫詩了。就像益哥所說的那樣。這種寫詩是不是一種愛，我還真不明白，也許依依也不明白。我想問依依，她是愛詩呢？還是愛藍島？可我終究沒問。因為不管依依愛什麼，她都是在愛中，一個愛中的人有時候難免會糊塗，糊塗的人怎麼能說清楚自己到底更愛什麼呢？就讓依依在詩裏愛吧——《玫瑰佔據了我一生的時光》：

> 雨霧使我看不見你深藏的一切
> 窗簾上的花從不為風吹動
> 無數人談論等待的意義
> 我不為你等待
> 玫瑰佔據了我一生的時光
> 除了玫瑰，還是玫瑰
> 我不能愛別的事物
> 我固守的這片領地

是我真實的軀體
生長在我身上的花朵
是我一生的愛人

我不懂依依的這首詩，但我理解依依愛玫瑰肯定不僅僅是因為她對花有一種祖傳般的癡愛，而是因為任何女孩都愛玫瑰——這種愛情的語言。也許有時候我們愛愛情本身甚於愛情的具體對象。

依依說，這首《一場關於鮮花的戰爭》是送給我的，我高興地抄錄在日記裏，現在我都能背誦了：

這麼世上沒有
你是我夢中見到的美人
詞語像流水滙集到你的腳下
你是水中唯一的鮮花
一場關於鮮花的戰爭
讓我開始飛翔
不能讓鮮花留給情敵
像遠古的金蘋果之戰
哦，鏡中的硝煙
是我頭頂的光芒
讓我們飛到硝煙的高處
生一群鮮花的孩子
讓她們成為風中最美的塵埃
讓我在夢中撫慰你
珍視鮮花
就是珍視人類的愛情與想像

我在想，天宇怎麼就沒有送一首詩給我呢？他的詩很深奧，思想性強，都是撫今思昔，抒發理想的，卻沒有一首愛情詩。依依說：「那天你們在湖邊他對你說的話，其實就是一首可以稱作《倒影》的詩呢，你稍微簡潔一下就是的。你又不寫詩，別人只好說成散文詩給你聽嘛！」我「哼」了依依一下，她又在笑我不懂詩了。我真不懂嗎？她下面的一首叫做《僅僅是一次狂想》的詩我就懂了：

> 被我拒絕的愛情並不尋常
> 我看見所有的落葉
> 都掛在你的眉睫上
> 我的思想睡在隔岸的水裏
> 深處的火焰比陽光還亮
> 光芒比針尖還讓人疼痛
> 這裏被誰仰望？
> 又被誰撫摸？
> 我不想為命運要求答案
> 不想為愛情要求誓言
> 最柔情的眼眸
> 最殘酷的冰刀
> 都被我拒絕
> 我的愛情不傷害任何人
> 被我的紅心觸疼的部分
> 僅僅是一次狂想

我問依依，這首詩送給益哥就很恰當。依依心虛地說：「你胡侃，還真以為自己看懂了？你所懂的不過是你理解的那部分，而你理解的那

部分並不就是我心裏的那部分。再說，這就是詩歌的魅力，不同的讀者有不同的理解，因為詩歌本身就是引導人們多向思維的。你怎麼理解都行，只要說得通。今天實在是太興奮了，不能再寫了，下次再寫就寫一首《女士香煙》的詩。誰要我們抽煙，我們就要抽女士煙。」我嘀咕道，「還抽啊？你的嘴裏詩裏本來花香彌漫，要是抽煙，肯定全變成煙味兒了。」依依說：「有點煙火味更好，免得那些男生，總說我的詩溫軟軟的，充滿了花香。我也會陽剛的。你知道藍島怎麼評論我的詩嗎？他說我的詩很有意味，但是憂鬱了些。表現形式含蓄，意境單純，總給人一種傳統詩的痕跡。如要有大的突破，必須多看書，生活觀念和生活方式都要作些改變。問他怎麼改變，他卻沒有正經話，只是說讓我畢業後到他的大西北去支邊。我說，我到大西北，我爸會掐死我。他說『你私奔了，你爸想掐你都掐不到』。你說他氣人不氣人。他明年就畢業了，真的要回大西北。還有幾個月的時間，我想都不敢想啊！」說完，依依一臉茫然。看來依依已是一個進入角色的小戀人了，想得那麼遠！我還從沒想到自己與周天宇的前途呢？可能是剛開始的原因吧，再說我們畢業都還有兩三年的時間呢！也不知周天宇轉系的事情弄得怎麼樣了？我問過周天宇，他說不知道，他本專業有幾門課他都沒有參加考試。我非常驚訝，不參加考試，那不就是缺考嗎？缺考怎麼行啊？他說，要是轉系成功了，就沒有關係的。現在問依依。依依說缺考有沒有關係她不知道，但他們系高年級就有一個轉過來的外系學生。

第四章　白雲與溝壑

2

　　今天是星期三。中午我們突然接到《開拓》的緊急會議通知，通知上請《開拓》全體成員於今晚7：30到2號樓202教室召開會議。我猜想這次會議可能是公佈財大參加華師12‧9詩賽的最終人選。因為上次《開拓》的會議上已經說明這一段時期的主要工作是選定參加詩賽的人員名單。依依卻說，參加詩賽的最終人選肯定是《開拓》的正副主編、社長及詩歌組的人一同決定，根本不需要全體《開拓》的人都參加。可她也猜不出這次會議的內容。

　　已經有三天沒有見到天宇了，所以晚餐後，我迫不及待地要依依和我一同下樓。依依說現在才6點多鐘，離開會的時間還有一個多小時，我們就在校園裏散散步吧。反正今晚開會你就能見到他了，不必等到週末。我不好意思地笑了笑。依依詭秘地說：「看來男朋友還是一個學校的好，即使你不讓他佔座位，打開水、買飯，你也總有機會見到他。你和周天宇平時買飯、上課的途中都可以見到幾次，約會起來更是方便，不像我和藍島，一周最多也只能見兩次，可每次見面都打嘴仗。你和周天宇多好啊，含情脈脈的，讓人覺得你們好像從未開始卻總在開始之中，這感覺真的很美妙。」

　　說心裏話，我對依依和藍島的感情並不看好。大概有兩個方面的原因，一是覺得依依還是愛詩多於愛藍島，二是覺得藍島太油滑，強硬，不會是一個會疼人的戀人。而浪漫多情、小鳥依人的依依應該有一個全心全意體貼她、疼她的戀人。益哥對依依既深情又無微不至，是依依所

有追慕者中最體貼她的人。可是依依只是把他當哥哥，似乎從來就沒有把他上升到戀人的打算。這真讓人不解。可是感情這類事誰能說清楚呢？誰又能說清我和天宇又是怎麼回事呢？似乎心中充滿了愛情，可並不明白愛情是什麼？也不想弄明白。只是愛，只是那種不知道如何去愛的愛，其他的一切都不清楚。唯一可以肯定的是，我們都是在愛中，我對此深信不疑。益哥也是在愛中，雖然不是被愛，但卻是一種無私而固執的愛。這種愛顯然不是依依所羨慕的波瀾壯闊、旖旎婉轉的一種，但卻是溫馨平靜的慰藉。也許這正是依依一直把宋益明當哥哥而不是當戀人的原因之一吧？

我正在心裏分析益哥對依依的愛，卻見他迎面走過來，在我和依依的面前停下來。益哥問，「你們倆又是去聽講座的吧？」依依說：「我們倆在校園裏走一會兒，然後去開會。你呢？——又是去圖書館的窗臺邊看雜誌？」益哥輕輕地笑著說：「現在沒有搶佔座位的光榮任務了，本人不必守著點兒上圖書館，又可以像以前那樣隨便走走，隨便看看了。」依依含蓄地笑了笑，不吱聲。我隨口說：「我們不妨一起隨便走走，隨便看看。」這個建議得到一致默許。於是三個人一同順著圖書館、思園、校南路，出了校門，不知不覺地走到了紫陽路，又不知不覺地沿著紫陽路拐進首義路，一路上各自談同班同學的趣事。等我們從首義路拐進武珞路，從學校北門進校時，七點半都過了。還好，今晚的會場在2號樓，從校北門到2號樓，兩分鐘就可以到。當我們趕到會場時，會議正要開始。

我一走進會場，就感到這次會議的氣氛非常緊張嚴肅，不像以前一樣輕鬆活潑。我環顧整個會場，卻沒有看到天宇。咦——怎麼了？病了嗎？《開拓》的會他不可能不參加的。可能是有事吧！晚點兒會到的。我在心裏安慰自己。不一會兒，副社長桑修林聲音沉重地說，今天召集大家開會，是為了一件特別的事情。也許大家剛剛聽說了。我和依依相

視著問：「什麼事？」然後一起把疑問的目光投同桑修林。看見桑修林依然面色凝重，他小聲地說：「是我們周主編的事情。」我心裏一緊，坐直身子瞪大眼睛，盯著桑修林，自言自語地說：「他有什麼事？」桑修林接著說：「周主編轉系沒成功。而且，他因上學期幾門課缺考……大家知道，無故缺考，而且不補考的，功課是沒有成績的。……學校領導按有關規定，決定將周主編除名了。」「除名？」我同時聽到會場一片驚訝聲。我感到腦子轟地一響，眼前一片模糊。雙手癱在座位上，可我依然盡力用蹦直的雙肩撐著昏旋的腦袋。依依附在我的耳邊說：「不可能的，他是那麼優秀。」會場上也有人問，「到底是怎麼回事呢？他那麼優秀。怎麼會被除名？」桑修林接著說：「為了留住周主編，我們決定以《開拓》的名義跟學校有關領導談判。今晚就是集中大家的意見，聯名給校領導寫一份懇求信。」大家一致說：「好，為了留住周主編，讓我們做什麼都可以。」聽見大家七嘴八舌地擬懇求信，我既感動又傷心。感動的是，《開拓》的同仁都非常尊敬周天宇，傷心的是，我做夢也不會想到會發生這樣的事。天宇啊，怎麼會這樣的！前幾天都聽說你轉系的事辦得快差不多了，可是怎麼會被……但願懇求信能留住你。我不知道懇求信是如何擬好的。它傳到我的面前時，我早已淚流滿面了。我接過依依手中遞過來的筆，在一大片名字裏面，寫下了自己的名字。懇求信已傳到左邊的人手中了。我慢慢地離座，出了會議室。腳步像灌了鉛一般沉重，平時輕盈上下的樓梯，此時卻舉步艱難。依依輕輕地跟在身邊說：「不會有什麼事的，也許明天我們就能知道周天宇留下來了。」我不說別的，只說我要去找他。到了天宇的宿舍，可天宇不在。他同宿舍的說，今天一天都沒有看見他。我和依依一直坐在他的自習桌旁等。宿舍裏的熄燈鈴已經響第一遍了，還是沒見天宇回來。依依拉著我說：「走吧！說不定他到你的宿舍裏去了呢？」我在心裏想，這是不可能的。有高興的事兒他都不去我的宿舍，這麼痛苦的時候，他更

不會去的。依依說：「宿舍樓都快熄燈關門了，還沒回來，也許他不會回宿舍了。再晚一點，我們就出不去了。」說完，拉著我往樓下跑。戶外早已是夜涼如水了，多好的秋天啊，校園裏的儷影都在紛紛散去。我在傷心痛苦中不願意回宿舍，卻也不知道要去哪裡。經過思園時，我站著不動。想著幾個星期前的長吻，此刻卻凝在如此冰涼的氣息與傷心的思維裏，我的淚水又一次掉下來。依依安慰說：「傷心沒用的，看看能不能想點什麼辦法？走吧，我們回宿舍去想。」依依說完，硬拽著我回宿舍。我們剛進宿舍樓，門就關了，宿舍的燈也熄了。我們摸黑上樓，進寢室。依依徑直跟我坐在我的床鋪上。我趴在床上輕輕啜泣，用被單捂著嘴，不讓自己哭出聲。依依雙手撫著我的肩，嘴附在我的耳邊輕聲說：「別傷心，會有轉機的。我根本就不相信，他會被除名。」我對依依說：「我開始也是不相信的。可是他為什麼不在宿舍呢？為什麼不見我呢？」依依說：「你別瞎想，說不定，他是有別的事情出去了呢？」我問依依，你說還會有什麼事比這件事更重要？不會有別的事的，他是痛苦得不想見我了。依依說：「可能他自己還沒有足夠的思想準備面對這件事，所以也沒有思想準備面對你。這個事件還沒有給他思考的時間，但你要給他思考的時間啊！這不是一件小事呢？所以一定要冷靜。」依依的話是很有道理的。誰會有被除名的思想準備呢？這樣的苦難降臨了，當事人當然得有充分的思想準備去承受。我哪能奢望天宇背著這樣的痛苦和我見面呢？

　　這一夜自然是無眠。依依忙著安慰我，也沒有睡好。

　　今天我一整天都沒有去上課，去了幾次天宇的宿舍，也沒見到他。聽依依打聽到的情況，說桑修林拿著懇求信，帶著《開拓》的幾個副主編去找了校領導，可能會有轉機。可是我聽宿舍有人談論說，校常委已經開會決定了除名，很快就要下文了，可能沒法更改了。

　　我的日記在這裏已經沒有文字了，是一些淚水，一大片空白。就像

我的腦子，只有被痛苦充滿的空白。

　　天宇啊，你在哪裡呢！我見不到你，就只能給寫信了——

　　天宇：

　　　　想不到我寫給你的第一封信竟會是這樣的一些內容。

　　　　我有生以來，從沒有像現在這樣震驚的時候，也沒有像現在這樣痛苦的時候。

　　　　你應該知道的。自從第一次見到你，自從我把久仰的大名與你本人聯繫起來，自從我那次坐在你的自行車後座上……我就有了一種日漸明晰的感覺，那就是我已經愛你很久了。可是我太天真幼稚，一直不知道如何表白自己的心。只是那次舞會後，我才在你的吻中表白自己。昨天以前我都是在愛的甜蜜中，現在卻是非常的痛苦。

　　　　我多希望我能代替你的處境。我要做的肯定不是同情，而是一如既往的愛。我想我們的愛也許會抵禦一些痛苦，可我卻找不到你。

　　　　你說過，讓我寫了詩文給你看的。可是我根本沒心思寫任何東西。

　　　　太痛苦了。今晚寫了這一紙信。請理解我給你的決不是一張紙。

　　　　你的犧牲並不是無謂的，它將引起同輩人的深思與呼籲。

　　　　順境能育才，也能毀才；逆境能毀才，更能育才。

　　　　相信你的抱負能有實現的時候，也相信你的才華能有展示的舞臺。

　　　　　　　　　　愛你的白玉於（19××年）11月6日傍晚

信剛剛要收尾，同宿舍的大姐突然說，她今天在圖書館門前看到了《開拓》的一張大字報，為被除名的主編呼籲。宿舍的門口也貼了一張這樣的大字報。真可惜，這樣的才子都給除名了。

大姐不知道我和周天宇在戀愛，要不然她是不會對我說的。我佯裝不知道地說，不會吧？也許只是傳聞。可她肯定地說，今天下午她到學生輔導員那裏去，老師們都在談論這件事——學校領導開會研究已經決定除名了。所以沒法更改了。

我的腦子一片混亂。我不能再寫下去了。我癡癡地坐著，內心狂瀾起伏。

晚上，我又到天宇的宿舍去了，依依陪著我。因為一連兩天都沒有找到天宇，今晚我也沒有抱多大的希望。沒想到，天宇竟然和5、6個人在討論中西文化比較，似沒有一絲兒痛苦的樣子。他們幾個人口若懸河，爭得面紅耳赤。看到我和依依，天宇微笑著示意我們倆坐下。看到天宇談笑的樣子，我的心也釋然了。於是，和依依坐在一旁聽。過了將近2個小時了，仍不見那些人散去。依依一個勁地敲我的背，示意我找機會把信給周天宇。周天宇肯定看出了我的尷尬，才藉口走出去。我和依依跟著走出門。我細細地打量天宇的臉色，他的臉色較蒼白，似不見沮喪。他遲疑了片刻說：「他們都是我同校或外校的朋友，所以……我今天不能陪你了。」我怯怯地說：「你回去陪客人吧！囉，這給你。」說完把手中的信遞給他。他接過信要打開。我忙說：「現在不要看。」他看著我，歉意地一笑：「哦！」天宇送我們下了樓，然後看著我說：「白玉，原諒我，我不能送你了。但我會找你的，明天或者後天呢？」我的內心非常地委屈，出了這麼大的事，我都痛苦不堪，而他卻是如此的冷靜。我的淚水不爭氣地流下來。天宇用手撫著我的面頰說：「白玉，別這樣。這不是永別！回宿舍好好休息，別亂想。」我和依依在天宇的凝望中無言地走了。在路上，依依敬佩地說：「白玉，你看天宇多麼堅強！所以你也要堅強啊！」

3

　　所以，我也要堅強！可令我痛心的是，天宇一個人離校，他竟沒有聯繫我。他為什麼要這樣做呢？他明明知道他是我最愛的人啊！卻不讓我見他。一天，兩天，三天⋯⋯過去了，還是沒有天宇的消息。這令我非常痛苦，尤其是晚上總是睡不著。沒辦法，我只好悶悶不樂地喝酒。「依依，你不能奪去我的酒杯。我的心痛啊，依依，告訴我如何能不心痛？現在似乎只有酒能麻醉我，能減輕一點兒我的痛苦。」依依不讓我喝酒，可是又不忍見我痛苦不堪的樣子，只好在一旁默默地陪著，不是遞上解酒的茶水，就是輕輕地哄我睡。

　　以前我喝酒從不醉的，可現在喝一點兒就醉。正好，只有醉了，我才能睡著一會兒。實在睡不著，就再喝酒。喝酒不醉時，就抽煙，總要把自己折騰到睡著了，就不痛苦了。

　　這樣過去了多少天呢？有多長時間沒有天宇的消息，我的日記就留下了多長的一片空白。我的內心負載的那麼多的愁緒都是想他，為他擔心。星期五，也就是12月5日，我終於收到了天宇的來信——那長達六頁紙的來信。我讀了一遍又一遍，一遍又一遍，然後又端端正正地把這封信附在日記裏了。

　　白玉：

　　　原諒我不辭而別！原諒我這麼久沒與你聯繫！

　　　我確實很艱難地恢復與你聯繫的勇氣。許是我的內心為激流

在愛中永生——阿毛長篇小說

洶湧的翰海、或奔突運行欲勃發的火山所壓抑。它是憤怒、仇恨、惡毒、絕望。它們又淡化了溫柔的纏綿、冷淒的孤獨。深深的不見淵底的如惡魔的苦痛。屈辱幾乎摧毀了我的生命與意志。我得拚命地壓抑住，不讓爆發出來，使毒焰污染愛我者的純淨清明的聖境。我知道它這時爆發出來對誰都是有害的。我必須讓生命沉默，潛潛體味人生的苦難。

而現在我賴以支撐我生命勇氣的力，便是如癡如狂地讀羅曼‧羅蘭的三大英雄傳，讓貝多芬、米開朗琪羅、托爾斯泰伴在我身旁。讓他們的苦難沖淡我的苦痛。我只能領先讓他們的友誼、他們的思想的強力、他們偉大的人格——即使在夢中，來強化我精神的力，同命運對抗。

羅曼‧羅蘭從這些大英雄的氣息獲取神喻而為傳，傳雷由於它們的啟示而譯傳。我，由於英雄生命的光芒，由於譯者、作者精神的象徵，而將完成我的生命——我認為那是我真正的生命。「唯有真實的苦難，才能驅除浪漫底克的幻想的苦難；唯有看到克服苦難的壯烈的悲劇，才能幫助我們擔受殘酷的命運；唯有抱著『我不入地獄，誰入地獄』的精神，才能挽救一個自私而委靡的民族。

「不經過戰鬥的捨棄是虛偽的，不經劫難磨煉的超脫是輕佻的，逃避現實的明哲是卑怯的；中庸、苟且、小智小慧，是我們的致命傷。

「人生是艱苦的，在不甘於平庸凡俗的人，那是一場無日無天的鬥爭，往往是悲慘的。沒有光華的、沒有幸福的——在孤獨與靜寂中展開的鬥爭。貧窮，日常的煩慮，沉重與愚蠢的勞作，壓在他們身上，無益地消耗著他們的精力，沒有希望，沒有一道歡樂之光，大多數還彼此隔離著，他們只能依靠自己，卻又求有

一個朋友。」

羅曼‧羅蘭說的英雄，並非以思想或強力稱雄的人，而是靠心靈偉大的人。

貝多芬就是這樣。——他「竭力為善，愛自由甚於一切」。

他在人類處於最黑暗的年代，人們最卑微最怯弱的年代，從人類苦難的頂峰，從人類精神的最高峰散播著人類幸福的偉大的光芒——《英雄交響曲》，謳歌人的偉大。雖然他開始寫給拿破崙，但當時沒有一個真正的英雄，除他自己。

他在命運毀滅了他作為一個音樂家的貝多芬的時候，——那時他耳聾了，命運的勝利之神貝多芬卻誕生了。他寫《命運交響曲》。他在自己的精神與生命、肉體與靈魂處於最絕望、最痛苦的時候，謳歌歡樂，他的天才的冷傲的臉上流越的是歡樂的旋律。他知道人類，怯懦中、苦難中的人類需要快樂來安慰，他是最苦痛的，卻是歡樂的製造者。

他的藝術、他的肉體、他的靈魂，永遠是來自生命的本質的力，生命的激情，震耳發聵，狂風暴雨般，讓怯懦的靈魂振作起來，軟弱的肉體重新活躍起對生活的慾望。貝多芬才是力的至高神。他征服了所有的力者。征服了時間與空間的範疇，他達到了無限與永恆。力才是一切的源泉，才是永恆。

按他的解釋「音樂是比一切智慧一切哲學更高的啟示……誰能滲透我音樂的意義，便能超脫尋常人無以振拔的苦難。」

他對不朽的解釋「至於那些蠢貨，只有讓他們去說。他們的嚼舌決不能使任何人不朽，也決不能使阿波羅指定的人喪失其不朽。」

在很多傳記中，我發現這樣一個真理：那就是即使是優秀的心靈，也不敢對人類抱有自信。

你的信我一直揣在身上。知道在所有同我交談的朋友只有你能瞭解我的所作所為。我何不隱忍，而持暴烈的反抗。我為了一種激情而付出了且願意付出何等慘重的代價。他們總是問我你何不隱忍一點呢？就我瞭解的我們民族近百年的精神思想的嬗變和行動。維新變法者，資產階級革命者思想者……就個別的那些時代的優秀的靈魂，偉大的人物——他們缺少生命的素質，所以他們全是些影子，虛幻的、沒有實體的，漂浮著。

　　一個民族艱難的復興，每一個元素（每個人）都必是力源，原動力，而不是力的托借體，保持慣性運動。這樣社會終會停止下來。而我們的民族最缺乏的是精神強力……

　　他們和時代都缺乏一種宗教精神——絕對地抱著痛苦與磨難而為信仰奮鬥的純精神。

　　庸俗社會市俗的人們，不敢正視命運、逃避苦難，把宗教歪曲為否定人的作用，而把意志歸功為上帝與神。他們是畏縮又油滑的心靈。也許從沒有覓到宗教那種虔誠、執著、狂熱的氣息，那崇高的精神底蘊，為愛的苦難而虔誠，為信仰而執著。

　　你也許能想像我的屈辱、痛苦、靈魂的孤獨。可我靠我的一點宗教情緒來愛人類，正視苦難，而不是逃避。

　　我只不讓靈魂在濃重堅硬的黑暗中窒息。

　　所以現在友情對我是多麼可貴，成為我的生命。你的愛，你的超脫世俗的情操（我有一位同學，以前覺得還很好。可這事之後，竟沒有一句話。）讓我覺得我不會沉淪、平庸下去。

　　我不想留地址，因為我現在的情況是你們想像不到的，絕對想像不到。那是一個很壞很舊的小廠。幹很髒很累的體力活，拉絲，把粗鋼絲拉成細的，幹長了聽力會受損。因為聲音太大。而

且我還不是正式的，只是臨時工，工資更低，活更重。大概情況就這樣。

白玉多保重！我現在的情況肯定不好，但我不想影響到你。只希望你幸福！

祝

輕鬆愉快！

周天宇

19××年12月4日

天宇，我是該愛你，還是該恨你呢？你以為你不給我你的消息，就可以不影響到我嗎？我的心情是多麼複雜啊——既為你的來信而高興，又為你的不留地址而慎怒；既為你的苦難而痛苦，又為你的頑強毅力而感動……

今天課間，我見到桑修林，向他打聽你的地址。他卻說：「過幾天，周天宇會告訴你的。」我氣得扭頭就走。後來見到了他，也不理睬他。我在想，是不是你不讓他告訴我你的地址的。我的回信是不是會給你帶去更大的麻煩。我知道現在人們都會用別樣的眼光看你，所以我不願意給你添亂。我把自己的擔心說給依依聽。依依非常理解我的心情，並鼓勵我說：「他需要你的回信。」緩了緩，又說：「白玉啊，你真是既細心，又善良。天宇有你，是他的福氣呢！」以前依依要是誇我，我總是很高興，可是現在我只是覺得苦澀。因為我想為你分擔痛苦，可你卻分明在拒絕我的分擔。

星期二下午上完課，我請依依幫我出點子對付桑修林。依依說她會旁敲側擊地讓桑修林交代你的地址。可我沒想到，桑修林居然對依依說這樣的話：「自古只聽說，英雄救美女，可是很少聽說美女救英雄的。小姑娘現實點，不要太浪漫。」依依回答說：「我不過是向你打聽他的

地址，問他對我的詩歌的看法，哪裡能救人呢？」桑修林略有所思地說：「以前那麼多美女圍著天宇轉，現在天宇落難了，卻很少有人關心了。真是世態炎涼啊！你和白玉仍能關心他，值得敬佩啊！」

我不覺得自己有讓人敬佩的地方。我只是希望自己的愛情能順利地成長。（19××年12月6日至9日）

真沒想到你今晚出現了。我和依依到39號樓100室開座談會。你喊我。我驚喜地望著你。我那時臉一定紅了。為了掩飾我的驚喜，我的羞怯，我慌忙找座位。我和依依、桑修林、李雲坐在一排。你在李雲的左邊。我和你就相隔兩個座位。我時不時地偷眼看你。你還是我前些天見到的你，我夢中的你，並沒有因打擊而消沉。你的精神面貌，讓我放心。我仔細地聽你和別人辯論。可你中途退場後，我再沒有心思聽辯論了。一個人悄悄地從會場上溜出去了。我到了你原來的宿舍，看到你靜靜地坐在窗邊。本來有許多話要對你說的，可是在你的面前我卻說不出一句話，心裏只溫柔著沉默。

我們下了樓，沿著校南路走。你談了你對辯論的看法，談了你的一些近況，談了你近期的詩歌寫作……和你在一起，我從來不擔心我的無語會壓抑我。因為你是健談的，我是熱愛傾聽的。可是，你從不談愛情，不談我們的愛情。尤其是現在我們兩人獨處時，你依然不談，這是我深感痛苦的。走到40號樓門前時，你仍然不談愛的隻言片語，良久，卻說出這樣一句話來，「時間不早了，回去休息吧？」我停在拐彎處，不前進也不後退。你也停在拐彎處，不前進也不後退。「我的心很平靜。」你又說。可你的表情卻顯示你並不平靜。不一會兒，我們又不約而同地朝前走。走出校門，穿過馬路，走向首義公園，走向蛇山，在一張石凳上，鋪上報紙坐下來。你說你所經歷的，是我所想像不到的……你又勸我現在不要想太多的問題，想問題不要想得太深，沒有好處。我

不語，我真想哭：是的，我不想太多的問題，我不再更深地去想你。可我能做到嗎？所以我只能說，能不想就好了。也許這種想純粹是一種作繭自縛。但我卻是心甘情願地把自己縛起來。這種心甘情願不僅僅是因為愛，更是不忍看一個天才的靈魂受到孤獨的煎熬與艱難的懲罰。我更不願意讓自己純潔的愛染上世俗的雜色。你說我太天真了。但我並不認為自己天真，因為這一切我經過了深思熟慮的。你又說，沒有地位，到後來一無所獲。天宇啊，我不會去考慮後果的，我認為對的，就會堅強地走下去。

「時間不早了，回去休息吧？」你又在提醒我了，我機械地站起身，和你一前一後往回走。「你應該考研究生，如想做學問，留在學校是最好的。想辦法留在學校裏。」天宇，你讓我不想太多的問題，你自己卻替我想這樣的問題。我才二年級啊！不過，說實話，剛接到錄取通知書時，想到過考研究生，可是現在沒怎麼想。我多想問你啊——如果我留在學校裏，那你在那裏呢？我不願意只考慮一個人的前途。我更願意把自己的愛跟自己的前途放在一起考慮。可我怕你談到前途會傷心，所以終究沒問。我也知道你現在是拒談自己的前途的。

到了40號樓前，你說，回去吧，快關門了。我站在馬路上不動。一會兒後我們倆仍默默地朝前走。到了圖書館旁，你又讓我回宿舍。可是你沒有邁動腳步，我也沒有邁動腳步。「我會寫信來的。」你對我說。我點點頭，卻仍然佇立著，不願回宿舍。我看著你，透過你的眼鏡片看你。走了這麼長的路，你現在才定定地看著我。為了不讓你看見我的淚水，我慌忙低下頭，手指不自然地敲打著被我捲成圓筒的報紙，發出的響聲是對你沉默的抗議，也是對我癡情的嘲笑，和不自然的掩飾。你拐彎，朝我們宿舍的那條路走了幾步，我帶著委屈跟著你走。你猛地回頭，站著，雙眼定定地看著我。我的心跳得好厲害。我站著，想儘量讓自己平靜一點兒，再平靜一點兒。

你終於伸開你的雙臂，把我摟進你的懷裏。你吻著我，吻著我的嘴，我的面頰，我的眼簾……我溫存地接受你的吻……這世界只有我們倆，什麼路燈，什麼行人，我們不在乎……

你把我抱在懷裏，在大禮堂側面的臺階上坐下。那麼猛烈地吻著我，像要把我吻化似的。多長時間？五分鐘？十分鐘？二十分鐘？不知道。像一輩子那麼長又像一瞬間那麼短。

還記得我們在思園的初吻嗎？那次是單純的甜蜜，這次卻是深情的眷戀，像訣別。現在我們不能到思園去了。甚至不能在學校的角角落落停留了。夜保的人又在尋防。為了不讓離別的痛苦過早地襲來，我們走出校門，走過千家街，走向火車站。我們在火車站的公園坐下來，你把我摟在你的懷裏，一會兒撫著我的頭髮，一會兒親吻我的肩膀，我甜甜地睡一會，睡一會，又醒來，一直這樣到天亮。我們說話不多，更多的是沉默。可我也覺得幸福。原來不用語言修飾的愛，也會有驚心動魄的感受與幸福。早晨六點鐘左右，我們回到了學校。經過思園時，你又吻了我，很認真地吻我的嘴唇、面頰……這是吻別嗎？天亮了，留不住你了。你走了。我也要走了。可我是多麼不忍這樣的離別呀！我真想跑上去，撲到你的懷裏，讓你再那麼吻我，讓我再次在你的懷裏睡去……可是離別還是無情地到來了。

……回到宿舍，宿舍用寧靜迎接我的一夜不歸。上午的課是沒法上的。於是我小心翼翼地上床。進入我的夢境的，又是你。將近十一點醒來，可我的面前沒有你。（19××年12月10日至11日）

這兩天我總是不停地想著你。有時竟會對著幻想中的你羞澀地一笑；有時拿起筆在本子上畫著你的名字，嘴裏輕輕地呼喚著你。可你總是那麼冷靜地看著我。什麼時候能對我笑一笑，像我們愛情的最開始時那樣甜蜜地笑呢？天宇，把你內心的壓抑慢慢釋放出來吧！這樣你的內

心就會好受點。我多想能分擔你的痛苦啊！

　　同時，我也想向這個世界大聲地宣佈：我愛著一個人，一個具有偉大心靈的人。我發瘋地愛著這個人。

　　也許我的愛太幼稚，太天真，但是我願意為這種幼稚、天真作出犧牲。也許你的理想會被黑暗的殘酷現實所吞噬……可不管怎樣，我也不會離開你。（19××年12月11日至12日）

情書妖嬈

要開作一朵白色花

因為我們要這樣

——宣告我們無罪

然後我們凋謝

1

今天是12月12日，我買了七本七種顏色的日記本。我要用它們記錄我們的愛，記錄我對你的思念。

我還買了七本七種顏色的信箋。因為我不能只是把愛寫在日記本裏自我欣賞，我要讓信箋寄去我的愛。我們將要開始我們的《兩地書》了。天宇，我們不能見面，就讓我們在文字裏愛吧！我本可以像依依勸慰我的那樣，做一個會捨棄的人。但我覺得這是對感情的欺騙，也是對自私的妥協。我也可以像你勸慰我的一樣，讓愛沉默，把它埋在心底。但我卻不能這麼自私，不能聽任自己所愛的人遭到苦難的劫洗。不，這是對我的愛的褻瀆。

但願我的愛能沖淡你的苦難、孤獨與寂寞，伴你早日走到人生的光明處！

現在我盼著你的信。從昨天到今天，我明知道不可能收到你的信。可我卻認真地盼著。你看我有多傻。

我的信你應該收到了。今天我也應該收到你的信了，如果你及時回信的話。整個晚自習，我都在想：今天會收到你的信嗎？會收到你的信嗎？你看我太自私了，總是希望你給我寫信。但是你是沒有多少自己支配的時間的。心靈和肉體的痛苦佔據了你多少時間。我不會不知道。

你不給我回信，也許你認為我對於你是一個累贅；也許是你確實沒有時間；……但你是痛苦的，肯定是痛苦的，不可能不需要愛，不需要

安慰。我該怎樣才能使你儘快從苦難中解脫出來，才能使你孤獨的靈魂不再孤獨。我想請你再回到武漢，回到學校來走一走，又擔心你觸景傷心；我想坐火車到你那裏去，可又擔心你的境遇不允許。

你不是不願逃避現實的嗎？可為什麼要回避我的愛呢？（19××年12月12日至18日）

今天收到你的信，我是多麼高興啊！因為太高興了，臉上一直都是笑意。所以全寢室的人都說我有秘密。我只是笑著搖頭。她們是無法分享我的喜悅的。只有依依能。依依一走進我的宿舍，我就深情地叫了她一聲。她知道我的喜悅來自你的信。她笑盈盈地走向我。我們倆緊緊地擁抱在一起。依依在我的耳邊輕聲說：白玉，我為你祝福！宿舍裏的人對我們倆的舉動都非常驚訝。我在心裏暗呼：理解萬歲！依依真是一位好姐姐。儘管她做任何事都有她自己的主張，可在我的事情上她總能從我的角度安慰我，鼓勵我。所以，我不論有什麼事，都不對依依隱瞞。我甚至把你寫給我的信，給她看。（19××年12月22日）

白玉：

並不是威懾於一種力，我才始終沒有長出久已滋生在我心底的迷惘。我是深信。

說這，是我並不是沒有預言到兼有毀滅與新生的神明在時刻想攫住我的靈魂，並不是未預見到毀滅的濃重的黑暗怎樣威迫著新生的暗弱的星辰。我還是作出了選擇。我知道我一步步是在逼近深淵。我知道我將負荷怎樣的屈辱、苦難、怎樣尖銳而劇烈的內心的痛苦，沒有邊際的孤獨。然而我將坦然，我將歌唱。

我是在深信。我並不是由鄙俗而凡庸，為卑劣的物質肉欲所薰陶著而失去理性的人們，引出對人類悲觀的結果。我遙遙看到

那些靠心而偉大的——「除了仁慈和謙卑外，沒有任何優越標誌」的心靈的光輝。所以我並不是在自欺欺人地相信命運。我對命運的神明歷來都有只能有蔑視的表情。儘管它總是用無邊無際的、無始無終的黑暗之力穿透一切、暗淡一切包括充滿活力的偉大生命。而至少我想，那些偉大的生命在完成劇烈而崇高的行動時，在放射他們的生命之力時，它是在潛伏。這便是永恆，瞬間完成的永恆。歷史只是一堆軀體龐大、臃腫、腐朽的影子。

所以我坦然地承受著一切苦難而不後悔。雖然我知道這苦難怎樣啄蝕我的生命。

但是你呢？我可以預想愛情創造的奇跡。可你同樣要經歷深重的苦難，甚至比我更重。知道吧？我清楚那些摧殘怎樣使人陷入絕望，瀕於毀滅。需要怎樣的靈魂之力來驅除死亡的陰冷。你畢竟太天真、太小了，肩膀太稚嫩了。悲劇是必然的。沒有悲劇的演衍，人類將不會發展到至今的文明。

你的愛太純真了。我將如何？我將同平庸自私的社會鬥爭。我將毀滅，我將被擊碎。我是（處於）世俗中心，我不能超脫凌駕於現實與苦難之上。為你的愛，我知道將如何？

這不是托詞。這不夠成我不愛你的理由。你知道我在孤獨中怎樣渴望你愛的撫慰。所以我是軟弱的。我只靠愛來給我勇氣，傲視一切。

在社會眼裏我是沒有愛的權利的。我的愛只能在我心裏。我的愛和著我的苦難，將給我欣慰，將讓我笑對苦難，笑對人生。

為你的愛、為我的愛，我將虔誠，我將無懺悔，我將堅信。

「要開作一朵白色花

因為我們要這樣

——宣告我們無罪

然後我們凋謝。」
只是太柔弱。

珍重！

深深地愛你。
你的愛給我力源。別人因愛情而幸福，我用你的愛抵禦痛苦。
寄一張照片來吧！
我現在情況好多了。

天宇草
19××年12月18日

　　依依看了你寫的這封信，悄聲說，白玉你真幸福。因為你們的愛非
常有厚度，有價值。我深深地祝福你們！
　　為著依依給我們的祝福，我又緊緊地擁抱了她。
　　藍島前天來了。藍島說他給你寫過兩封信，卻沒見你回信。他要
你多到武漢來。說有時間也會到你那裏去看你。還有桑修林也給你寫過
信。他們都很關心你，都希望你振作，別消沉，一定想辦法再考大學。
你不是說過，做學問，還是待在學校好嗎？努力考個好大學，選個你喜歡
的專業讀吧？雖然這會很苦，但是過了這一關，就會離理想更近一點的。
　　你送我那本《朦朧詩精選》我一直放在床頭的枕邊，今晚無意中又
翻到了你上次給我講解的北島的那首《一切》。或許是因為你的境遇，
我現在讀它，比第一次讀它時，心情複雜多了。

　　　　一切都是命運／一切都是煙雲／一切都是沒有結局的開始／一切
　　　都是稍縱即逝的追尋／一切歡樂都沒有微笑／一切苦難都沒有淚

痕／一切語言都是重複／一切交往都是初逢／一切愛情都埋在心裏／一切往事都在夢中／一切希望都帶著注釋／一切信仰都帶著呻吟／一切爆發都有片刻的寧靜／一切死亡都有冗長的回聲

　　北島的這首詩，帶著悲觀的哲理。但你不能悲觀，我也不要悲觀。像你重新規劃的那樣，好好複習，準備明年的考試吧！（19××年12月22日至23日）

　　我又在日記裏，附上了你寫來的第三封信。這次終於輪到你盼我的信了。

　　白玉：

　　　　好久才給你回信，回信一定使你生氣。所以這麼久還沒有接到你的信。我多麼希望是由於你臨近期末複習緊張才沒有時間。就我遇到的，沒有一個像你一樣對一個陷入苦難深淵的痛苦生命表示出超脫世俗，不著一絲塵埃的愛。沒有。他們（她們）連一絲同情也是惜之如金。而且她們在此之前，表示了那麼多廉價的傾慕。如果為了她們卑微的心靈，我會對人類徹底失望。如果為了你的愛，我會堅信人類總是善良的，人類總是充滿愛心。我相信她會懂得一個兒子，或者無數個兒子為了她的愛而甘願忍受苦難、寂寞與孤獨。我的心仍然充滿著，我仍有信念去對抗苦難。就由於你的愛，真正的愛。別人的愛總是有所附麗。你愛的意義就是愛，為愛所附麗。

　　　　你以為我寫給你的信是頭腦簡單？是只看到塵世而沒有窺到天國的聖潔的境界？不是一個世界繁複的音響沉寂後清醒的回聲？是冷血動物？我知道你會生氣。

我永遠記得那個流浪的通宵，記得你的愛。它永遠會在我的生命裏留下溫馨的美妙的回憶。你難道沒有預見假如我永遠不能成功，你付出的代價不是太慘重？不是太不值得？不配你愛？

我們相愛，只是為了我們的苦難而不是幸福。這是太不幸的。而現在我們仍覺得幸福。我只是說如果像海礁，經海浪無數次無數次的億萬年打擊，它永遠不被削蝕而保持其本色？苦難是沉重的，你的心經無數次的創傷，你想像到那會變嗎？

這是我的自私。幾天總想接到你的信，看到你。讓我吻你的時光不會再有嗎？我的白玉。

我沒有眼淚，只有血。

天宇

12月24日

這是今年的最後一天了，明天就是元旦了。讓我在今年的最後一天，再認認真真地想你無數遍。

我沒有生氣。我只感到委屈與難受。真的，因為你知道盼信的滋味。或許我太自私了。明知道你的痛苦、你的為難心境，卻總是急切地盼著你的信。

在我讀著你的第三封信的時候，你也該收到我前天寄給你的信了。那封信發得太遲了。但是，天宇，我沒有想到去生你的氣。我知道你的心境。你總叫我「不要想太多的事」、「幹自己該幹的事」，而你自己卻前前後後地想了那麼多。你以為你的思想深刻，會考慮長遠未來？難道我的思想淺白，就考慮不到我的狂熱會導致兩種結局中的任何一種嗎？我會考慮的。我並不是因為一時的狂熱才去愛。我喜歡成功，但並不是衝著成功才去愛你。我愛你，連同你的苦難與失敗。凡是你的，我都愛。

在愛中永生──阿毛長篇小說

就像海浪剝蝕海礁一樣，讓苦難的命運來打擊我吧！儘管我柔弱，但我絕不低頭。我會用雙倍的力量去還擊苦難。是的，海浪終會剝蝕海礁。而苦難只會使我的意志更加堅強。

所以，天宇，你別擔心我的天真、我的小與稚嫩。要知道，柔弱者有柔弱者的力量。（19××年12月30日）

　　天宇，你不是在懲罰我吧？為什麼我總等不到你的信。一次次地等，等到了一封。接著便又是一個盼望，而這次卻是一個長長的寂寞。從1號到14號，我總在想，天宇，是不是因為我的上封信說了一些傻話；還是你擔心通信會影響我的複習考試；還是其他什麼原因……我每天晚上在睡覺前都會安慰自己：明天會收到你的信的。

　　可是今天仍然沒有你的來信。我向收發員要了班級信箱鑰匙。開了信箱，沒有你的信。過半個小時再開一次信箱，如此反復五次，還是沒有。最後一次，倒是收到了一封催歸的家信。可是我已經不像以前那樣期末考試完就回家了。我的心裏現在有了更重的牽掛。天宇，你知道嗎？

　　如此心焦地等了三天。如果你15號寫信來，今天我該收到了。跑到收發室，卻又是一場空。天宇，什麼時候能讓我再看看你。難道僅僅只在虛幻的夢中？

　　答應我：收到我的信後，給我寫信，我等著……

　　天宇，天氣很冷，你要多保重！

白玉於17日晨

天宇，我用最憂鬱的眼神看著你，用最憂鬱的情緒思慕著你，和著你的憂鬱。而這一切的憂鬱都在愛的音符裏。

昨天隱隱約約知道了你的一點消息，知道你已成為助理廠長。我知道這些並不是你所追求的。這也安慰不了你的苦難，撫慰不了你的傷痛。但至少證明了「真金總有人識」，你的才能正在一步步得到驗證。我默默地祝福你！

「我只屬於我的孤獨，我的孤獨只屬於我。」（這是你1月21日寫在信中的一句話）我也祝福你擁有純淨的孤獨。

叔本華在《愛與生的苦惱》中寫道：

「愛神Amor是盲目的，不但如此，陷入情網的男女，雖明知意中人的氣質或性格，都有使他難以忍耐的缺點，甚至會給他帶來痛苦與不幸，卻仍不肯稍改初衷，一意孤行。

你是否有罪？

我不想去探尋，也毫無所覺。

不管你是什麼樣的人，

我只知道：愛你。」

我覺得這一段不全適用於我。愛神對於我不是盲目的。我知道你的內心，也敬慕你的氣質與性格，也瞭解你的苦難與不幸。「你是否有罪？」我的心裏非常清楚。我愛你，你的苦難再深重，我也不肯稍改初衷，一意孤行。

「什麼時候起，是世界還處於混沌狀態，人的意識裏，黑色就象徵死亡？」

「我給你的是永恆的黑色，僅僅是永恆的黑色嗎？」

你是問你自己？問我？還是問這不公正的命運？

給我什麼？──我的天宇！（19××＋1年1月26日）

2

　　這一段時間不僅我的日記裏全是寫出和收到的信件內容，我的內心與日常生活也幾乎全為信件的寄出接收、盼望等待所充滿，我很少考慮到班級活動與同室姐妹的生活了。「不戀愛聯盟」因外校或外系才子的「入侵」已悄然解盟。大姐、二姐、三姐都先後戀愛了，都忙著和男朋友約會，姐妹之間很少敘話了。這段時間班上的男女關係也非常緊張。大概的原因是女生都和外校或外班的男生談戀愛，而對班上的男生熟視無睹。班上男生單相思的太多了。

　　A生一直單戀大姐。一次逮著大姐身體微恙的午後，買了一大堆水果，在同寢室B生的護送下到大姐的閨房探病。大姐毫不客氣地托B生把A生和他的水果退回。聽說當晚A生喝醉了酒，和B生，還有其他的幾位同室同學一起把那些水果連皮帶核都吞了。真是悲壯啊！

　　童世卿似乎知道了點什麼。對我的往來信件表示了密切的關注。不知他什麼時候改當班上的收發員了。每次把我的來信轉給我時，都是一副曖昧的眼神和語氣，讓我不舒服。「為什麼你所有的來信都是『內詳』寫的，『內詳』來的？」童世卿鬼裏鬼氣地問。我回答說，「本來就是『內詳』寫的，『內詳』來的。」其實，這是我為了保護天宇，而對所有與我通信的朋友的一致要求。雖然他們誰都不知道我為什麼要他們注明「內詳」，但他們都在信皮上寫著「內詳」。因此除了家信，我收到的信都是標有「內詳」的。對這滿眼的「內詳」，誰知道哪一個才是真正的「內詳」呢？但是我知道，瞟一眼都知道。

這是秘密。只有我和依依知道的秘密。哪怕童世卿變成我的親弟弟，我也不會告訴他。他願意猜，隨他猜好了。（19××＋1年1月16日至2月16日）

春天來了，我們的信件像喜悅的燕子一樣飛來飛去的。最後像柳枝上的細芽兒長在日記裏。

白玉：

　　你的愛像孤獨的遼遠的星星照著這深廣的黑暗下的靈魂。那是我的靈魂。它在建構著一些東西，又破壞著一些東西。

　　春節期間構思的一篇東西，像小說。

　　只起了草，終於沒有完成。正像你說的，差不多一個月什麼事也沒幹。它像一個中篇，但可能長一點。沒有建構成，但我想春天完成它。

　　破壞它的完成的是一組叫《原生》的詩。它們誕生了。摘下來，你看像什麼東西。（此詩長約三百行，恕不引用──依依注）

　　詩太長了，不能再長了。這封信未完待續。下封將談談對現在的文學、思想的批評、哲學、音樂、史學等等的淺薄之見。

　　我實在太懶，而且太忙。可我孤獨。

　　深深地吻你

　　　　　　　　　　　　　　　　　　宇3月6日於孤夢齋

天宇，我就知道我今天會收到你的信的，這也許就是心電感應吧！你的信不管是長的短的，內涵都相當地豐富。我吻了信，真的，彷彿你夾在這封信裏。這封信我是躺在床上看的，因為那時我正想入非非呢！

你知道想念是一件折磨人的事，可我就愛把這許許多多的想念都獻

給夢中的你。

你總是用那麼深沉晦澀的筆調給我寫信，這次寄來的詩，也更像是散文詩或哲理隨筆，仍然是被孤獨與絕望所充溢。雖然也深邃，可卻是沒有了以前你在大學詩壇上那種純粹與澄明的氣質。這種風格的轉變，可能是你個人的境遇所致。

可只要是你寫的，不論何種風格，我不但是喜歡的，而且是中毒般地愛。

「生命自由地囚禁於空的蔚藍的純潔，聖者面對永恆的黑暗之壁懺悔」（摘自《原生》──依依注）

誰是那「空的蔚藍的純潔」？什麼樣「空的蔚藍的純潔」，令「生命自由地囚禁」？

天宇，你和你的信、你的詩文，令我也深刻起來，沉重起來！

我現在的日記與信件，也不知不覺地被你的孤獨與暗色的情緒所感染，文字也沉重起來。我想我本來是輕盈的，現在卻變得沉重，不是別的，只是因為愛。因為愛讓我沉重，所以我喜歡這種沉重。

我願我的愛沖淡你的些許苦難、孤獨與寂寞；願我的愛能抵禦人情的冷意；願我的愛不是一條貧瘠的小溪，沒有豐富的源頭；願我的愛不是一條內流河，在乾涸的沙漠地帶消失。

……

而荒漠中的你沒有感到一絲兒輕風的伴隨？

我就是你感覺不到的那一絲兒輕風啊！不再說愛了吧？這個字用得太多，會褻瀆她，貶低她的價值。還是沉默，沉默是金子，黑色中也會放光。你看到了沉默之光嗎？我的天宇。（19××＋1年3月8日）

你當然不會聽不到我的呼喚的，不會看不到這沉默之光的，所以你會寫信來。於是我知道了這兩個月你不寫信的理由，是另有原因。原來

在我之外，還有愛你的人。我當然應該知道的。我愛你的時候，就已經有不少的女孩子愛你了。也許我是最晚一個愛上你的，但卻是堅持得最徹底的。我以為。

白玉：

前天發了封信給你。現在續那封信了。有沒有完的話。整整兩個月了，你沒有接到我的信，我沒有給你寫。你是極度的失望是嗎？別不承認，我斷定絕對是的。你覺得委屈，你頑固地不屈不撓捧出的巨大深情，真摯的愛與理解，得到的是沉默，是無聲的沒有表示的回答。你被巨大的迷惘所攫住是嗎？你原來始終堅持認為你的一意孤行，不肯稍改初衷，被辜負了，是不值得，甚至你生出輕蔑的感覺是嗎？肯定是的。你原來以為你的信念非常堅強，任何東西都動搖不了，而現在你終於有些動搖是嗎？別不承認。是的，我也經歷過。

但我不是考驗你，絕對不是。可憐的癡情的白玉，我有更深的創痛沒有告訴過你。我經歷過你正在經歷的心境。

你說過，但願有比你更愛我的人，你為她祝福，我值得愛。這是你說的，大概你心中有一種極端的否認這的蔑視的感覺吧？白玉，我可以明確地告訴你，沒有，絕對沒有比你更愛我的人。你是愛我的，連同我的屈辱與苦難。你在追求愛的實在價值是嗎？可你不知道它在哪裡？我確實幻想過能有比你更愛我的人。我認定是她。你說的，我之所以能從容笑渡，面對苦難。我就以為有一個我的背後的人，那是最遙遠的一顆星星，她在最遙遠的地方用最深沉的愛沐浴我，照耀我。因而我擁抱了世界，擁抱了痛苦。我確定了我愛人類的信念。她曾經是生命的支撐點，這些，都沒有對你講過。

她現在在師範學院讀書。整整三年，大概是我最意氣風發的時候，我花費了熱切的言詞，把我思想全部傾注在愛裏奉獻給她，因為我認為理解了她，所以她應徹底地理解我。那應該是一段值得懷念的時光。忘了介紹她的身份，高中時同班同學。父親是市一家公司的書記。母親典型的家庭婦女。市經貿局一個經銷股長——她父親的頂頭上司，有位寶貝兒子，看中她。她母親堅決同意的，我是不懷偏見的在這一點上對她。我在她母親眼裏，和經貿股長比起來當然應自慚形穢，相形見拙了。可她不會，我們是真心相愛，你相信嗎？言辭是美妙的。家教太嚴，母女情深，可我仍然能冒冷顏之險，置自尊於不顧。因為愛情是最崇高的。我為我理由的神聖而自豪。

　　後來就是我的事發了。我仍然滿懷自信。可我竟沒有發現那顆星消失了。最遙遠最真誠的那顆星消失了。我不知道是什麼時候消失了。你也作過最深沉最孤獨的期待嗎？嘗到甚於絕望的失望了嗎？

　　微妙的人生、微妙的藝術、微妙的生生不息的生命。誰猜得透生命的奧秘。

　　事情就這樣。世界照舊顯示它輝煌的、燦爛的色彩。靈魂的宇宙卻是漆黑一片，沒有動感。白骨，枯死的靈魂。魔咒聲此起彼伏，不絕於耳，令生命顫抖。

　　冷森森地獄的大門已開。

　　世界下陷。

　　無告的靈魂。

　　原來的宇宙轟然坍陷。毀滅。再生。我的信念動搖了。你可以懷疑虛像，你難道還要懷疑並否認事實嗎？你可以想像我非常堅強。你沒有看到過我的眼淚。可它確實隨著另一個埋葬。

「我給你的僅僅是黑色，是永恆的黑色麼？」我不相信命運，所以不是問命運的不公平。

那是一個心靈在一個陌生的世界尋找不到歸宿的呼喊，那是發自肺腑的。

影子。虛幻的成為實體的。實體的虛幻的。世界也許本來是這樣。我、你原來的眼光是倒立的，現在才看清它真正的影像。

猜疑，不是獸性，是人的本性，也許人性與獸性本沒有兩樣。我的目光是帶有獸性的，散亂而瘋狂。

寫不下去，再致！

宇3月9日

天宇，我能說什麼？

似乎到現在我才發現，原來我在思園的初吻，不過是一場關於愛的春夢。你從來就沒有吻我，是我的單戀吻了我。還有那幾個樓道上的吻，都是我的想像嗎？你看我有多麼可悲！所以你只記得我們的那次通宵的沉默與依偎。而我卻記住了每一次和你在一起的細節，和它們的紋路與褶皺。愛人啊！請為了愛的名義，保留一些美好的開始與想像吧！因為我從沒有愛過，如此愛過。當然也從沒有讓自己的感情陷入如此難堪的境地。我真的不知道是你的苦難考驗了你的愛情，還是你的苦難成全了我的愛？可是我知道：一個人如果是在愛著，其他的一切都不重要了。

所以你在我的愛裏，是第一個，也將是最後一個。這幾乎就是我對於愛情的理想。

還記得我們倆第一次跳舞的那只曲子嗎？那首《愛的路上千萬裏》，寫得多好啊——「愛的路千萬裏，我們要走過去，別徬徨別猶豫，我和你在一起。高山在雲霧裏，也要勇敢地爬過去。大海上暴風

雨，只要不灰心不失意。有困難我們彼此要鼓勵，有快樂要珍惜。使人生變得分外美麗，愛的路上只有我和你。」

可是，我們倆愛的路上，真的只有我和你嗎？還是一開始就有幾人？

還是別想這些的問題了，讀你的信吧！（19××＋1年3月9日至3月12日）

我的白玉：

我是多少次通遍地讀了你的信呢？總共收到你的六封信，我為它們編了號，按時間順序！還有一張明信片。

我的感覺從冰冷的世界蘇醒過來。你知道這意味著什麼嗎？我終於擺脫了那種絕望，擺脫了上封信對你說的給我的干擾。

寫的《原生》，上封信抄給了你，太潦草，怕不清楚。這封信清楚地給你。在這封閉的世界裏靈魂是痛苦，沉酣，然後警醒。

所以靈魂蒼白，豐富。

所以靈魂流浪，無告。

《原生》是否離你們太遠太陳舊落後。你應該用你的話告訴我。我的思想已失去光澤。我的思想已鈍了。如果是，我不會被擊倒。要知道永遠在一種混沌裏生活才可悲。你明白，你真實地告訴我吧！可以給我以前的同行們看看。

我好長時間沒有呼吸到外面的新鮮空氣了。

告訴我，現有最好的書有哪些？轟動最大的文章有哪些？還有哪些是最激烈的論題，給權威的一切衝擊力最大的思潮？我多想知道。

《研究生英語入學考試指南》早收到，英語書看得多一點，哲學專業的書卻毫無進展。詳細告訴我你的情況，多想知道！

我有幾次出差到水果湖省經委，途經校大門，都因不便沒去。

現在課緊嗎？可以來玩嗎？抽一個星期六，中午12點，下午2：40分都行，約七點鐘可以趕到，下車站遙對約100米便是我的宿舍樓。我住在這。毗鄰車站是我們最大的優點，廠一問便知。算計一個好的星期天。我們可非常痛快地玩一天。下午有三點多的車到武漢。不過先要來信確定時間，以便靜候。或許碰巧出差，則不妙，我好回信。

　　現在自己的情況一般。不是助理廠長，而是廠長助理兼秘書性質。你是聽誰說的？

　　代我感謝一切給我以真誠的愛的同學，真誠的感謝！桑修林、藍島、依依、李雲等等。我為他們的愛而活著。

　　想知道他們的學習創作進展。還沒有給他們寫過信。想看看你的思想。

　　餘言後敘吧！

宇於3月10日

　　今天是3月17日，我這些天一直在想著你3月9日寫的那封信。我該怎麼辦？

　　也許你不講實情，只說在考驗我，可能我的心裏會好受一點，但現在我的心裏一團糟！雖然我說過，我只要是在愛著，別的一切都可以不管。可我不可能不考慮：你是否愛我，是否只愛我一人。當然這是一種自私的想法。所以僅就這一點來說，我的愛並不是你所認為的那樣純粹與無私。我像所有女孩所要求的那樣是互愛，所以我終究是一個平凡的女孩。你能理解我嗎？

　　依依勸慰我說，既然你曾有過親愛的人，而且現在還在眷戀，我就應該沉默，就應該把這苦澀的初戀埋在心底。或許依依是對的。她總像大姐姐一樣關心我。我喝酒，她會奪掉我手中的酒杯，換上解酒的茶

水；我抽煙，她會掐熄我手中的煙。她說，你是我的毒癮，我必須想辦法戒掉。她希望我有單純的快樂。可是我不可能再有單純的快樂了。自從愛上你，我的快樂就越來越深地和痛苦拌在一起了。也許只有完全忘了你，我才有可能恢復單純的快樂。

依依說，很多人都是腳踏實地看世界，目光所及都是實實在在的色彩，而我卻站在一張白紙上看世界，眼前卻是一片虛幻的色彩，腳底是一場空。是啊，即使我輕如樹葉，也會摔下去跌成碎片。

美人魚因得不到王子的愛而化成了海面上的泡沫，她的愛最終站成了海岸上永遠的期待。我的蔚藍不需要神話去塗抹。我勇敢地涉入愛海，游向那盞不滅的航燈。如果那盞不滅的燈為我而亮，把它的光線射向我的游程，我就不會如美人魚化作泡沫了……

我對於你沒有一絲的輕蔑的感覺，至今也沒有。但是我是有點兒委屈的，那就是我以為我只愛你，你也只愛我。這點我太自信。孰不知人世間的情感是複雜的，微妙的，難以說清的。

正如你所說的，我迷惘過，失望過。那是因為我覺得你在同情我的愛，而不是愛我的愛。今日證明你以你經歷過的心境的創痛來同情我，而不是愛。

也許每一個人的天幕上都有一顆屬於自己的星星。她是你的星星，你是我的星星。由愛所凝成的星星應該是永掛於天際的。哪怕相隔遙遙，也會以愛的目光凝望。

天宇，你的天幕上那顆遙遠的星星，可能只是一下子被烏雲遮住了眼。也許她會用愛之光驅逐烏雲的。讓她的愛重新沐浴你，別失望。當舊愛重現時，「自由地囚禁於蔚藍的純潔」，其他之愛就不復存在了，那時我的便會隱於遙遙的天之涯海之角。

我以為我會如此灑脫。

德國詩人沙克說過：「人的真正自負就是在夢中，我們成為完

美。」這是詩人的哲學語言。我不是詩人，也沒能用哲學思維得到這種啟示。可我總是被夢境折磨，把痛苦的當作甘甜的，把甘甜的當作痛苦的。最後總結這些過程時，竟會覺得一切都幸福。什麼時候我也變得哲學了？

我認為，你不要再走彎路了。你發表了不少哲學方面的論文，按照考研條件的有關規定，應該可以直接考研究生。我上次專門托藍島在武大為你打聽考研的事。是的，沒問題。那麼從現在開始，你就要儘量抽時間學習要考的科目。也許你討厭考試，討厭這種形式，但這對你來說，是唯一的捷徑了。（19××＋1年3月17至18日）

同學的事不論我關不關心，總會有些事兒牽到我面前來。這是不能避免的。這不大姐又找來了事兒。大姐因為在愛中，忙於約會，根本沒有心思再當學習委員了。可她的成績卻一如既往的好。老師還要她當學習委員，說她實在不願意當，就推薦更優秀的一個來。我們班童世卿的成績非常棒，人緣也好。大姐也一直把他當小弟弟。可是童世卿並不聽大姐的話。於是大姐要我做童世卿的思想工作，勸他當學習委員，還說，白玉你對童世卿去說說吧，現在你的話，一句頂一萬句。我對大姐說，什麼人都可以去做工作，就是我不能去做。大姐問什麼意思？我說沒有什麼意思！

其實我的意思是，我不願意欠愛我者的人情！但我不會對任何人這樣說的。這是我的原則。

今晚到郵局打電話，剛填完電話單，服務員就不給開條了，原因是下班時間到了。我無奈地走出郵局。第一次給你打電話的願望就這樣夭折了。回校途中，卻碰到了到郵局取了匯款單的A生。他說要請我吃飯。我問為什麼？他說他在北京一家理論刊物上發表了一篇論文，因為高興所以請客。可是在飯局上，他其實是要我找機會幫他向大姐轉達他

的愛慕。這個書呆子，愛慕是可以傳達的嗎？果然，晚上我回到宿舍向大姐講了這一切後，大姐含蓄地一笑，說真是一個書呆子。

正要寫日記，童世卿敲門說，有一外校的同學找我，被擋在傳達室裏，讓我去看看。他的語氣與眼神非常地神秘。我心一緊，以為是天宇來了，就蹬蹬地下樓了。到傳達室一問，根本沒人等我。於是我回頭問走在身後的童世卿。童世卿卻說，我不是你的同學嗎？雖然不是那個外校的「內詳」，但卻是同班的「內詳」。我責怪他真會騙人。正要回宿舍，他卻輕聲說，在校園裏散會兒步吧？我看他非常懇切的樣子，於是就答應了他。他說他有一個在西北大學就讀的中學同學紫蘇喜歡他，借在武漢看櫻花之名向他表示愛意，可他卻把她擱在武大的一位老鄉那裏。原因是他早已心有所屬。我回答說，這很好啊！人家在如此浪漫的季節，千里迢迢地來表示愛意，你應該張開雙臂迎接才好啊！童世卿輕輕地搖頭說，看來你對我真的是心如磐石啊！

話不投機，各自回各自的宿舍。（19××＋1年3月19日至20日）

3

受依依和藍島之約，21日到武大看櫻花。晚上順便參加櫻花詩會。

上午我和依依分別穿一身寶藍和粉紅的合服照合影。藍島說我們倆真像兩個日本女孩。天宇，我穿合服照的像很好看的，只是憂鬱了些。後來，我看到藍島和依依在櫻花樹下合影，心裏酸酸的。他們都照了好多次合影了，可我和你還從來沒有照過合影呢？不過，你的單照，我時時刻刻揣著，經常拿出來吻了又吻。

今晚的櫻花詩會，評委都是來自湖北省武漢市的詩壇名家。當然也有不少武大作家班的名人。此次參賽作品質量都不錯，但朗誦效果不太好。也許你不知道，我把你的那組《原生》的詩用「耶乎」作筆名投給《開拓》，沒想到他們把它作為財大參加櫻花詩會的篇目之一送來參賽了。此作是此次詩賽上的兩個並列第一名中的一個。依依、桑修林分別獲了二、三等獎。回校的途中，《開拓》的人高興得不得了！因為一、二、三等獎都有人得了，當然高興啊！只是他們不知道這個「耶乎」到底是誰？我悄悄告訴依依，此人不是別人，是天宇。她恍然大悟地說，我怎麼沒想到呢？不是他，還會是誰！他已經是第四屆武漢地區詩歌大獎賽一等獎的得主了。我在心裏悄悄地說，對不起，依依，要不是冒出個「耶乎」來，依依應該也是一等獎，因為一等獎有兩個名額。如果沒有耶乎的參與，依依就是第二名，是一等獎。當然，依依是不會在乎這些的，她的大小詩歌獎，包括詩歌創作獎與詩歌朗誦獎，她得了不少了。《開拓》的人都稱她是得獎專業戶。

　　天宇，你不是怕你的思想、你的寫作落伍了嗎？遲鈍了嗎？沒有的。你一直在前面。

　　或許是我太感性的緣故，一些理性的，理論的東西，我總是似懂非懂的。但卻是喜歡的。而你應該是一個沉思者。可大凡喜歡敏銳地思考及探討疑難問題的沉思者，都是十分茫然而苦惱的，因為他們看得多，也看得深，看得遠。對一些卑微的東西也看得非常清楚，並為這卑微至今成為前進的障礙而感到茫然、苦惱。

　　我覺得人有時候應該麻木一點，太敏銳反而更痛苦。你說呢？

（19××＋1年3月21日至23日）

　　天宇，你大概沒想到藍島除了喜歡搞文學講座之外，還願意講大學生成才方面的講座吧？我和依依今晚去聽了他的講座。依依事先對藍島

說她不去的，可還是去了。我們坐在最後一排，依依叮囑我別讓藍島看見我們聽他的講座。她說她倒要看看藍島怎麼講這樣枯燥的講座。

他的講題是《當代大學生的思想特點和成才之路》。你聽他的開場白──這不能算是作報告，因為作報告，要求必須是真實的、正確的，而我的有些可能對，有些肯定錯。他把語氣重點放在「可能」「肯定」這兩個詞上。惹得台下一陣掌聲。把依依樂壞了。

他的演講分為三個段：立志是成才的鑰匙；勤奮是成才的大門；自我嚴格要求是成才的保證。

他說我們的國家我們的高等學校要的不是「複製型」、「貯存型」的人才，而是開拓型、創造型的人才。

他講了他在師範學校當班主任時，很注意抓學風、作風，對學生要求很嚴。他教的學生很受歡迎，因此多次被評為先進教師、先進班主任。（聽到這裏，我和依依，分別在台下搖頭，一個勁地說，想不到啊，想不到啊！他竟然教過師範做過班主任。我還問依依，藍島到底有多大啊？他不會是一個騙子吧？依依惱怒地說，他敢騙我？白玉，你看我待會兒怎麼整他！）

他談到大學生最重要的特點，也是缺點，就是思想懶散，不愛動腦筋。為此還舉了師範學院的一個學生參加遊行的事：那學生看見別人遊行，感到有趣，就跑回宿舍寫了一條標語──生命在於運動！

他還列舉了當代大學生的八大特點，條條中肯：

1，強調自我，設計自我，但對自我要求不嚴；

2，強調獨立自主，但又缺乏自控和調節能力；

3，要求別人尊重自己，但卻不尊重別人；

4，要求別人理解自己，但卻不善於理解別人；

5，強調自我探索，但又有較大的盲目性；

6，渴望知識，但又缺乏獲取知識的思想準備；

7，渴望成才，但卻不懂得成才的規律；

8，有一份幹事業的雄心壯志，但又缺乏腳踏實地的思想準備。

聽到這裏，依依又心服口服了。她說對照藍島講的八點，覺得1、5、6、7點就像是看著她說的一樣。依依說，想不到我還有這麼多特點，而且還全都是缺點。依依雖然心服口服，但仍沒有忘記「整」藍島。在自由提問時間裏，口述了幾個問題讓我筆錄（因為她擔心藍島認出她的筆跡，不好好回答她的問題）——請問藍先生，您的芳齡多少？教了幾年的師範？有愛人了嗎？孩子多大？

看到這樣的問題，我笑著對依依說，這是個人隱私呢，他有權利拒絕回答的。依依想一想說，可是我還是要問。藍島是個幽默的人，按我對他的瞭解，他不會不回答這樣的問題的。你在下面再添一行字，就說，今晚我聽到您的講座，很受啟發。喜歡您的幽默感，愛慕你的才學氣質，能否留下您的地址。署名：芳芳。依依說完，對我詭密地一笑。

我寫完問條後，就遞給在走道上收問條的人。不一會兒的功夫，藍島的面前就有二三十張問條了。很多問題大概都是請教成才方面的事情的，只有依依的那些問題與其他問題太不相同了。藍島邊念問題別說，這個紙條上的問題像在查戶口似的，不過，感謝這位學生的關心了，我還是如實回答了。本人芳齡多大？芳齡二十八；教了幾年師範？教了四年的師範；有愛人了嗎？有了，在你們財大；孩子多大？沒有，因為她還是個孩子。

我看見依依的臉一直紅著，笑得含蓄而幸福。

講座完後，聽眾都圍著藍島簽名去了，把藍島圍得水泄不通。我和依依都以為學生索到簽名都會散去的，沒想到還有三四個女生，纏著藍島問問題。依依的臉上都有些掛不住了，有醋意了。我用手指刮了刮依依的臉，悄悄說，別這樣，人家在公開場合都表白他有愛人了，你還吃什麼飛醋啊！聽我這麼說，依依笑了。我走到藍島面前說，有人在你背

後一百米的地方等你。藍島立即會意過來：哦，講座完了，她就來了。說完，說走向依依。

天宇，當我講述依依和藍島時，我是快樂的。因為他們是我的朋友啊！

我給你講述時，也是快樂的。因為你是我的愛人啊！

我多麼希望我們能常見面，常在一起啊！可這對我來說，卻是多麼奢侈的願望啊！

你知道我是想到你那裏去的。可是我又害怕到你那裏去。因為我不知道你現在的情感是否適合我去看你。

又有很久沒有你的信了。啊，有一個星期多時間了。我又快受不了了。上封信真不該那樣言辭激烈的。對我保持沉默，也許是你最聰明，也是最痛苦的做法。我真壞，明明知道你愛我，卻還在懷疑你的愛，在你痛苦的傷口又摸一把鹽。我信中的言辭刺傷了你嗎？我太蒼白無力，總撫慰不了你。我的蒼白無力讓你失望了嗎？

我的心太痛苦了。告訴我，痛苦的人啊，我們的心有什麼辦法不痛苦嗎？（19××＋1年3月25至30日）

我是知道的，我總在快絕望的時候收到你的信。

　　白玉：

　　　　我這是三月的最後一天給你寫信。四月當是暮春了。我的白玉，你應該是如我痛徹地經驗了我的苦難一樣，體驗了我的生命。生命的色彩，輝煌的、沉暗的。因而你獲得了全部的我。我當不該說。如果你說，你是不可理解的，那麼你就理解了我。因為在我，不可理解是唯一理解的一條路途。大概你亦如此吧？

　　　　接到你的信，這麼久才回信。你的信真難回。我得把自己混

亂的，處於混沌中的思想梳理一下才能給你，要不然你會茫然。不知你是否也認為，這樣的時代，產生不了深刻的思想家與深刻的思想。

要產生深刻的思想，得有空氣。得有藝術的溫馨孕育思想這樣精妙而深邃的花朵。可是沒有。我們怎樣來描繪這樣的時代呢？首先是卑劣而濃重的政治窒息了自由；其次便是鄙俗而重濁的物質肉欲主義壓抑了思維；三是就藝術本身來說，失去了它的美學功用，失去了把人類的心靈導引向美與真的精純的境界，心靈是普遍的明快而淺薄，極容易得到滿足。社會的目光，開始是遊移不定，藏有藝術的明亮的光彩。到後來連這一點色彩也暗淡了。社會目光轉向物質主義、肉慾主義。大眾、民眾的口味是在他們物質享樂之後，點綴他們鄙俗淺薄的心境。心境的膚淺，自然體驗不到深沉情感背後的思想，思想深度還未達到，領略不到藝術的極致的精純而清明的境界。這個時代已失去了他特有的慧外秀中，內蘊深厚的品性。社會在一種狂亂的慾望的橫流中不能自主。一切是忙碌的、混亂的。但唯有思想沉睡而舒緩地歎息。思想失去了明快的輕盈、活潑的特點，反倒透出輕佻、淺薄的令人難以忍受的市景氣。這種為僵死的運動——（這種運動只是一種慣性，一種形式，而非自在與自覺）所鉗制的社會，生命意志體現不了。

幽默是一種藝術的生活。可我們失去了幽默，只有自然的變態。幽默沒有了深厚的韻味與溫和。橫眉冷對的刻薄與譏誚代替了幽默，思想也活潑不起來，待到發展為不是來自思想的深度與生活的啟示，只出自虛榮的、虛偽的自我的，學術空氣也凝固了，思想便僵死。

淺薄鄙俗的物質主義，生長不了莊嚴偉麗的正劇，沉雄的悲

劇式的思想與精妙的藝術。專為迎合口味的藝術,培養不出完滿豐盈的心靈。藝術家與民眾(市井)合為一體了。

內容,首先是思想與藝術本身失去了土壤與水分。為藝術而藝術的表像,形式語言,也變得蒼白而僵化,比二十、三十年代沒有多大進步。語言喪失它準確、表達至情的功用。顯示不了生命。

這樣的思想與藝術培養下的生命與情感怎樣?一切生命都是無力的,軟弱的,顯示不了生命力的力,失去了偉大與悲壯。情感是脆弱的、輕佻的,淺薄而又極易滿足的。

從內容到形式,從實體到表像,都失去了賴以表現生命的偉大與活力的意義。那麼我們時代的站在最前列的一批創造思想與藝術的大家們在幹什麼呢?他們應該是最高層次最高水準。他們知道創造不了思想。只好做詮釋家,卻不是真正的靠其思想家的天才光輝取暖,一面又為那種眩目的思想深度弄得靈魂顫慄,要麼傾心拜倒在腳下,要麼裝腔作勢地要批判一些,繼承一些,其實也弄不清自己批判了些什麼,繼承了些什麼。不過有一點他盲目堅信,偉大的馬氏導師告訴過這點是真理。更多的人都缺乏一種清醒的目光,冷峻的洞穿力,理性的批判精神……

我覺得我在羅曼‧羅蘭面前,在他的《約翰‧克利斯朵夫》面前,在他的《十大英雄傳》面前,只呼吸到天才們的氣息,沾其芳澤,卻不知怎麼接近他們。

前幾天看的國產片電影《芳草心》,導演的藝術修養與氣質都是低劣的,唯其眼光是獨特的。他想用音樂來表現情感這一點時,他的目光是強力的、獷野的、天才的。他要表現的情感是無聊而新奇的愛情故事。主題歌是《我是一棵無人知道的小草》,所用的音樂語言表現的情感粗劣得讓人難以忍受。他用的音樂旋

第五章 情書妖嬈

律、音樂段落、音樂線條都表現不了愛情那智慧與心靈培養出來的嬌寵的花朵。那樣微妙的精緻。絕對不能。他的天才在於，他要跳出窠臼，擺脫視角度的電影藝術方法，直接用音樂來表現。

我一直認為，在所有象徵型、浪漫型藝術中，最能表現精神——思想的深邃與藝術的精妙的精神的，只有音樂。它與其他藝術不同的是，其他藝術的語言都是通俗的、習慣的、經驗的方式，直接的或象徵的（間接的）單就表現本身，卻淺顯、單薄，沒有表現深邃與精妙的複雜東西的底蘊。文字的功用直白而無力。音樂卻不同。它在情感與思想方面不用經驗體驗的方式，而是直覺體驗。創造者與欣賞都是再創造。音樂語言自然有其規律與定式，但它不直接而間接，含蓄曲折、隱晦，最能表現若隱若現、若有若失的靈幻的心靈的語言。

我這是從音樂與心靈最完善的結合與理想的和諧來講的。可我們的流行歌曲、通俗歌曲創作家把音樂糟蹋得不成樣子，音樂豐滿而新鮮的表現意義喪失，音樂自己已變得枯瘦如柴。單調、簡單、呆板的、淺薄的音樂語言音樂旋律音樂形象。音樂不構成為藝術。一切表現都裝腔作勢，令人作嘔。

這是音樂，還有電影，語言藝術。中國畫還不懂，難下斷言。思想的旋律是無力的。

我要回答所有阻礙我們前進的癥結是缺少力。缺少震撼一切的力！摧毀一切的力！創造一切的力！

個人的孤獨與痛苦，不能再生為生命意志的力；民族的災難與屈辱不能爆發出被壓抑與擺脫後崛起的孤獨強力。民族與個人是沒有希望的。

個人不願意走向自我毀滅的更新之路，不願意讓靈魂浸淫苦難，真實地經受苦難，或不願意讓靈魂回首已成為陳跡的經歷過

苦難的魔幻之境，苟且偷生，讓靈魂躺於生命的快樂的溫床，自我麻醉，自欺欺人，不正視苦難。思想要深刻，靈魂就要受磨難。可是少有人願意遭受磨難，那麼就讓靈魂膚淺吧！思想沿襲下來的惰性真讓人不寒而慄。

　　思想惰性的結果呢？我們的思想家藝術家們，有堂皇的理由：《文藝是為什麼人的》。文藝是為人民大眾的。這是絕對的真理。但他們的推論就是：人民大眾多數是沒有文化或文化不高的，所以藝術就是通俗的、淺顯的，甚至是淺薄的。我一直認為，藝術本身是極力避免通俗（雷同）的，本身就是追求無止境的永恆的創造的，藝術的歡樂就是創造的歡樂。每一件深刻的思想晶塊，藝術晶塊一定要有表現深刻的藝術形式來完成它外在的美學意義。思想愈深刻，藝術表現必愈深刻含蓄，理解思想愈費極大的心智。僅靠惰性思想來理解，終無途徑，不能達到思想的近旁。因為全新的富有創造性的思想，一定要有全新的富有創造性的形式——語言。現有的一切語言與技巧都無法表達，必尋求新的語言來表現全新的思想。一切成為經驗的、通俗的不變的語言陳式、技巧、比喻、象徵、描摹都成為桎梏，不能表現生命與豐滿的思想。能表現之的又都是難以理解的。

　　所以我的結論便是：藝術與通俗是背道而馳的，因由藝術內在的意義思想決定的。

　　寫得有些疲倦了。下次再談吧！

　　吻你！

耶乎

3月31日

天宇，你的信真是深邃啊，每一封信我都可以看成一本書那麼厚。

即便是薄薄的兩頁紙，它所附載的內容，也夠我消化幾天的。你怎麼會如此深邃？我的淺薄，我的感性又如何讓我向你的深邃靠近？唯有讀你的信，時時刻刻地讀，我才能向你走得近一點，再近一點。

　　天宇，你不知道，我竟然學會了彈吉它。我把這看作是憂鬱的思慮後的消遣。因為我除了白天上課，晚上寫日記，其他很多時候都是想入非非。而所有的想入非非都與你的愛情有關，與憂鬱有關。想得累了，就練吉它了。吉它是依依送我的。她讓我別喝酒，別抽煙。多談吉它。你看我還是很聽話的。真的彈吉它了，而且還會彈幾支曲子了！像《愛情故事》、《獻給愛麗絲》，還有我最喜歡的那首《愛的路上千萬里》我都會彈了。有機會我彈給你聽！

　　晚自習回來後，我又彈吉它了。本周星期四晚上我們班要在南湖舉辦篝火晚會呢！大姐自作主張地為我報了彈吉它的節目。彈就彈唄，沒什麼了不起的。

　　你知道我只會寫點兒散文的，沒想到這些天竟然也寫了一篇小說，只是不好意思寄給你看。文筆雖然細膩，情節處理較好，但語言過分凝重，而且顯得有些壓抑，選材也不新穎。依依看了說，有些五十年代的女作家的氣息。不過，我本來是寫著好玩的。好不好沒關係。

　　我很充實。就因為你，你的愛。你在信中提到的《芳草心》。我沒有看過電影，但我聽過收音機，知道是《真真假假》。

　　什麼表現手法都表達不出愛情的感受，再美的音樂也無濟於事。你說呢？但我仍然喜愛《愛的路上千萬里》。也許是它適合我的心境和愛情理想的緣故吧？星期四晚上在南湖舉辦的篝火晚會上，我彈的就是這支曲子。同學們都說我彈得非常感人。哦，是什麼感動了他們呢？我想是我在彈這支曲子時的心緒不由自主的流露吧！

我在心裏想：愛情不僅可以讓人成為詩人，它也可以讓人成為音樂家。（當然我不是詩人，也不是音樂家，開個玩笑，自戀一把！）

童世卿沒當學習委員，卻在班委員改選中被選為了班長。新官上任三把火，第一把火是上個星期四在南湖舉辦的篝火晚會；第二把火是近期要進行的春遊。今天上午，他向我們登記春遊地點：白雲洞、咸甯溫泉、雞公山、本市，這四個地方。看哪個地方登記的人多，就定去哪個地方春遊。白雲洞我去過，是大學一年級和依依、還有益哥等人一起去的，暫時不想重遊；很想到咸甯溫泉去，但我們班的女生都沒去過白雲洞，她們想騎車去，所以沒女伴我是不會到咸甯溫泉去的；雞公山聽這名字都沒意思，所以也不想去；至於本市嘛，還是留點神秘感吧，以後機會多著呢？想來想去，實在沒有好去處，於是揮筆在登記紙上寫下：老山前線，白玉。大姐叫我把她的寫進去。於是我寫道：五指山峰，曾萍。珠穆朗瑪峰，李悅然（二姐的名字）；十萬大山，張靜（三姐的名字）。

童世卿收回去後，批了兩個字：混帳！

哎，這個混帳班長。他不知道我們是想跑得遠一點春遊嗎？這麼近的幾個地方有什麼好玩的？晚上到服務部吃飯，碰到童世卿。他問我是不是真的想到老山前線去？他說那裏是熱帶，除了巨蟒和一些還沒有被踩響的地雷，什麼都沒有了。你以為還有英雄等著你啊？我回答說，沒有英雄，但也不會有狗熊的。此言一出，我看見童世卿的臉色一下子不好看，於是馬上改口說，明天天氣不好，哪兒也不能去？再說，去那麼近的地方，沒什麼好玩的？童世卿回答說，其實玩的地方不在乎好壞與遠近，而在於在一起玩的人與雰圍。我們上個星期在南湖玩得不是很好嗎？你彈了那麼動人的吉它。聽童世卿這麼說，我笑笑了，不吭聲了。

我何尚不知在一起玩的人與雰圍的重要呢？可當你不能選擇人與氛

圍的時候，玩的地方就很重要了。可是天宇，如果能和你在一起，不論到哪，哪怕是下地獄，我都會願意的！

班上的幾個新官真是瓜（這是大姐曾萍的話）。他們昨天不好好商量今天的遊向，今天10點鐘到圖書館去叫，沒有一個女生願意去。他們只好一隊和尚前往了──整個的一個「失戀陣線聯盟」。聽說騎車到白雲洞一個個淋得像落湯雞。

又有幾天沒有給你寫信了。談談我前幾天看的一篇小說吧。名字我忘了。大意是──「天氣的陰晴往往也是愛情的陰晴」。男主人公帶著照相機去見女主人公。因為天氣灰濛濛的，所以男女雙方的心情都很灰暗；第二天男主人公到女主人公的家裏，又是陰天。黑暗中男主人公愛意盎然，情慾衝動，可是因為女主人公的臉色不燦爛，男主人公也沒有表白愛意的勇氣，只好暗中歎息。後來在一個晴朗的早晨，女主人公終於滿臉明媚了。男主人公也感到天地萬物都充滿了燦爛的陽光。

這篇小說太淺白，寫得也粗糙，矯揉造作，並沒有巧妙地表達涵蓋量很大的生活感受與願望。文中的人物個性也不強，卻像氣候的奴隸──天陰沉，他們的心也灰暗；天晴朗，他們的心也充滿陽光。當然，作者讓人物的心情隨天氣的陰晴而陰晴，是有寓意的，但我覺得人還是應該有把握自己情緒的主動性。只有這樣，內心才能獲得足夠多的陽光。（19××＋1年4月2日至21日）

今天22號了。晚上校團委舉辦「財大十大校園歌星評選」。我和依依一起去看了。想不到童世卿得了個第一名，居校園十大歌星之首！真沒想到他那沙啞的嗓聲唱起歌來，還很好聽的。我那晚在篝火晚會上彈《愛的路上千萬里》時，他感冒了，嗓子啞了，唱不出來還想唱。那些男生都說他可惜了──因愛失聲，沒法用歌聲表白愛了。我當時還以為

他們是說笑呢？竟不知他真的很會唱歌。今晚他唱得真是深情啊！他是第一個唱的，一唱驚人，得分最高。可是校團委書記說OK帶的音樂沒銷好，叫他最後再唱一遍。這次童世卿比第一次唱得更好，成了名符其實的第一名。讓台下大笑不已的是童世卿的獲獎感言。他說他唱歌是洗澡時練出來的。這話粗聽似笑話，細聽就知道是真話了。因為很多人洗澡都愛唱歌。不論男生還是女生。我洗澡時也愛唱歌，依依也是。雖然她有時是詩詞朗誦。可詩詞朗誦不就是像唱歌一樣嗎？再說依依的聲音本來就動聽，朗誦起詩來，就是唱歌一般。

三姐張靜最近失戀了。他的那位外系高年級的男生因為忙著聯繫工作單位，經常跑回山東老家。她早已沒有信心畢業後嫁到山東去。為了早點讓她從失戀中恢復過來，我們同宿舍的幾位一直暗中撮合她和童世卿，因為三姐一直對童世卿有好感。今晚我正好再說服他，快點把童世卿攬在手裏，免得這大歌星給別的女生搶了先。三姐自然是不聽我的勸的，不但笑，還說她不會這麼快就移情別戀的。嗨！當然不會了。要不然就太沒有心肝了。

近來我每次提筆都不知道該寫些什麼。天宇，我想你一定在等著我的回信，然而我實在沒什麼新東西寫給你看，又不想讓你失望，所以就寫了一張明信片。明信片上寫了兩排音符，畫了幾支柔柳，一輪彎月，兩顆星。

音符的配詞是：在夜空的群星中，我們兩顆星星靠得最近。明信片上的畫面是睡蓮，下面有泰戈爾的詩句──露珠對湖水說：「你是荷葉下面的大露珠，我是荷葉上面的小露珠。」

這封信是4月7日寫的，8日寄出的。只有一串音符，並沒有寫出音符的配詞。

明信片最下面的留名是BY.ZNCD.JJX，這當然是我的名字和地址的

縮寫了。「BY，我看不懂，ZNCD・JJX，是什麼的縮寫吧？」這都是你20日回信中的一句話。你怎會看不懂，這縮寫讓你不高興了？我是故意這樣寫的，我想撒下嬌，也讓你有點兒意外的驚喜！你不會不高興吧？（19××＋1年4月22日）

4

　　很快就是五・一了。天宇，我的心中有很多話對你說，可是一提筆卻不知道如何表達了，也許真該見見面了。

　　天宇，這些天我特別地困，總想睡覺。日記剛一寫完就睡著了。今天下午快到六點半的時候，桑修林通知我到37號樓105室開會。我在寢室裏磨磨蹭蹭的，到七點半才去。沒有別的事。他們選上我的散文詩《女大學生的週末》參加本屆的五・四詩歌大獎賽。問我是自己找人朗誦，還是他們找人。他們說可以讓依依朗誦我的詩。可是依依這次不想參加詩賽了。她正為藍島分回陝西一事傷心呢！藍島已聯繫好陝西一家電視臺，準備回大西北了。依依傷心加重感冒，噢，早已顧不上我了。更別說讓她朗誦我的詩了。桑修林找了一個叫王雲的女生朗誦我的詩。並囑我多跟朗誦者聯繫，讓朗誦者充分理解詩的構思與意境，以便朗誦者更好地表達詩中的意味。

　　王雲我是認識的，依依廣播台的同事。今天一吃完晚飯，我就到王雲的宿舍去找她了。誰知王雲同宿舍的女生說，王雲到露天電影場去參加露天舞會去了，讓我到那去找她。今天的舞會真不帶勁。樂隊真差，舞曲也短，音響聲音低。那麼大的露天電影場被跳舞的人和觀舞的人圍

成了一個個小圈圈，擁擁擠擠的，一點意思都沒有。

我來來回回地找了幾圈都沒有找到王雲，倒是給《開拓》的幾位男同事逮著跳了幾曲舞。到了10點鐘舞會結束了。剛要出舞場，卻聽到瘋狂的迪士科舞曲。不禁扭頭看了看。王雲正在跳迪士科呢！整個舞場，真是狂啊！舞姿千姿百態的，好笑極了。還有些人根本不會跳，在那裏瞎扭一氣，竟像無頭蒼蠅一樣，笑死人了！

我走到王雲的面前，講了我的事情。她說她已經知道她的朗誦任務了。等會兒回宿舍時再詳談。我在一旁看她跳舞。她的舞跳得很辣，很好看。

聽說全校的二十歲集體生日晚會要提前到5月4日的晚上，這樣就和「五・四」詩賽發生衝突。二者不可兼得，不過我沒有到二十歲，不屬於非參加不可的人員之列。於是我決定不參加集體生日晚會，倒要見識見識武漢地區高校的詩賽在我校的盛況。

從昨天到今天，和王雲聯繫配音，忙得流星趕月似的。聽王雲朗誦，我有個感覺，她的嗓子只適合播新聞，不太適合柔弱的、抒情的詩文。我很想換個人朗誦我的詩，但是時間來不及，再說也不禮貌。哎，就這樣了。

今年的五・四詩賽，太令人失望了。原本要在大禮堂舉辦的，但因自修大學考試佔用了，詩賽只好換到被人遺忘的北一教室。開始時已經過點了，音響效果也差。從參賽作品質量和朗誦效果來說，也是參差不齊的——有的詩寫得不好，但朗誦得好；有的詩寫得、朗誦得都不好；有的詩寫得也好，朗誦得也好。我們學校的幾件參賽作品都不怎麼樣。桑修林的有深度，但沒有力度，也沒有什麼技巧。另一位新生的作品又太淺了。我本人的也不怎麼樣，竟還得了一個二等獎。

這次武大、華師、湖大的參賽作品整體水平都比財大的要高，所以捧走兩個一等獎，三個二等獎中的兩個二等獎，是在意料之中的。

於是，有久經賽場的參賽者戲言說，財大除了周天宇，再難出「校園桂冠詩人」了。（19××＋1年5月2日至4日）

集體生日改在5號晚上在北一教室舉行了。我因不是壽星，所以非常輕鬆地前往。不必準備節目，只觀看，不說話；只吃零食，不唱歌不跳舞，更不打鬧，做個安靜的觀眾。晚會除了唱歌跳舞，詩朗誦之外，還有其他娛樂項目，如有獎競猜，其實這個要沒興趣，照樣可以不理睬。可是有一項娛樂，你卻是逃不掉的。那就是擊鼓傳花。說不定你正在悠閒地想心事，一不留神花就傳到你的手中，鼓聲卻戛然而止。你不得不在眾目睽睽之下，站起來表演節目。其實，這個也不難，只要你不用明星的標準要求自己，也可以輕鬆應對的。也不外乎是唱唱歌，說幾句笑話，或者乾脆說幾句祝福的話。這項娛樂大家都是臨場發揮，所以往往會在嚴肅緊張的氛圍中，顯出輕鬆活潑來。

還有一項活躍晚會氣氛的是讀信件——男生致女生的公開信，女生給男生的公開信。非常幽默搞笑。如男生寫給女生的——你們是我們院子裏的花，我們不摘誰摘？女生寫給男生的——你們是我們的保鏢，所以關鍵時候要跟院牆外的男生打架。

另外還有男生借此機會給女生寫的留言和信。我一直張著耳朵聽。沒想到會有很多給我的字條。童世卿的字條上寫道：白玉，希望今天晚上，你給我一個談話的時間。A生：白玉小朋友，希望你快快長大點，變胖一點。桑修林也來湊熱鬧：白玉，願你越變越美，越變越漂亮，越變越有風度。

十九歲的我跟這些二十歲的壽星一樣得到了一件生日禮物——一本精美的紀念冊。一些男生紛紛過來在上面留言：

——願你年青，願你早日奏響「時髦的三部曲」。

——甜蜜的夢中，你會遇到一位英俊的白馬王子！

——還有一位署名為「印第安人的後代」寫的詩：

雨中／我失落了一個夢／雨珠／將它摔成了八瓣／每瓣／都閃著
晶瑩的淚眼／望著我／哭著離去……

　　我正在想這首詩的含義，猜摸這個署名「印第安人的後代」是誰。
大姐走過來，悄悄地說，這一看就是一個單戀者寫的。怎麼樣，晚上有
沒有發現一個白馬王子？聽她戲我，我使勁地掐了一下她的手，叫她別
瞎說。誰知她又說，她有幾個老鄉都不錯。問我喜不喜歡他們。那樣子
分明是想給我做媒。我婉言謝絕說：又不是我過生日，是你們一大幫人
做壽，拿我開心幹嗎？

　　不再有何後話。這個別人的集體生日過得也不奈。

　　今天是5月8號，校運動會今天開幕。入場儀式不錯，可是各隊的開
幕詞卻沒有去年的好。

　　其實，各班根本就沒有像體育委員通知的那樣要點名的。我在入場
儀式的隊列裏懶懶的要睡覺，所以開幕式一完，我就回宿舍睡覺，可是
卻睡不著。這幾天總是失眠，翻來覆去的，飯也吃不下。什麼原因啊？
什麼原因？

　　真想好好哭一場。可是哭給誰聽呢？身邊沒有親愛的人。

　　只好和同寢室的人下無聊的跳棋。讓一陣又一陣莫名的孤寂侵襲
我。「好朋友」也來，弄得我腰酸背痛的。為什麼要是女人呢！

　　偏偏又收不到你的信。天宇，你在幹什麼呢？

　　又過了多少天呢？像幾個世紀那麼漫長。

　　終於又收到你的信了。你的信總是那麼深奧，把我看得一頭霧水。

白玉：

　　這封信不知道寫給誰，先前還是抱著所謂堅不可摧的信仰。受了笛卡爾等等所謂理想主義的鼓吹，相信精神與思想是不朽的，因而連同這肉體也不朽，也還有價值，也還能找到同類，諸不知這種（非笛卡爾，似為斯賓諾莎）經驗主義對於真理（我還在提出真理的概念，似乎我還在信仰著什麼，這對於自己就是悲劇。這種必然的陷於痛苦中不能自拔的矛盾是無數顆已毀滅的靈魂的幻象）是一種目光淺短、狹隘的方法。其實有些靈魂是永遠飄浮著的，永遠無所依附，永遠找不到歸宿找不到同類的。這也算是永恆，可它對永恆本身也算是一種嘲諷。如果這也算人類的永恆，永恆本身就無價值。——所以，先前還是在有對象，有意識地寫信，欲渲泄些痛苦，挖掘這痛苦背後存在著實體的永恆的東西，意在牽強於生命是有價值的，是必要的、必然的。現在恐怕是我遺失了自身，發現連對象也在許是靈魂作疲勞短暫的歇憩後消失了。是永遠地消失於幽邃的夜空，那樣令人眩目的無底的深淵？開始是靈魂作最緊張的收縮、顫慄，繼而這種顫慄的感覺也稍減弱，恐怕是麻木了。

　　可我竟還有想說的衝動。

　　（靈魂無告吧。心靈對自己說。可本能讓我作很優美的慘淡的幻想。）

　　我想靈魂是可以欺騙生命的。這種欺騙是悲壯的欺騙。它支撐了生命，讓生命放射出崇高的光輝，因而裝飾了生命神聖肅穆的色彩，這是就生命自身而言。而在其他的生命看來，這種渺小無力的搏鬥是徒勞的，這是怎樣令人悲哀的感覺，這是怎樣令人類信仰應該動搖的悲劇。那種生命可憐的、無望的掙扎，得不到社會任何的援助，得不到令生命感恩的激動的眼淚。陌生的過

客、漠然的目光、鄙視的臉、木然的神色，這些令生命渺小、可悲的幻象一齊押到。

終於精疲力竭了。於是風、時間用沙漠來把力竭而死的屍體掩埋。沒有遺恨、沒有幽怨。無限的永恆的沉默變作化石。精神是沒有辦法保存的，滲透到空氣揮發了，不著邊際，沒有蹤影。我的靈魂故作瀟灑悲壯地對自己說，不要相信任何人吧，自己是反芻動物，一切只寫給自己。否則別人把你的不吝嗇當作乞求。要乞求也只乞求自己。

先前那是看得太崇高了——幾乎是乞求的絕望對待著的愛情。費了那麼冗長那麼寶貴的時光把絕望和憂傷裝滿心靈，然後向荒原，向大漠，向沙灘，走。

然而卻不悲壯。你看到無邊的戈壁上慘淡的落日下渺小的背影。

白玉：

上面沒寫完的一封信是寫於四月下旬吧，結尾沒有寫下去無法寫下去，也無法發出。那種近於絕望（事實上是絕望）的調子會令你氣悶的。可我近來已為這種情緒所攪住，不能逃脫。

你可以看到孤獨的力量，它怎樣地啄蝕生命。生命怎樣傷痕累累地在無望中掙扎，全然徒勞。

此時靈魂你知道怎樣渴望為新的誘惑的眩目的光輝擊倒，倒在一片眩目的光輝裏。

溫柔與它無緣。它卻多麼強烈地企求溫柔的撫慰。這太可笑嗎？

我是三號收到你的信的，在之前五月一、二號兩天待在學校。一號上午到，下了兩整天的雨。武漢不歡迎我。到各書店跑

了一圈，似為跑著買書那種熱情所迷惑，差不多醉心於那了。你知道那種環境不屬於我，或者說我不屬於它，只能跑回來。一個夜晚，我只能站在窗口看雨夜，其實根本看不出什麼。我還能幹什麼呢，五月七號，周公又到武漢，你知道出於一種什麼力量又跑到學校，結果幾分鐘後就只能走了。

我只能企望你的到來。

只要你看看下面的雜論便知道：

古來多被虛名誤，寧負虛名身莫負。

勸君頻入醉鄉來，此是無愁無垠處。

星期天。忙碌，毫無意義，麻木地轉了一天。我已感覺不到自己的存活。現在連痛苦這樣滲透了我生命的情感也不如以前那麼強烈，那麼催動靈魂自省，那麼使靈魂淨化。

近幾天來縈回在心底的音樂的主題，終於鮮明了。那就是孤獨與絕望。

兩種情緒攫住了我，讓靈魂真正再現。「人生得一知己足己，斯世當以同懷視之」。難諳世事，何曉世事之艱；斯世之大，何以以一知己而足？現在看來，宇宙之大，芸芸眾生，如匆匆過客，人面難諳，況人慾橫流，立此當世，能得一冷傲如我的知己，當為莫大榮幸，你將不再企求了。

友誼地久天長？

愛情永恆？

宇宙無限，卻瞬間即逝，往事如煙，人生戲臺，情癡、理癡，何以不抱恨歎天？

這孤獨的毒汁，已浸透靈魂，泛起褐色的毒霧。你再企求靈魂得救？

上帝死了。

天才的精力已褪盡於沉滯的庸流。

無可渲泄。生命已囚禁。

嚎陶大哭吧！

清明的聖境終歸在天國。

我一千次地企求友情與愛情的光輝能沐浴我的青春、生命與靈魂，可我的上帝早夭了。

我不再哭泣。

……

你知道我怎樣寂候（你）的到來呵。從漢到西經茂遠的火車大概有——上午：7：07、9：20、11：30，下午：2：00、6：21，晚上：8：11，你看後，決定。這個星期行嗎？記住到茂遠站下車（從漢到此約3個半小時）。等車開走後，朝對面看，遙對是我們宿舍樓，上有茂五金廠廣告字。不要隨別人一塊出站，一定要等車開走，否則遮住了，看不見。來信告訴坐幾點的火車，我來接吧。從車站到我宿舍樓只要三分鐘。

致

祺！

天宇

5月10日

這一段時間很少能和依依在一起聊天了。前幾天二十歲集體生日晚會她也沒有參加。想必又去見藍島了。我難得見到她一次。好不容易見到她，就會問她在忙什麼？怎麼那麼神秘？誰知她反說，再神秘也沒有我神秘。說藍島等人都在怪我把天宇藏著，不讓他們見面。這真是大笑話。我哪有這本事呢！可能是天宇不便跟學院裏的人打交道罷了。我巴不得他能不工作，只看書學習，准備考研呢？

天宇，看來，你的朋友都是多麼的關心你啊，你一定要排除雜念，準備複習考試。正所謂從哪裡跌倒了就從哪裡爬起來！

收讀了你的這兩封信後，我的心情複雜極了。你解析了我，也誤解了我。

對於靈魂與生命，我有自己的看法。靈魂與生命是一對冷傲的知己、親密的戀人。生命不能沒有靈魂，因為靈魂是生命的發光體，是生命的溫馨撫慰。靈魂依附於生命。生命是靈魂光輝的導體。生命不復存在了，靈魂也只能是一陣悲鳴的風，一朵憂鬱的雲，一陣淒涼的雨。

生命冷傲於靈魂的時候，靈魂會悲傷地哭泣！

靈魂冷傲於生命的時候，生命會瀟灑地笑？

我們的愛多麼像這樣的一對靈魂與生命啊！即使是錯的，也要讓它錯下去。讓靈魂與生命攜起手來，生死相依。

今天是5月14日，我已決定去看你，天宇。今天我去向輔導員請了假，明早就去火車站買票。

你等著。我來了。（19××＋1年5月13日至14日）

在愛中永生──阿毛長篇小說

火車轟鳴

你如此深邃
彷彿萬丈深淵

1

16日、17日，星期六、星期天，兩天時間。日記當然是空白。在18日的凌晨，我用幸福的、甜蜜的回憶把它們填補起來。

我坐的是7：10分的火車。到你那裏不過四個小時的時間。而我卻覺得路上的時間像四個月一樣長。每一分鐘都在想你。不論我是抬頭看窗外的風景，還是低頭看手中的書，滿眼都是我想像中的你的影子。我就要見到你了，天宇。從去年11月到今年5月，整整半年的時間，這麼長的離別才迎來一次見面，哦，我沒法控制自己內心的激動。

你只低低的一句「你來了」，然後是滿臉含情的微笑，我就像喝了蜜有一種幸福的微醺。沒有更多的話語，甚至沒有擁吻，我也覺得幸福無比。這是怎麼了？本來有無數的話要說的，現在卻只是滿懷甜蜜，深情地對視。然後，吃你給我做的飯菜，看你遞到我手中的書。全是甜味兒。晚上我睡在你的單人床上，你睡在沙發上。相距一米遠的呼吸聲竟是那麼的安詳與幽遠。

我想，世上沒有人像我們這樣愛了。靈魂在一起擁抱了很久，身體卻不曾親密。我已經很滿足了。因為你的臉龐，你的笑容，此刻，我伸手可觸。

就這樣過了一天半，就像一個小時那麼短。你說還有半小時，火車就要來了。你躺在沙發上說，我坐在凳子上，不想走。終於還是要走的。火車的轟鳴時不時地傳來了。我當然要走的。你又說，走吧，沒有多少時間了。可是你還是躺在沙發上。我真希望你抱著我說：別走了，

過兩天再走。你沒有說，我也沒有向你俯下身去。我無可奈何，離別的滋味真讓人難受。欲留不能，欲走不願。可我終究還是走了。

天宇，原諒我，離別的時候，我沒有給你撫慰。因為我的柔情叫這離別給攪住了，我的心中滿是離別的幽怨。你時不時地說點兒幽默的話，是想不讓離別的淚水漫上我的雙眼。可我還是流淚了。淚水模糊了窗玻璃，卻模糊不了你的身影。如果說以前我的心是在一片想你的夢境裏，那麼這次相聚後，我的心會躑躅在風沙中的站臺上，站臺旁的鐵軌邊……然後留在那間沒有綠陰掩護的小房間裏。

從此，我就有更多回憶的背景圍繞著你了。

所以，同宿舍的人又會看見我一個人發呆，竊笑，還會神經質地突然哼起歌來。這是一副典型的戀愛中的女生相。

可偏偏有人看不見我這種掩飾不住的幸福感，竟然給我說媒。大姐說，有個三年級的男生，校學生會的，很有才氣，長得也很英俊。對我情有獨鍾。希望能和我做朋友。我明確地對大姐說，本小姐心有所屬，讓這位才子另選佳人。大姐說，白玉，你別哄我了，你的「屬」在哪？我們從沒看見啊！再說，你一會兒發呆，一會兒竊笑的樣子，跟女生戀愛的樣子是很像的，但卻不是。你那樣不就是一副寫文章得了佳句的幸福感嗎？

是不是的，沒關係嘞！得佳句不就是得佳人嗎？我神秘地說。大姐搖搖頭說，你太虛無飄紗，不像是這個星球上的人。

天宇，你是知道的，我不會寫詩。可是晚上卻寫了一首《逝年夢》的詩，給依依看了。她連聲說：「不錯，不錯。愛情真可以把人培養成詩人」。天宇，我知道我寫得並不好，但它確實是我的心聲啊！你看看吧——

最是夢中醒來說別離／說心事溶入了夢中／說藍空遙遠的星／閃

爍在我藍色的心海裏／／當我月光般的手向你點燃／星夜記憶的
時候／請你記住這一段情／永恆這一段思念／因為我不會再有長
髮飄飄的年齡／你不會再有青春勃然的飄逸

　　昨晚我做了一個關於依依的夢。我看見依依和我站在一起，可又看
見依依和另一群男男女女在一起。有一個非常漂亮的男孩站在依依的旁
邊。那男孩挽著依依的手臂。依依笑著，笑著，朝我笑著，像突然意識
到什麼似的，一撒手就跑掉了。我分明看見依依向遠處跑去的背影。但
我轉頭看我的旁邊時，依依正衝著我笑呢？
　　此刻依依正坐在我的床邊發呆呢！聽了我的夢，竟意味深長地說：
「看來我又要找男朋友了！」
　　我驚訝地說：「不會吧？藍島還沒有走呢！」
　　依依說，當然不會，那不是你做的夢嗎？
　　是啊，這是我做的夢。真是怪了。做這樣的夢。

（19××＋1年5月18日至23日）

　　今天讀了高爾基的一篇名叫《單戀》的小說，記下了拉麗薩對一位
愛她的醫生說的話：「在命運對人所有的惡作劇中，最致命的莫過於單
相思了。」這句話說得真嚴重。我覺得現實生活中，並不都是這樣的。
益哥對依依的單戀就很好啊。因為我總看到益哥那麼幸福的樣子，似乎
從來不曾受傷。不過，男生都很堅強的，有傷也不讓人看見的。今晚大
姐竟然給了我一張字條，說是那位學生會才子讓她轉給我的。我看是一
條機智的繞口令。大姐說，不是繞口令，是一條治療單戀的處方——
「如果我十分十分地愛她，而又十分十分地不惹她愛，那我就只好十分
十分地不那麼愛她罷！」她還說，目前這一處方，在失戀陣線中很流行
的。我建議她找機會，把這一個處方給班上的那些男生傳閱傳閱，治治

第六章　火車轟鳴

他們的單相思，也順便治治他們的酸葡萄心理。免得他們在我們與外班的女生搞辯論大賽或體育比賽時，不加油，卻加水加醋，影響整個班級榮譽。（19××＋1年5月27日）

天宇，又有多久沒有收到你的信了。這一段時間我總在想，我上次到你那裏，是不是打擾了你的寧靜。因為我知道，人在孤獨時，總認為自己是孤獨無告的。一旦朋友向他走近的時候，他多少有些怨惱別人破壞了他的那種孤獨的寧靜。對心靈富有的人來說，這是一種真實的矛盾。我能理解這種矛盾，也能理解你的不常來信。因為我也知道，不論你沉默多長時間，孤獨多長時間，你最終還是會溫柔地和我說話的，沙沙地寫信來的。這不我已經收到你的信了。

白玉：

笑江湖浪跡十年遊，空負少年頭。對銅陀蒼陌，吟情渺渺，心事悠悠！酒醒詩殘夢斷，南國正清秋。把劍淒然望，無處招歸舟。

這一首〈八聲甘州〉，只記得上闋，下闋忘記了。

意思就是你來之前我寫期望你來的心境。那時，簡直不知道什麼叫生命，沉靜的近於窒息的絕望。

我再不能失去你。我的賭注下得太大了，我已孤注一擲了，我已輸得精光。倘使連你已失去，生命於我還有什麼意義可言。你在我身邊，就夠了。我就覺得異常的平靜、安穩，什麼也不想說，還需要什麼嗎？

那時我不知道整天在幹些什麼。只想見你一面，後來就好多了。

現在的心情大約平靜下來。可以開始思考一些東西了。著手

複習，你帶的託福，看的速度太慢，時間長，我的閱讀能力本來就差，加上沒有聽力輔助，短時間恐難湊效。《研究生英語入學指導》早看完了，只想一音一豹的作用。《新概念》複習到第四冊就慢了。第四冊難度顯然比第三冊加大。在你暑假前我得把它啃完。

暑假還有一個多月，快複習了吧？不知暑假有何打算？學校想組織什麼活動嗎？回家走哪條道？其實可以從我這裏走的。等到暑假你輕鬆的時候，來我這幾天吧！我們可以輕鬆、自由、無憂無慮地長談，陪你玩幾天。我多麼希望那時光快點來，我甚至已想像並設計好了。你知道，這樣我才能達到心理平衡。暑假，同學們都該回來了，只有我是孤獨的，是孤單的。你來陪我幾天，好嗎？

我太喜歡哲學了，所以我在想是否能考中國哲學史（中國思想史）或美學史專業的研究生。不過，我認為即使是考上了，但要想有什麼建樹是相當難的。因為哲學確實是一門非常深奧的學問。

中國自五四來的學術思想上、哲學上，大的傾向是有建樹的理論家們，梁啟超、陳寅恪、馮友蘭、宗白華，是深悉中國思想史，再轉攻西方哲學，以期相容並蓄。在世界哲學史上，無可逾越的高峰，黑格爾在那。中國哲學受到忽視。除了中國文學的古奧，及今古文學自身差別（意義），中西思維方式各自傾向的特徵有別，使集西方古典哲學大成的黑格爾也難以探其幽冥。而現在哲學（西方），公認的從叔本華及叔本華的光大者尼采，最暴烈的思想家，最具詩人氣質的哲學家那裏看出其思想得益於東方哲學（印度），亦從海德格爾和柏格森那裏也得以沾其餘澤。而他們又是影響現代中國（西方）思想的最大家。北大教授馮友蘭

有本《中國哲學簡史》四十年代成書，流馳海外，影響甚大。一個美國佬，葉朗一本《中國美學史大綱》將中國美學布之於世，令海外學者自歎他們的目光的近視，竟不能容他們發現有另外一個最具有美的特徵（象徵）的美學主流的寶庫，他們宣言以前都是無知的，這才是真正的美學。李澤厚楚騷文化中瑰麗的神話的見解是空前絕後的精闢（得益於聞一多）。宗白華大概算現代中國美學研究成就最大的。他四十年代的《美學漫談》（名字大概有誤）至今無人能出其右，而我們學院的學者們是已將他冷落否？朱光潛老先生是西方美學最有發言權的人。他譯維柯的《新科學》不知你見到沒有？它與哥白尼太陽論、達爾文物種起源論把人類導向文明的智慧燈塔。

　　我真擔心我會空來空去。哲學我愛她，詩我愛她。現在又需要背死的了。青春時光豈能再容蹉跎。這是我在靈魂深處隱藏的恐懼，它有時幽靈般纏繞著，幾乎將我的意志摧毀。

　　我現在得像蠶一樣，堅韌地，不停地勞作縛住自己。

　　有時就莫名其妙地想見你一面就夠了，否則什麼事都幹不了。

宇於6月3日

　　照片寄來（每次寫信，別人都知道是我寫的嗎？）

　　依依已被她與藍島即將到來的離別折磨得心交力瘁，竟還關心我，真是好姐姐啊！

　　她問我和你見面的感覺。我說很好的。既溫暖又甜蜜。就是離別後，會有一絲兒冷意，就像從冰峰上下來後的感覺。我似覺得你的骨子裏終究是孤傲的，正如冰峰，它的雪反射著太陽的光輝，讓人覺得它是溫暖的，然後你走近它，才感到它終究是冰冷的。你是以你的冷傲在歡迎我嗎？我要透過你冰冷的外表看到你熾熱的內心。請給我力量，給我

前行的勇氣。你的信就是鼓勵。所以只要一收到你的信，我幹什麼事都會含著笑。

依依早就領教了我這一條件反射。她只要看見了我這個樣子，就知道我一定是收到你的信了。可她還是忘不了勸告我。今晚她親自在我的日記裏寫了一段話給我：總是說，那是一片荒蕪一片蒼茫需要跋涉的漠地，你沒有足夠的精力。繞過去跳過去前面有綠洲。可是，為什麼總是駐足停步，是那博大的心胸，那燃燒的太陽，將你擁抱？啊！朋友，海水已經退走，太陽就要升起，是走是留，你要冷靜。

我感動得流淚了。在這段話下，寫了一句話：請理解我，就像理解你自己！

現在已經是緊張的期末複習考試階段了。我希望快點考完，暑假快點來，這樣我們就可以像你計畫的那樣，假期可以在一起了。

這些天，校園裏到處都充滿了離別的氣氛。因為大四的學生都在辦離校手續。畢業紀念冊傳得滿天飛。人人都在忙留言，留影。聽說一些班上互相鄙夷過的男女生，在送別的時候，會前嫌盡釋，還會大聲表白——我愛你。火車站臺上站滿了送別的人。送與被送的，都傷心不已。

藍島是23號走的，依依送他的時候，我也去了。天宇，你知道藍島上車前，說了什麼嗎？他說此生最傷心的就是不能把依依帶走。最遺憾的是，在回大西北之前，未能和你見上一面。囑咐我們以後一定到陝西去看他。

對了，上封信，我似乎替他邀請你來武漢聚會了。他說離開武漢前想和你豪飲一頓的。我忘了在信上寫嗎？怎麼不見你來，也不見你回話呢？（19××＋1年6月18至24日）

白玉：

　　信都收到了。

　　整整一個多雨的季節，在那一種情緒下遠逝了。

　　夏天以令人心驚的腳步逼近我，我坦然走進夏天。

　　要辜負藍島的邀約了。請代我問他好。我有機會到陝西定會去看他。

　　來信還要告訴你，突然前天廠裏有事，要引進進口機器，也需原料，得派人去青島一趟。廠裏派一位副廠長和我去，時間是七月一日動身（只是初步打算），這一去得二十多天了。看樣子我們原訂的計畫要付諸東流了。不過到七月一日是否能走還未確定，到那時聽我的確信。

　　擔心的是，過於頻繁給你寫信，別人都知道會給你很大的壓力。

　　這裏寄來的，編了阿拉伯數字，千萬不要以為分段，都是一組形象。思想本身是這樣形象的連貫而非語言。我是故意把連接的語言去掉。這是一首詩，你讀後知道我的困惑，對夜的感觸很深。「我」的思想已超越了，快進入二十一世紀（新世紀）之門。正因為超越，所以門閉著對我，沒有同伴，只好孤獨，只好流浪，大意如此。

　　現在理不出頭緒，等過幾天整理一點思想，再寄給你。

　　在緊張的複習中吧？

　　吻你白玉

宇於6月24日

　　今天是7月1日，再過2天，考完5門功課就要放假了。今天下午剛考完一門課，就看到你的來信。我不明白，你為何寄一張工作合影給我？

而且你是背對著鏡頭。我無法看清你的臉，更無法看你的眼。

　　我們的計畫就要付之東流了嗎？你要去青島，所以我們假期就不可能見面了。該不該給你寫封信呢？還有我剛照不久的一張照片，是否連信一起寄給你呢？我在樹下翹首盼望的樣子，既像我以激動的心情盼你來到我的身邊，也似無奈中以無限憂鬱的心情目送你的遠去。

　　我也是孤獨的。雖然生活在不孤寂的環境裏，有一些朋友的關愛，然而沒有你在我的身邊，我是孤獨的。（19××＋1年7月1日）

　　終於放假了。可我和依依都沒有放假後的那種輕鬆感。因為我們都被思念所累。不急於回家，也不願幹別的什麼事。兩個人就待在日漸空曠的宿舍裏（同學們都陸續回家了），你看著我，我看著你。酒又是我的好朋友了。還有煙。依依不勝酒力。喝了兩瓶就醉了。她還酒精過敏。全身是小紅疙瘩。她說，癢得要命，恨不能殺人。我帶她到校醫院打點滴。益哥也陪著。他說，我們倆什麼時候離校回家，他就什麼時候離校回家。他真是一個執著的人啊！不知怎麼的，我在心裏竟暗暗地慶賀藍島的離開，倒為益哥鬆了一口氣：現在他終於沒有情敵在他的面前了。也許他從此以後可以將他的哥哥身份變成戀人的身份。可依依顯然不這麼想。她把什麼是愛情，什麼是友情，分得非常清楚，沒有一點兒混淆。我不得不佩服她的堅定意志──有如此傾護她的人，她竟然一點都不動心。我也佩服益哥的堅定意志──明知道自己愛的人只把自己當成哥哥，卻還是一如既往地護衛著。

　　依依一打完點滴的當天晚上，就拉著我到運動場跑步。她自己從來不愛運動，也知道我也不愛運動，卻偏偏拉著我跑步，其實是發洩心中的鬱悶。於是，這幾天的晚上我們都到運動場跑幾圈，然後精疲力竭地倒下去，什麼也不想，就看滿天的星星。

　　可是即使是這樣，我們倆也仍然排遣不了心中的孤獨與鬱悶。

我常常抱著這樣的希望：希望我的愛，善良的愛，不著一點世俗的雜色，像輕悠的風帶著凝重的寄託，飄到天際，永恆在純色的天宇。

然而世俗的眼光給我的壓力太大，太大。我會如何？如今，這世道，空氣裏的污染物一日一日地增加，我怎能獨淨自己，我的愛？

你不知道，前一段時間，我偶然聽班上的男生議論我，說：她有什麼了不起的，從來都不正眼看我們一眼？她如果愛的是一個王子，也不過是一個落魄的白馬王子。我沒好氣地回答說，即便我愛一個落魄的白馬王子，也比有些人強一百倍。我不是氣憤才這樣說他們的。我的內心真是這樣想。因為我覺得你有思想，有自己的作為與不作為。不像他們一些人那麼膚淺，總是追求表面的東西——思想上不入黨，卻還追求黨票；成績不好，考前卻一個勁地找老師掏考題。

可是這樣的人卻混得好——黨票也混到手了，考分也高得不得了，最後還被評成三好學生。

你說，這又有什麼意思呢？當然，這些都是畢業後找工作的資本。現在的時代就是喜歡這些弄虛作假的人。

收到這封信，知道你還是要去青島。那麼我待在學校已沒有意義了。再說，家信又在催我回家了。我只好回家了。你回來後再跟我聯繫吧！（19××＋1年7月3日至8日）

白玉：

上次寄給你的《八聲甘州》只有上闋，因上闋恰好道出我意。不願抄下闋。因此詞無名，你自然查不到。我也是偶爾看見，出於至真至情，才記下的，到現在已忘了出處。

下闋是：

明日天涯路遠，問誰留楚珮，弄影中州？數英雄兒女，俯仰古今愁。難消受燈昏羅帳，恨曇花一現恨難休！飄零慣，金戈鐵

馬，拚葬荒丘！

　　這裏似乎柔情太過？我亦有些柔軟的情感。

　　我畢竟有你，而不至讓我在人生孤途成孤零零的孤人。

　　真如賭博一樣，我已孤注一擲。

　　其他什麼都失去，反而得到你，不是命運垂青於我？

　　去青島之事已定。你什麼時候回家？在家待多長時間？什麼時候返校？返校後我們能愉快地在一起嗎？

　　你有最近期的照片嗎？

　　我要是給你寫信，依舊寄到你的老家，有什麼問題嗎？

　　我從黑暗中誕生，卻倒在玫瑰色的晨光中，這是我的悲劇嗎？

　　謹祝

天宇於7月1日晚

（信後另頁）

　　這當是夏天的夜晚。

　　可我的夢卻彙集到冬天那個夜晚了。那麼清晰地印在生命裏。

　　（信後又附一封信，沒有日期。）

　　等待來信的滋味真不好受。

　　知道你很忙。

　　寄一張空紙也不行？

　　我一直擔心的就是我的來信是否有不便，或令你不快，倘至如此，我會令你愉快。因為你知道。（天宇7月2日）

　　我是8月2日返校的，和依依一起。閑著無聊，聽說武大有英語口語補習班，而且是外教。於是我和依依報名參加。一共要學一個星期。

我們倆白天學英語，晚上或回校或借宿在武大的一位男老鄉的女同學那裏。聽音樂，寫信，主要是寫信。雖然夏日炎炎，有時竟會有如淋春風的錯覺。事實上，戀愛中的女子，即使是在酷暑或嚴冬，她的心有時也會有春天般的愜意。

I'm set down our inmitate dairy!

I'm letart you my heart,too!

我把你記在我的日記裏，也把你鏤刻在我心裏！

我已返校，不知你回來否？前一段時間在家裏給你寫了一封信，不知道你收到沒有？（19××＋1年8月3日）

我8號才看到你2號寫的信。哦，不知道你什麼時候能到武漢？這封信也沒有確定具體的時間。我等著你的到來。

15日的信也收到了。信上說你17日（星期天）晚上到武漢，讓我17日晚7點到長江大橋江心上。你會在那裏等我。如果收信不及，則18號。我是19號早晨才收到信的。我知道收信遲了，一定錯過在武漢與你的相聚了。我心中非常懊惱自己這幾天怎麼沒有跑收發室。要不然，18日可以看到信，那麼18日晚上就肯定見到你了。

19日晚上我6點鐘就到了長江大橋的江心上，我知道你不會在，但我還是抱著一種僥倖的心理，一直等到9點鐘。當然是悵然而歸。

幾天來，內心都有一種悵然若失的感覺，直到又收到你的另一封信——

白玉：

發出的三封信不知都收到沒有？已返校了吧？

是否有其他的事情，或忙於複習等等。

17號、18號兩個晚上我都看到奔湧不絕的江水，直到三鎮漁

火如織。

　　我是16日晚到漢的，盤桓兩天。伊人已逝？只得寂寂而歸。同學倒弄得莫名其妙。我在漢住小東門。19號晚歸來，今天是20日晚了。

　　這封信亦不知能否收到。

　　亦有奢想的是能否來茂遠。

　　我現在只能看到霧中的你。不知能不能見信即來。

　　靜候

耶乎

8月20日

2

　　我錯過了幾次在武漢與你相聚的機會。於是，我決定到茂遠。

　　我是23日到的茂遠，這次是想多待幾天的。可我沒有想到來的當天，你就把我晾在半夜的陽臺上。

　　你一直在情感飄移嗎？

　　如果那個半夜你送了兩個小時的女孩正是你以前在信中提到的那位女同學，那我就真的祝福你，祝福你恢復了你最初的愛。因為這正好應驗了一位大作家的名言：人們往往會回到第一個情人身邊！

　　我不會問你她是誰？也不會對你說，我在半夜的陽臺上是如何的痛苦。

　　也請你為我祝福吧，你的沉默，你的冷傲，使我意識到了我的蒼白

無力與冰冷。我原以為我是熱情洋溢的，我原以為我能在一個人的心境灶起一堆熊熊愛火。現在雨水抑或淚水澆滅了火堆。火沒有了，只有一縷帶著煙霧的水汽，隨風飄走。

為我祝福吧，我是在心跳的季節裏，和著心跳的韻律而來；所以也請你為我祝福，這一顆不會冷卻的心，將在一束冰冷的視線裏絕塵而去。

茂遠，為愛的呼喚而到過兩次的茂遠，你為什麼要我來，卻不挽留我離去的腳步。別了，茂遠的火車汽笛，茂遠的風沙，茂遠的小旅館……別了，茂遠，你於我上次是離別的痛苦，而這次則是絕望的痛苦了。別離你，就像是別離生命。列車別用你同情的喧鬧，和著我的哭聲，讓我孤聲哭泣吧！路人，別盯著我看，我絕非暈車。

究竟是什麼魔力啊，把我變成這麼一個情弱的女子。是誰說過：「對於別人，我只不過是滄海一粟，然而對我自己，對於我所愛的人，則可能是全部。」

或許，我們根本就是風格不同的兩個人。我們應該保持一種神秘感，不應該在幻想中走進一個春天的迷宮。這樣既打亂他人的視線，也迷失了自己。

天宇，你笑傲人生吧。至於我，我將讓靈魂越過沙灘，去塑一尊安徒生的美人魚。

友誼地久天長？愛情永恆？

愛情永恆？友誼地久天長？

我輕輕地吟誦，像夢囈一般。

在我去愛的時候，我就準備著去品味痛苦，我還會繼續品味下去的，直到我的心枯竭而死。

一個聲音縈繞在我的耳旁：她失去了心，也就無視新的誘惑。因為她不會再有心去接受。

很快就會是秋天了，我們的愛情還不到一年的時間，就要死亡了。而我是多麼地眷戀著愛的生命。你記得我買過七種顏色的日記本嗎？到如今才寫了二本。剩下的頁行裏，會全是淚和血。應該是輓歌吧，我會唱一輩子的。

今天是25號，我收到了你20號寫的信。從前天下午到昨天晚上，我給你寫了一封信，這封信比較長，思緒斷斷續續的，這可能是我到目前為止寫給你的最長的一封信了，但我不能把它寄給你，因為那等於是毀滅我自己。

你20號的信都是在盼著我去呀，可你怎麼能那麼對我呢？我現在還能說什麼。你不是喜歡詩詞嗎？讀一讀這闋詞吧──

無言獨上西樓，月如鉤，寂寞梧桐深院鎖清秋。剪不斷，理還亂，是離愁，別是一番滋味在心頭。

都過的是些什麼渾渾噩噩的日子？喝酒，醉酒；抽煙，咳嗽。坐下來，睡意沉沉；躺下來，卻並不能入睡。

如果沉默是你的悲抑，你知道這悲抑，最傷我心……

我太任性，即便是在我愛的人面前。任性之後，便是內疚。所以，我仍會在日記裏寫這樣的話。我的夏末會有這麼多的傷心，這麼多的痛苦。總希望你來到我的身邊，而你卻是遠遠地、默默地望著我。

他的沉默太讓我受不了了。我的心因焦急和憂愁而枯萎。什麼時候你能來，我的心就會復活。

如果你愛過我，那麼請你再愛我一次吧！

這樣的話，我寫在日記裏，但絕不會寄給你看。不會。我縱然是千百次地寫下這些乞求的話，也不會把那一個字寄給你。

就讓你繼續你的孤獨吧！疼痛是我的。

第六章　火車轟鳴

可是愛人啊，告訴我，如何能不心痛？（19××＋1年8月23日至31日）

　　今天是10月11日，要不是聽到廣播台的關於中秋節的專題節目，我都不會知道今天是中秋節。我聽到依依朗誦的你那首《中秋節》的詩了。去年的中秋節也播了這首詩，今天的專題節目作為主題詩又播了。去年的這個時候我們尚不熟識，今年的這個時候我們已經從情侶變成了陌路。時間真是快而無情啊！我能留住的只是自己的傷感和歎息了。

　　可一直以來，在我心裏，我始終認為我雖然看不見你的微笑，但我知道你以你的靈魂在祝福我：我是在你的愛裏；你雖然聽不見我的心跳，但你知道我以我的靈魂在祝福你：你是在我的愛裏。

　　正是因為有如此的堅信，所以內心的期待一直存在。這期待一天又一天地在盼望中開始，然後在絕望中逝去。就這樣一天天過去。我總是想：什麼時候不再想你，就好了。

　　什麼時候能做到不想你呢？

　　你能做到不想我嗎？也不能做到，不然，我不會再次收到你的信

──

　　白玉：

　　一個欲掙脫你生命之愛的靈魂終於疲乏不堪時，願回到你的懷抱裏歇憩，以你的愛沐浴他的靈魂。

　　你願意接受它，擁抱它嗎？

　　它已經夠孤苦伶仃的了。

　　重又渴求你愛的滋潤的人

10月13日夜

就是這樣一封沒有署名的信，在一個絕望的黃昏悄然而至。也許是因為我等得太久了，所以才淚流滿面。依依說我們真是一對傻戀人。明明相愛，卻相互傷害。這是為什麼呢？為什麼呢？明明相愛，卻要分離。她後一句的聲音非常輕，像是自言自語。我想她不僅是在問我，也是在問她自己。

依依又說，她現在的心情非常複雜。有時候非常盼望藍島的信，有時候又不希望收到。盼望信是因為她還在愛，而不想看到信，是因為她知道這種愛情不會有結果，所以她想平靜地結束這段愛情。可是真正的結束總是艱難的。

我們只能在心裏一次次地默默祝願：你幸福我祝你更幸福，你痛苦願你對痛苦無所謂。（19××＋1年10月16日）

白玉：

夏天裏你消失在我眼簾盡頭，現在是嚴冬了。這不是一段漫長的沉默，那是我的個性，是我致命的弱點，這你以後會知道。

你的信和照片都是按時收到的。

我這是看電影回來給你寫的信，《靈與肉》，美國故事片。不知看過沒有。無數次提筆終於放下，那層厚望太堅硬了，一種熱力沖不破它，最終《靈與肉》令我提筆不致放下了。

你知道，我性好沉默的，可我原來不這樣。我是熱情的。當我認真地考慮一下語言的功用時，我發現它是蒼白的無力的，完全不是以精緻表達人類的行為與情感，尤其是情感，語言是它的誤區。語言不能進入或表現情感世界。你進入語言的情感世界，你便走出真正的情感世界了。我的孤獨與沉默總是豐富的，這是一個內在的封閉空間，我把靈魂放在裏面避思，無拘無束，是自由，它能無限地體味它對愛人的神往和表達愛，能默默地回味愛

人賦給自己的愛，這是無窮無盡的。語言能表達什麼？所以我不太想把自己的情感移植到語言裏，那可能變形。你要瞭解我、愛我嗎？你就到我身邊，瞭解我全部生命，我要愛你我就把自己的行動無言地呈現。這些想法，成為我懶於寫信的原因之一，所以一提筆就放下了。

　　還有，我寫了一句話，來認識自己：一個臨近瘋狂的大腦終於裝不進一個豐滿的自由的靈魂，它不能在宇宙確定自己的恒點。尼采在神聖之巔向它招手，微笑，將作為它對宇宙最後的一絲感觸。這也許接近真切。我總覺得我的意志與本性離得太遠。一方面，意志是堅強的、緊張的、絕對的，強有力的意志使我在一些方面極具判斷力，而判斷有些過於武斷；另一方面，我的本性又是柔弱的，天生的懦弱，它能熄滅每一次意志所點燃的耀眼的火焰。意志使我迅速作出決定，而個性又使這些決定只能停留在意志上，絕不能落實到行為，這就使我不能做成任何一件事，哪怕極小。這種分離，給我意識上的影響就是，在哲學與詩的藝術上，永遠在兩者之間徘徊，不能決定在哪裡。我的強硬的意志，使我某些概念的判斷上是哲學的，可當我進行一些持續的思考時，它們卻跑到詩上面去了。這就是回到懦弱了。我在寫詩時，大漲一種情緒時，意志就出現了，哲學的象徵在這裏這意味著生硬。我的個性、自身分裂的矛盾給我的認知力帶來致命的缺陷。這是我以前有種預感，我會成為一種悲劇人物的潛在悲劇。我原來是未覺的，現在在行動中就越來越感到這些對我的牽制。說這些你也許不能體會得到。要說到具體事或你看到我處理事的方式就會察覺到。

　　我就會這樣完蛋。

　　正因為有這種矛盾，我的面目就時而清晰，時而模糊，你看

不清它是飄移不定的，所以我們兩個靈魂很難融合嗎？可你不知道，你的靈魂對它有一個引力，如果引力消失，它會殞落的。它現在雖然是飄移不定，可有一種引力在維繫它的存在。

我這麼長時間，如果不是繁重的工作壓得喘不過氣來，我不知道怎麼打發。我總覺得這是一座沙漠的城市。你能體味，亙古無邊無際的沙漠對生命是怎樣的摧殘嗎？

與我打交道的人，沒有一個不說我是捉摸不透的。我說是的。如果別人說他瞭解我，我只能說他不知道我是什麼樣子，說不可理解，才算大體看清我。一般人，只能看到我的第一層，那就是孤獨，待人傲慢。第二層就是熱情，我的精力是充沛的，生命力是充盈的。它揮發出來，就是工作的熱情。我對其他事物可能極其冷漠，對工作卻抱有極大的熱情，是別人難以與匹的。較好的人看到這二層，便說我好，為人不錯。沒有哪一位領導不肯定我的工作，他們以為我本性如此，真是大錯特錯。他們沒有看到更深一層，那是一種天生的冷傲，和包在冷傲裏的瘋狂的愛。這差不多沒有人能知道，也差不多沒有人能接受的。除你之外，沒有人踏進第三層。也除你之外，沒有人能夠那樣深刻而有力地撼動我的靈魂。

前一段抽到經委專管職稱改革，近一段又組織廠裏廠長投標會，兩邊上班，時間所剩無幾。又接到別人請講兩門課，每月面授一次，一次四天，又要備課。是經委辦的經管班函授中專，只能搞好，已講過兩次，這個月7號至10號又上課。

另外幹些什麼？寫了幾組詩。又在讀《魯迅全集》。先生的全集在學校時已看過幾回，去年買的選集四卷又不知看過多少回了。倘在精神敗萎時，又在先生的骨質覺一些硬氣，但精神透一些力，生命多一些凝重沉鬱，去一些俗氣與生命的庸味，精神就

蒼涼了，而這決不就是悲觀主義的預兆。對生活的痛苦反倒顯出一些負重的堅韌。

這生活困倦、潦倒。

時近暮秋，秋肅而勁，心緒鬱結不可渲泄。

頹敗之餘，而撫先生《野草》，遂為首句：「我沉默時，我覺得充實；我將開口，同時感到空虛」所驚，不過心理印證耳。

深感秋氣傷人精神。人與自然同。（宇10月15日至11月15日）

一場雪告訴我：秋去了，留給我冰雪的心情。

我對著燭光，打開寫給你的兩本日記，你寫給我的二十幾封信，一句一句地讀你……

彷彿你一直都是站在大雪下沉思，我一直都是以飄飛的火的姿態冒著紛紛揚揚的雪靠近你。

太陽出來了，溶化著早冬的雪。我一次又一次打開寫你的日記，細細地想你……

總想著有一天，我會把寫你的日記，輕輕地念給你聽……

既然是在冬天，就還會有大雪降臨。你看著我在風雪中搖曳著星星點點的火。

走向我吧，向我走近你的方向，走向我吧！

別再說：「你愛，可你從來不知道過分充滿愛的憂傷。」（19××＋1年11月29日）

昨天寫給你的信沒有寄，到處都找不到了。不知誰拾到了，會拆開嗎？我的秘密會被別人看到嗎？

昨晚自習時，依依在我撥的一塊牆皮上寫了幾行字：

天邊的烏雲已升起，美麗的森林已披上蓑衣。白玉啊，你好糊塗！

她指什麼呢？是指我們這一段不被她看好的愛情嗎？

白玉，寄來我寫的一些隨想：

　　知道人類大約是希望永恆的，名譽、地位、幸福、愛情、歡樂，則無論是高尚的、卑劣的、偉大的、渺小的、虛偽的、真實的，一例地希求永恆，於是便生出求得永恆的種種活法。或求權力極鼎官運之長，或文章風流、著史廣古，或修為涵淵、精神不死。大略因為知道宇宙無限、人生有限，所以求永恆罷。而我因為知道人生有限宇宙無限，所以求速朽。

　　我知道愛我者，仇我愛，和我是要一同存有愛和恨，一同病故，一同為白骨而至於腐爛，不留痕跡的。

　　我的軀體會腐爛。雖則銳氣正盛，思想正年青，但終至於死亡，不如把這些愛的痕跡恨的痕跡刻得鮮明些，——不憚於仇人的咒我早死，或用高明的、溫和的、然而陰鬱的種種法使我速朽，——所有一切終會為風沙剝蝕。

　　這就是我要寫一些速朽的文字，供與同我同我的文字一同腐爛的愛人與仇人。

天宇12月1日

（我過幾天可能要來漢，住火車站迎賓旅社，時間另拍電報）

3

　　我是4號收到的信。知道你要來漢了。我專心致志地等你的電報。我不想讓別人看到你的電報，於是想拿到我們班信箱的鑰匙。正要找我們班的收發員，卻見童世卿緊張兮兮地朝我走來，說，白玉，你的加急電報。我慌忙從他的手裏接過來。因為我知道是什麼內容，所以沒有當著童世卿的面拆開。倒把童世卿弄急了，連聲問——什麼急事？什麼急事？

　　我不回答他，若無其事地走到一邊，拆開電報——6日10：30到住迎賓旅社。那就是明天了。

　　這是你離開武漢後，我們第一次在武漢見面。6號9點鐘我就到了迎賓旅社的門口。想到你是10：30才能到，所以我就到火車站出站口去了。我想更早一點見到你。天零零星星飄著雪點兒。有一點沒一點地落在我的頭上、身上，像一種漫不經心的吻。我在10點鐘出站的人群中見到你。你穿著一件咖啡色的大衣，右手提著一個黑色的旅行箱，剛毅的臉上是你常有的那種平靜的沉思。我穿過人群走向你。你左手扶了一下眼鏡，輕輕一笑，說，走吧。

　　穿過馬路，到迎賓旅社辦住店手續。然後就是對視，擁吻。午飯後，一起去施門口新華書店逛到關門。一出書店門，看到漫天大雪，真是壯觀。我高興得大叫，天宇幫我豎起大衣領子，牽著我的手，一陣瘋跑——我們去江邊賞雪。

　　兩個人先在施門口一家小飯店吃了熱氣騰騰的火鍋，然後到江邊散

在愛中永生——阿毛長篇小說

步。江邊很冷，可我的心中充滿了暖意。在江邊公園，我們兩人像小孩一樣打雪仗，還堆了一個小雪人。有時候還情不自禁地吃飄飛在手心裏的雪花。那滋味兒有一種細細潤潤的甜味兒。你說，那滋味兒像我嘴唇的味道。問你，什麼味道？你說冷，好像還酸。看我不高興了，你慌忙又說，最後是一種甜，悄悄沁入心裏的甜，想忘都忘不掉。

你又說，你擔心你的愛傷害我，影響我的前途，所以你曾想結束這愛，可是實在忘不掉我。我嗔怪你，不許說結束，不許說忘掉。

天宇對著漫天飛舞的雪花大聲喊，白玉，我要愛你一生一世。然後深情地抱著我。我也大聲地在你的耳邊喊：天宇，我要愛你一生一世。

讓我們記住這個雪夜吧！再不允許生氣，不允許故意不寫信。

我們回學校時，已經快夜裏11：30了，宿舍門也快關了。我回了宿舍，決定明早再去看你。可你明早就走了，因為下午要到鄂西辦事。就此別了。你說以後隨時會到武漢來看我。我點點頭，望著你在雪中離去的背影……（19××＋1年12月7日）

依依大概已經從與藍島的離別打擊中恢復過來了。因為她現在只一心一意地寫詩了。這次華師的一二·九詩賽，她又作為選手參賽了。她的詩歌創作與詩歌朗誦都得了一等獎。真為她高興。她有詩歌為她療傷。而我除了你和你的信，別無他物。

12月18日依依送我一支玫瑰色的口紅。我才猛然記起今天是我19歲的生日。我一直喜歡玫瑰紅，因為這顏色使人嬌豔嫵媚。我一次又一次地對著鏡子描口紅，看著自己鮮豔飽滿的雙唇，心中湧起一陣又一陣的甜蜜與溫柔的顫慄。因為我在鏡中看到的不是我自己，而是你，天宇，我輕抿的雙唇，也不是我的，而是你的。

童世卿也來送生日禮物了。是一面小巧精緻的銅鏡。我認定那是一件家傳的禮物，很珍貴，所以拒受。童世卿硬是要我收下。還說四天後

就是他的生日了。這是投資。今天不送我生日禮物，四天後就不好意思收我的生日禮物了。

我在心裏想，我從來就沒有想到過哪天是他的生日，更沒有想到過要送他生日禮物的。哼，這次，看來一定是要參加他的生日晚會了，不然，就太不夠意思了。這不符合禮尚往來的規則。可我能送他什麼呢？送還這面銅鏡，再加點別的禮物？但這肯定是會挨罵的。可是我管不了這麼多了。有些禮物是不能收的。他要罵就罵吧！我不能在他的情感生活中留下一些期望的痕跡，這樣以後會傷他更深的。

原諒我吧，愛我而我不愛的人啊！我有權予人友誼，卻無權責備愛。現在我想忘掉這一切。要記憶你就記憶吧！我不付出情感，因此也不會有記憶。（19××＋1年12月18日）

又快到緊張的複習考試階段了。接下來就該是寒假了。到那時，我們通信又不方便了。可能只好等到開學的時候再聯繫了。

白玉：

想必已開學返校了吧！

春節過得愉快吧？

我這裏，精神豐盛的時候是最好的時候。

我想人在最初從跪著想站起來的過程，是經歷了多少磨難，經歷了多少壯美的悲劇。多少靈魂的孤獨奮戰，確實不易。

我現在從事的工作，是想從跪著到作為人站立在你面前，把真正的生命，真正的生命的內核——愛放在你面前。

可是我除了用意志力支撐，讓精神的導師引導外，我還需要你和你的愛。（這是有失男子漢自信的話，然而又是真正生命的聲音，你聽得出的。）

（我不想過多地寫信，長了別人會連我的字都認熟的。）

深深吻你

宇於茂遠

19××＋2年3月2日夜

這一段時間的日記裏，附的都是你的來信。我自己的日記寫得少了。因為我要記下的沒有你的信件有意思。所以我要一遍又一遍地讀你的信。

白玉：

我一直避免過多地給你寫信，原因你清楚。

並非是我沒有經歷過屈辱，無數次的屈辱，與對人格尊嚴的摧殘，反倒使靈魂鍛煉出一種負重的堅韌。多一次又有何妨。並非是因太孤傲了，以致不屑去死、去愛，或者去摧殘愛情。我現在持的感情，不是像盧梭的《懺悔錄》裏所過分地張揚的自我特性。正因為強調個性，獨特性，使他遭誹謗，為人不器。終於只有在他的思想之林，在他的黃昏，作一個孤獨漫步者的遐思。那種孤獨，並非中世紀對虔敬派得於發展感情的方式，而擺脫各種慾望的惡魔。那是一種極高的審美的體驗。是感傷的。把問題的重點轉向個人內部，而非與外部隔離與不能互相溝通。認為一切偉大的意向都是在孤獨中醞釀。能以浪漫派的孤獨當成自己的綱領性口號，後來又加憂鬱，幾乎憂鬱與孤獨並提，是兩種極高審美情致。而又是病態的才華。其實我想，這應該是豐富的個性世界與充盈的生命世界的特質。至於有批文人，為附庸風雅連孤獨與憂鬱都濫用了。

第六章 火車轟鳴

我的思想傾向於盧梭，但情感大概更真實與自然地貼近蒙田（現在）。蒙田寫的散文隨筆，勾勒的速寫我想是他生命每一個質點的瞬間的線條。他不想他們是否矛盾，或許倒更符合生命自身的邏輯。他也許跟盧梭強調自我顯示存在的獨特性即個性相反。他強調生命的自然性，真實的自我方面。

　　我這種想法肯定很抽象，而且我有時極不喜歡這樣，也許是出於一種方法論的癖習。你不喜歡它。我是說，蒙田是強調生命矛盾本身，儘管他做的事是互相矛盾的。

　　我已經沒有那麼多的孤獨了。很奇怪的平靜。年少氣盛壓了一些，這就是磨煉。而去掉了這層少年傲氣，人就會冷靜些、客觀些。因為客觀而清醒，因為清醒而愈覺得生命意義的消失，愈迷失了所作的每一件事的意義與根據。其實生命應該是什麼樣子，大概沒有人能真實地描繪。

　　也許愛，才是生命的起因，生命的目的，與生命自身。人因為愛而生，人為愛而活下去。人活下去本身就是愛。我的生命轉了一大圈，仍然兩手空空，一無所有。也許我們相互的追求，相互的等待，相互的遙遠的祝福與理解，相互絕對信任與犧牲，相互堅貞，支持我們生活下去，生活的最高意義才在這裏。

　　你是因為我的少回信而吝嗇你的筆與情思？

　　上封信我收到了。離五‧一只有一個月的時間了。按慣例會放假。來之前先寫信，我按時間到車站接你。我現在就為了我們能五‧一相聚而等待而活著。以後的事，你不要考慮得太多太沉重。我發現你竟比我還想得複雜些。我卻放鬆了，你不必太消沉和悲觀，而且你沒有理由。情牽天涯，有情人終成眷屬。生活一場，只要能確切地、真實地、毫無虛偽地傾注自己的生命與心血去愛一場，愛一次，哪怕最終是毀滅，也不枉生命。

為愛而生，我們之愛生命，並不是因我們之慣於生命，而是慣於愛。你應該記住這句話。這是與宗教、佛教教義相悖的生命觀，佛教戒訓中的四大皆空，第一為色空。你能信佛教嗎？因為隔離得太久了，因為期待太沉重了，所以才厭倦了生活，但並不是厭倦生命。而那只是那時的一種生活狀態。我們在一起，難道不能振作而熱愛生命，而相愛嗎？

不知有沒有新近的照片？

相思太殷
天宇於3月25日

我現在的日記裏，文字的東西少了，畫卻多了起來。畫大都是山水、樹木、庭院、人物。尤以人物速寫居多。除了一部分自畫像之外，大都是我想像中的天宇的各種樣子。有看書的、沉思的、寫作的、凝神遠望的……還有我們倆的擁吻……甜蜜的陶醉的樣子佔了日記的很多空頁。間或有我思念、流淚的樣子穿插其中，這些畫像一些閃爍的珍珠，照亮著日記中文字的歲月。而那些信件、電報、往返的火車票，是日記最重要的索引與注腳，它們共同證明著兩顆心如何愛，如何不無痛苦與幸福地愛著。

記得你在信中說過需要知道我的思想。許多次我一味地索要你的情感、承諾，我自己卻很少涉及自己的思想層。其實我是太淺白。但我覺得一個人如果是真正在愛，用心在愛，就應該讓自己的靈魂面對愛人，就像讓她自己並不漂亮的容顏面對坦率的鏡子。

我在這樣做。可我不知道我愛的人是否感受到了。

（19××＋2年11月3日）

最近看了勞倫斯的幾部小說，覺得勞倫斯刻劃人物的性格，真像是

拆開了機器零件，仔仔細細地查看它的功能、作用、奧秘、怪異。他的人物都不完美，有些甚至讓人無法接受。但你覺得他們真實、人性。

你看我，本來只一直關心你的，現在也開始分析人的性格來了。沒辦法，有些問題逼人思考。我想說的是我和大姐的友誼。同班的女生中，我跟大姐是最要好的。但最近我們的關係突然緊張了起來。原因是她又換了一個男朋友。她的前一個男朋友分到一個小城市裏了。而這個新換的男友也是一位高我們兩屆的學長，畢業後到北京一個部委機關工作了。他以前在校時，大姐是根本不拿正眼瞧他的。現在卻不停地跟他寫信打電話。我對大姐的這一轉變非常不解。她竟說不是為了愛，只是為了以後畢業能到北京去工作。想不到愛情竟可以這麼勢利。我好痛心。要是一般的人這麼做，我才不會理睬的，但是她是我喜歡的大姐，竟然用愛作交換條件。我的心真痛啊！竟在一次談論愛情觀時，憤憤不平地指責大姐：怎麼能這樣做呢？

其實我對一切都是懶得去評價的。知道每個人都有自己的愛情觀、事業觀，都有自己的生活方式、自己的個性。誰也無法改變誰。「影響」也是一個倒楣的詞。人有時候會潛移默化地受些影響，而你想主觀地「施加」影響確實是愚昧，徒勞之舉。我對我自己說，在你想改變什麼時，最好仔細想想「本性難移」這個詞的意思。

依依和藍島分別也不過四個月的時間，似乎也有新動向了。她現在神秘著呢！怎麼問都不說，只說，你等著看吧！看怎麼發展。現在還不到時候。哎，她們的變化怎麼就這麼快呢？這不能不讓我懷疑什麼是愛情。

現在我發現我很難有激情，出奇地冷靜。並不是自己現在已處於理性思維的叢林裏而感覺麻木。在大學這個集體裏，我一直是一個孤獨的個體，周圍的人和物都無法引起我的感應。我清楚地知道，自己的優點僅僅是不向自己的內心世界與情感妥協，而我致命的缺點則是對周圍的

熟視無睹。可是不熟視無睹又能如何呢？我個人是無法去改變周圍的人或物的。

所以對有些人、有些事，我看見了就像沒看見一樣。聽憑他（她）以自己的方式去發展。我只願堅持自己——那就是今生只為愛而愛，絕不用愛去作任何的交換。（19××＋2年11月14日）

人是為了一個歸宿在奔波著。真是這樣的嗎？流浪也是為著一個歸宿吧？愛不就是一個歸宿嗎？為什麼它會褪色，會變？為什麼激情與欣賞會變成一種倨傲的平靜？我的愛也在變嗎？

我也是一個複雜的矛盾體嗎？最崇尚孤傲、清高的文人氣質，可我需要的又是一種實實在在的愛，激情的愛。你能將傲人的氣質與感情的熾愛和諧起來，微笑地給我嗎？

我是那種唯有愛才能活著的女人嗎？而我現在就像女詩人華姿的詩中所說的那樣「心中充滿愛情而身邊沒有愛情」。

不是為了愛，才去愛你。而是愛你，才去愛。

所以你應該是幸福的，而為什麼那麼孤寂。別生活在往日有毒的影子裏。走向我吧，我的愛人！

我這麼急切地盼著。這麼多蕭蕭的落葉。它們要昭示什麼？它們多麼像那些落下的、沉沉的沉沉的愛情！（19××＋2年11月18日）

天黑了，走出40號樓，有一種豁然開朗的感覺。抬頭看到一輪明月掛在天上。我很久沒見月光了。現在我一個人踏著落葉的小路，靜靜地欣賞著這清幽的月夜。

可我怎麼樣都是孤獨的。因為月亮還是月亮，我還是我。我不知道月亮是不是跟我一樣感到孤獨。有人仰望她，她只是清高地掛著。她是不是只給人以孤獨的感覺，而她自己從不孤獨？（19××＋2年11月30日）

白玉：

　　電報及信都收到了。收信後即發電報抵漢，不意送晚了。

　　回來後，又接到你的電報，謂這個星期要來，不知何故未到。若來的話，想必是星期五、星期六了。因為今天便是星期五。

　　而有靜候。

　　也許到秋天，看到生命在秋天衰老、凋零，不意思想也飄來一些淒涼的影子，浮起些淒涼的情緒，無端的也想些淒涼的句子：

　　無端錦瑟五十弦

　　一弦一柱思華年

　　莊生曉夢迷蝴蝶

　　望帝春心托杜鵑

　　滄海月明珠有淚

　　藍田日暖玉生煙

　　此情可待成追憶

　　只是當時已惘然

　　照理像我們這年齡，是無由想到這些境界的，也無由體味這情調，然而有些東西是自然而然的。看來人生的體驗，不單只與時間的悠長與短暫有關，而在心靈的歷程。

　　譬喻，我們樓的。你都知道，一直是單身宿舍，近來都成了家屬樓。昔日的都成家立業，只剩下我一個孤家寡人。難免是無邊落木、滿目秋風了。有些創痛時間愈長，它便愈清晰愈深刻。所謂歷盡人生的人說，歡樂是短暫的、淺薄的，而痛苦才是永恆的、深刻的。而人生若只有痛苦，沒有歡樂，人生有何樂趣可言。或人生本無情趣，生的意義在於堅韌戴負痛苦，而人又何必追求歡樂與幸福？所謂人近四十而不惑，世事洞明，恐只為虛言了。有些人是至死只怕只帶了一肚子疑惑去問鬼神的。恐怕早毒濫了。

只有這些。

祝你心安！

天宇於10月13日

4

　　今天我收到了一封莫名其妙的信。有個叫紫蘇的女孩給我寫了一封言辭非常激烈的信。令我既意外又氣憤，當時就把信撕了個粉碎。那信的大意是說童世卿在寫給她的信中，經常提到我，說如何如何地愛我。紫蘇還說她和童世卿從小就是一對很好的朋友，童世卿一直都很喜歡她。可自從童世卿到武漢來上大學認識我白玉後，就冷落了她。她現在茶飯不思，孤枕難眠。希望我看到他們倆二十年青梅竹馬的份上，把童世卿還給她。我讀了這封信感覺又氣憤又好笑。氣憤的是，童世卿竟然在寫給別人的信中說如何愛我。好笑的是，紫蘇這女孩竟然把一個根本無意與她爭奪戀人的人當情敵。如果說紫蘇用「茶飯不思」這個詞，我還能理解。而她竟然還要用「孤枕難眠」這個詞，真是有些惡毒了。於是我給她回了一封信，說我與童世卿不過是同班同學，關係單純，你不必為此猜疑，更不要因此而病倒。好好愛你的童哥哥。

　　誰知她又接二連三地給我寫了一封又一封信。信中一次次地懷疑「我與童世卿不過是同班同學，關係單純」的真實性，竟然責問我用什麼手段讓她的童哥哥移情於我。

　　我完全給激怒了，毫不客氣地回了一封信：

　　看到你的信，我感到挺好笑，寫幾句，你不妨也笑笑，這樣有好處。

1、人的善心往往被拿去餵狗。（我以為我寫給你的第一封信，純屬善良的願望。早知道你這麼不講道理，我根本不會勸慰你的。）

2、獸性太強的猜疑往往使一個人病倒，甚至病狂。

3、你孜孜追求的，別人往往一屑不顧。

4、不要輕易遷怒於人，要學會理解他人。

我從來不是你的情敵，所以你沒有怨恨我的理由。其實，如果不是出於善心，我完全不會理睬你的信。

我所寫的，希望你能理解。以後我不會再向你作任何解釋了。

最後勸你一句，好好把握自己，認識自己。有些東西是強求不來的。（19××＋2年11月17日）

　　白玉：

　　　　近來在跑廠長出國手續，估計收信時我會來漢到省外辦辦護照。我想還是住在原地方好一些。

　　　　你說的那塊石頭，確已冷確了，但非堅硬，而是風化了。

　　　　我時常想像自己現在已是一條狼了，狼有自己的仇恨與愛，有自己獨特的靈性，只是這種靈性為自己同類所知，這於「人」，對異類來說，則不可知，無異於獸性了。此種創痛，此種異化，究竟是人需要獸性，抑或人無需靈性？

　　　　時時覺得心理老化，時時陰影逼近，時時就接近一個無始無終的圓圈。這便是宿命。

　　　　時常有窒息之感。踽踽獨行。那種漫無邊際的寂寞與孤獨，使你會感到在無邊無際的沙漠中失去求生的意志。

　　　　他們對我只是一種裝飾物，不可親近我的靈魂。

　　　　在這裏永遠只是打擊、譏諷、莫名的眼光、永不可親近的靈

魂，你還能作何打算？

原來我是想把那些不可奉告的痛苦不可渲泄的孤獨留住自己，而你的世界很高很闊。

現在我知道人一旦選擇，人便別無選擇。而愛的本義則是至死不移，這樣愛便還原給痛苦。

石頭永遠靠自己堅硬的質來承受一切，它不會開口，而在它風化的時候呢？

我知道，現在一直真切覺得，失去你，我便別無選擇。世界很大，一無所有。

其實已不知道你是否畢業後能到茂遠。這樣你將失去，我將得到。這是我已風化，已庸俗還原到自私了。

不知你的打算？

天宇於12月8日

12號晚上收到天宇的來信。13號中午真像是約好了一樣，我在迎賓旅社的門口看見他。這不是巧合，是心有靈犀。

這是一次愉快的相聚。以前我們倆總是沉默居多，說話很少。不像戀人，倒像一對默契的父女。而這一次卻談得非常開心，氣氛輕鬆愉快。天宇的笑非常有魅力。他整個人不再像「堅硬的石」，以前那冷傲的樣子，真像他信中所說的那樣「風化」了似的。我也像溫柔的水了。你不覺得嗎？天宇！

你又要回去了。我知道這不是最後的溫柔。因為我知道「很可能我向你告別，只是為了回到你的身邊」。讓我們滿懷深情地等待吧！

見面的時候你提到分配的事。你問我是否能到茂遠？我只能說考慮考慮，原諒我不能當面回答你。因為我還沒有到茂遠的心理準備。更不敢跟家人說。從小城考出來，再回到一個更小的城市，我家人不罵死我

才怪呢？所以我是一直希望你再考出來的。誰知你因為工作忙，根本就沒有考。我也不便在你的面前提考試的事，因為怕你傷心。現在也不能對你說，我不能去茂遠。這樣同樣會傷你的心的。怎麼辦呢？天宇，等我找機會跟家人商量商量再說吧！

其實，我的內心裏也是不想去茂遠的。因為你知道，我到茂遠，不是你的自私，而是我不可原諒的錯誤。你知道的。我希望你走出那個埋沒你的環境。天宇，你既然付出過沉重的代價去失去，難道就不再付出半倍的代價來得到嗎？我是指環境。有時候走彎路並不是錯。

走點彎路沒什麼。只是不要總走彎路，卻最終還是回到了最初的起點。

逆境造天才。我覺得逆境更能扼殺天才。我不是天才，當然我也並不認定了你就一定是天才。只是覺得你經常被瑣事繞身，長期待在那樣的環境裏，太不利於你的前途了。天宇，你不覺得嗎？

這次見面，我真是高興得無法形容。因為你終於問及我分配的事了。我還以為我們總是不食人間煙火呢？為了這次的相聚，我要好好祝福我們自己！（19××＋2年12月7日）

早知道我會這麼愛你，真後悔當初愛上你。因為，太過愛你於我並不是幸福，一連幾天我都雲裏霧裏地喪失自己。

我總是心裏充滿了愛情，而你卻遠在異地。走在落葉上想你，想該不該愛你？

我不是你最初的愛，但你卻是我最初的愛，我還祈望你是我最終的愛。

說些什麼呢？在這寒冷的夜晚。我依舊擁有一床被，一盞燈。就這麼在日記本上對你說點什麼。你也躺在幾百里之外的床上說點什麼吧！我聽得到的。（19××＋2年12月15日）

日子總是那麼一天天過著，它從來都沒有什麼別的變化。而人卻是日漸傷痛，尤其是在歲月更替時。

　　人人都是要死的。

　　我一天一天地走向死亡，卻遠離著你。為什麼？如果能走近你，我倒不是這麼地眷戀生命。我有時想，如果你在我身邊，我絕不會有如此的感受。一切都是因為你遠離我。

　　這麼孤傲的兩個靈魂，以不同的方式執著於愛。痛苦是當然的。

　　有時我想，什麼樣不是過一生呢？你那麼執著於痛苦的戀情，又有何益？又想，反正是一生，不如按自己的願望去過吧。於是，我就這麼著，愛不能愛的，不應愛的。（這最後一句是依依的話）

　　我知道，痛苦、孤獨幾乎是你的一種存在狀態，抑或本質。相比之下，愛只是你頭腦裏偶爾一閃便逝的觀念。或許更廣義地說，愛便是生命、痛苦、孤獨。

　　更多的是「心中充滿愛情而身邊沒有愛情」。也許正因為如此，執著便另有一份意義。時時地想著你愛的人，怎樣一天天成為你的生命。

　　正如你所說的，人一旦選擇，就別無選擇了。

　　而期待是無盡的，呼喚是無聲的。

　　我們一直愛著。一直愛著。歲月都更替了，我們還是不會改變。

　　現在是一年的最後一天，我的生命又結束了一圈，只等你再度成為我的起點。（19××＋2年12月30日）

　　早知道，你連一封信都不來，我會到茂遠。然而等我在元旦決定去的時候，幾個老鄉相邀聚會，沒能走脫。自以為聚會會興奮快樂的，實際上是一種麻醉。我就在這種麻醉中想念你。這令我到茂遠的願望更強烈。今早醒來已是8：30了，匆忙趕上9：00的火車到茂遠。可是不見你的影。我漫無目的地找……遍尋不見。晃晃悠悠地隨著人流走進一列火

車，當想轉身走下火車時，火車已開動。就這麼再度遠離你。

你在哪呢？難道我們之間總是執著於一種恒一的愛的觀念，而不是這恒一之中實實在在的愛嗎？（19××＋2年12月30日）

我們12月23號考試完，24日放假。2月20號開學。上三周課後，便到鎮江實習。這期間我會抽時間到茂遠去的。到時再寫信告訴你。（19××＋3年1月2日）

終於收到你的信了，我一天天地盼啊！沒想到盼到的是一封訣別信——

白玉：

函悉。

我們臘月二十八日放假，初五上班，時間一個星期，不過我的時間機動，可延長幾天也行。

本來極想去你那看望你家人的。可一想，自己怎麼說呢？你怎麼說呢？你意已決，畢業去向已定了吧。將來是人海兩茫茫，天涯未可知。而我意不離開茂遠。我的處境想你知道。「達則兼濟天下」已成夢影，「窮則獨善其身」還得奮力去搏。況茂遠有我所恨亦恨我的人。儘管他們全不知我的思想，我的境界，他們亦不知道另有世界。魯迅說人有時不是為愛人而活著，而為仇人而活著。此大概指復仇之情為人的本身最強烈的感情。人可以為了復仇而不惜拋棄一切。忍辱負重，以求不搏。當然他們絕不能現在與我並肩而行。所以孤獨將永遠伴我而行，生命乏力疲憊的時候，而它是支撐生命的強力。

想你明白我這一生的處境了。

不去你那，或可減輕些負重和痛苦，為將來計。

拜倫說：別了，如是永遠的，那就永遠地別了。

不知他在何種情況下說的。

說這句話本身就是對生命的殘忍和悲涼。而我已想起來了。

新的歡樂之指或能撫平昔日的創傷。未來這種殘忍就在你我的記憶之中淡化吧！

祝好

代問家人春節安好！

（19××＋3年1月30日）

（可能因為是寒假，天宇的這封信寄到白玉的老家了——依依注）

除了痛苦，我已經說不出話來了。就讓日記被憂傷的畫與眼淚充滿吧！我已經倦了，就讓酒和煙陪著我吧！依依，你別勸我。在他的愛裏，我已經死了幾次了，再死一次又如何呢？誰讓我愛他的？

可你為什麼還要給我拍電報呢？還要給我寫信呢？我又為什麼把你的電報和信件看作自己再一次走向你的支撐呢？

你2月份發來電報。3月份寫來了一封信。

白玉：

原來知道你大概的去向意願。不知武漢你聯繫好了沒有？我想海南特區那沒有什麼好幹，它只那個樣子，不能不使人考慮。其他的去向你的意願，我也不好問。意願自由選擇吧。中小城市你是否願意去呢？比如茂遠，這樣我或許還有點活動能力，其他則無能為力了。你父親是否幫助你選擇？若我強人主張的話，你就直接回茂遠，同意則回信。

我這裏公司很難有成效。於是想開工廠。現在正在上鋁製品深加工專案，上瓶蓋廠，我就申請具體開工廠，我負責供銷，事情可能定了。近來4月13日在黃石開一個省供銷計畫會，12日報到。但不知時間多長，完後打算在武漢盤桓幾天，先發電報給你，那時再談你具體情況。

祝　近祺

天宇於3月6日

因為怕失去天宇，我決定畢業後去茂遠。可是根本不敢跟家裏人說這事兒。只是說單位不好找，只能慢慢等了！

3月10日我乘火車到茂遠。天宇不在單位，也不在宿舍。他的同事翻窗開門。我進門，有一大發現，他購置了新鍋、新碗、煤氣灶。牆邊還靠了一輛嶄新的自行車。

書桌上有詩集，也有英語書、哲學書。還有一張在長城的快照……

看著這小屋裏的一切，我的心中不禁有無限的溫柔在流動。良久，我聽到開門的聲音。我輕輕走到門邊打開門。天宇進門看到我，一點驚訝都沒有。那神情就像是丈夫回家見到開門的妻子一樣，很親切，一點陌生感都沒有。

晚會後他帶我去看電影。因為還有半小時才開演。天宇帶我到周廠長家。周廠長家很熱鬧，五、六個人圍著爐火興高采烈地談著。我們一去，廠長夫人搬凳子，倒茶……很自然地問到我的情況。天宇說，分配請廠長和廠長夫人幫忙。周廠長說，只要來茂遠，沒問題……

還有幾個小廠長，幾個工程師，都說這個忙肯定要幫的。

談話中得知：茂遠市的書記、市長都是老湖北大學的畢業生。他們開玩笑說，茂遠都被老湖北大學統治了。周夫人接著說，你來了，就可以加入統治者的行列了。我笑而不語。周廠長問我想到什麼單位。我

慌忙回答說，還沒有考慮好。其實我沒怎麼考慮到茂遠來。天宇這傢伙，哎！

周廠長讓天宇把我的材料寫一份星期一給他，還說到茂遠來，接受肯定是沒有問題的，就看是什麼單位了。

周夫人悄悄對我說：「你真想到茂遠來嗎？不要來，這地方！」後一句聲音小小的，好像擔心周廠長和天宇聽見似的。這話是出自內心的，我能理解。

周廠長及夫人送我們出門的時候，說現在是分配問題，馬上就是結婚問題了。我紅著臉說不出話來。

天宇說周廠長在茂遠神通廣大的。管他呢？我沒有懷疑他的必要。

將近九點鐘的時候，電影散場了。我住進艾雅旅社。天宇走的時候，對我說：「我明天早晨來，等著我。」那聲音輕輕的，很溫柔。我點點頭，目送他離開。然後掩上門，坐在床上，心中充滿了幸福感。要是這種時候死去，我都覺得是美的。

唉，我的愛人！我醒的時候，天已經大亮。同住的兩位旅客都已離去。我靜靜地躺著，望著天花板，反反覆覆地想著天宇的眼神和話語，竟覺得他的舉手投足都流露出最深處的愛。

我期待著，他快點過來。雖然打著哈欠，還有些睡意，可興奮折磨得我無法再睡去。

服務員已開始打掃房間了，我必須起床了。儘管她還在隔壁清理。我不能待在旅館，等他來接我。他肯定還在睡夢中……我輕輕敲了兩下門。天宇開門，我站在陽臺上並沒有立即進房間。一會兒，他又拉開門，輕輕說，進來呀。我猶豫了一會兒進去了。天宇躺在床上，看金庸的武俠書。我盯著他看，他見我看著他，便笑著看看我，又去看書了。我不止一次見他看武俠書了。以前幾次從火車站接送我都拿著武俠書看。這人入迷到這種程度，有什麼辦法？

不會兒，昨晚留宿天宇處的兩個男孩買來早點。天宇這才起床了。他們說的全是茂遠話。我一句也聽不懂。閒話一直說到早餐後，接下來就是打升級。大戰結果是我和天宇打到A，他們打到10。我特別愛看天宇打牌的那氣勢。總是到很危險的時候，他就來一個出其不意。頗有大將風度的。

天宇做事好像也是這樣的風格。他做事，給我的感覺好像似漫不經心的，可最後總是峰迴路轉，大多都是我所希望的。此人，擅於出其不意。這魅力不是語言所能表達的。唉，我的愛人！想到這裏我的心裏美滋滋的。

午飯是在餐館吃的。那兩個男孩一個勁地要我喝酒，都讓天宇一一擋住了。下午3：30天宇送我上了火車。5分鐘後當我回頭望著窗外的時候，我看見他坐在自行車上，看《多情劍客無情劍》。看樣子，他要像以前一樣看到火車離站。車裏十分擁擠，但我一點也不覺得煩。折騰了一站，有人下車，我得以坐下來。還是細細地想天宇……

回到宿舍時，我的桌上、桌下，全是大姐的桶、盆、瓶什麼的。看來她是準備我到茂遠去過十天半月的。不是嗎？她見過我，竟驚訝地說，她要是我，肯定要多過幾天的。

可是我不能啊！爸爸過幾天要來武漢，他硬要為我分配的事找遠房的親戚幫忙。

馬上要自己聯繫單位了。我私下很想到天宇他們的單位去實習的。是想借機適應一下兩個人的生活。我還不會做飯呢？會是一個好妻子嗎？（19××＋3年3月10日至12日）

前幾天收到天宇的信及電報，說要來。按電文，從黃石來的360次火車應是下午2：51分到。我提前20分鐘候在出站口。不一會兒，眼前晃過一個人，輕輕地「哎哎」兩聲。是天宇。

我問他火車怎麼早到了？他竟然說他昨天就到了。我心想，我不用開口請他到學校，要是到學校的話，他昨天就會去的。

　　於是去他們廠的漢辦。乘10路公共汽車到航空路。在車上，我們分別站在兩邊的車窗邊。我很想走過去靠在他的身邊，可我還是倔強地把眼光投向了窗外。他習慣與我單獨相處時溫柔地對我，而在公共場所竟視為路人。後來他終於站到我的身邊來，右手扶著我的肩。我應該是一個很堅強的女孩，可一見到他就像小了許多歲似的，總有一種依賴感。愛情啊，真不得了。

　　車到了他們廠漢辦後，他看書，我看電視。一會兒，他閉上書，也關了我看的電視，輕輕地拉起我的手，把我擁入懷裏。開始是輕輕地吻，然後漸入瘋狂暴雨……我真有欲仙欲死的感覺。天宇，一言一行都讓我銷魂。

　　他又問到我分配的事情，說下面有些很好的單位都要大學畢業生。讓我考慮考慮。晚間我一個人住三人間。鎖上小鎖，溫柔地想著他。讓我愛又讓我恨的人啊！

　　早晨聽到敲門聲，起床開門。天宇帶來洗臉毛巾、牙刷牙膏，還有梳子。真細心。早餐後，他送我到70路公汽站。他自己乘60路公汽去銀行辦事。我想和他多呆一會，便說，我也可以坐70路公汽，到銀行後，坐輪渡到中華路碼頭，再改乘43路公汽回學校。他微笑著說我這樣還耽誤他的時間。我生氣地說，你別送了，現在就去辦事得了。他笑了，仍舊送我。又問及分配的事情。

　　因為車很快就來了，我來不及說了。於是跟他說，分配的事我寫信告訴他。

　　天宇，言談未及的，寫信告之。我家人的意思是留武漢。單位不算壞便可以了。我有兩個想法。一是先在武漢聯繫到一個待一輩子也不

虧、待幾天幾月或幾年走了也不覺得可惜的單位作為過渡。因為我還是希望你能出來。我有一個朋友是海南一家報社在武漢辦事處的負責人，他說簽約工在這家單位工作一、二年後可以轉為正式員工。如果以發展的眼光來看還是可以考慮的。如果你願意可以多來幾次，與他們多見幾次面，得一些感性認識後，再作推測、判斷。

還有一個想法是：我與過去的一切隔絕，走進一片全然陌生的地方，這得給家人，尤其是我爸爸思想準備（他前幾天專程來漢找熟人幫忙把我留在武漢。如果我去茂遠的話，暫時是不能讓他知道的）。我要找機會跟他商量。

如果你高興且費時不多的話，你就先在茂遠給我找個單位吧！當然是你認為比較好的單位，而且也適合我的。

這是全然不同的兩種選擇，也將是全然不同的兩條路。不管如何，我都是需要你。我總以為自己是很堅強的人。其實，在你面前我像個孩子一樣，不僅有很強的依賴感，還會慢慢地失去自我主張。

愛你的白玉。（19××＋3年4月8日）

　　白玉：

　　　　命運永遠無法認識。意思是這世界於我無所謂，我對你亦無所謂。

　　　　終需如此。如果是永遠，那就永遠如此。

　　　　該到來的已到來

　　　　該過去的亦將過去

　　　　　　　　　　　　　　　　　　　19××＋3年4月21日

（此信是用臘筆寫的，紅色。絕交信——依依注）

剛剛從實習單位回來。我怎麼會想到又一封訣別信等在桌上？不，

這不是一封信，它是一把尖刀下，令我的心不斷地流血……

我不知道世界是怎樣的？愛又是什麼？我不知道。

是不是受過創傷的人，慣於把愛擲出去，捶打自己，磨礪自己復仇的堅韌？原以為有堅韌的靈魂存在著，其實只是一層虛幻的薄霧。你總是在最最需要幫助的時候，總是把一切幫忙與愛都拒之門外。誰都可以很瀟灑，將一切視作無所謂。可世界對我無所謂，我還得有所謂的認真活著。

我不想借所謂的世界、社會和家人的壓力來掩飾自己的怯弱的心靈。沒有棲息的樹木，我終是要飛走，容不得不情願。（19××＋3年5月2日）

我總在想，你怎麼能跌倒了不再爬起來。你怎麼能這樣？要是能再見到你，我一定狠狠地責問你，然後走掉。

我竟不住傷心，從來沒有的傷心。依依問我，我只是哭，從來都沒有像今天這麼哭過。我覺得失去了，一切都失去了。今後怎麼樣？我不知道。

真的是要結束了嗎？依依說我們有情沒有緣，關鍵是我們選擇了不同的道路。這是一個原因。真的，愛情愛情，有情而愛又有多少？我反問自己。總以為我們達到了默契，其實我們沒有很好的溝通。你沒有改變環境，而環境則改變著你。我愛的或許只是最初的你或幻象中的你。至於你現在的思想怎樣，我知道得很少。這一點使我沒有足夠的勇氣走向你。而你也沒有真正瞭解我。一切都是在猜測、摸索。你沒有把握我，因而你不能作出我希望你堅決作出的選擇。我們誰都沒有把握誰。如果說這是不幸的，這是不幸之所在。再者我們都太堅強、自尊。你說過什麼是至死不移的，而現在我覺得沒有什麼是不能改變的。（19××＋3年5月3日）

可是我真不明白，你一手給我寫絕交信，一手幫我聯繫工作。我知道這是因為愛，因為不願意失去。

我又到茂遠去了。像中魔了一樣地坐火車到茂遠。可是我做夢都沒有想到一個女孩會對我說，你是他的未婚夫，年底就要結婚。天啊，我到底得罪了誰？竟又有一個女孩求我歸還她的男朋友。上次是紫蘇要我歸還童世卿，這次是張娃要我歸還你。可是天啊，誰把你歸還給我呢？

張娃可惜兮兮地找到我談。我的心又痛又軟。

我和張娃的處境可以說誰也不比誰好。甚至她比我更糟。因為她希望你們今年能結婚的。她勸我不要去茂遠。否則她和你一定沒戲了。現在我和張娃都很矛盾，誰都無法做出選擇，只有你能。希望你冷靜地想想我和你之間、你和張娃之間的感情問題，然後決定。再者，如果你覺得我們之間的感情要好些，也就是說你真正愛我的話，來不來茂遠不是問題的關鍵。上次學校的供需見面會沒開成。也不知學校在你們那個地區有沒有分配指標？最好是，看你那邊的關係，能不能找到單位？現在抽時間跑跑，過些天寫信告訴我。我來一趟或寄我的有關資料來。現在才覺得，愛上一個人要離開他，真是太難了。所以不管張娃對我說的話是真是假，你還是我以前心目中的你。如果我們以後能生活在一起，我們可以去笑傲別人。我相信在一起只要有愛，便能包容一切。（19××＋3年5月9日）

白玉：

該找的人找了，經委主任說經委系統只能安排在企業，機關無空額。朱市長說了幾個地方，皆正苦於安排有指標的回茂遠的學生。關於聯繫單位無法應承。跑了幾天，結果如上。武漢那邊看樣子有接受單位就行了。省財校你加緊去向。

看來，茂遠是分不回。看留下武漢怎樣或者待機調動。這邊

結果大致這樣，不過還要跑幾天看看。估計不能期望過高。你那邊等學校分吧。下邊只能適應回家包分配，不能適應自動聯繫，供需見面。

我這邊有結果隨時來信。

天宇19××＋3年5月13日

白玉：

久無音信，你不知道我現在的工作地址。我6月份才調至武漢市五金礦產進出口公司材料科上班。地點在新華下路18號。才上班不久。我這裏主要負責進出口材料的商品檢驗和機關工作。原以為會有信去原來的五金廠，回廠問了一下，沒有。

今天是6月初，也許你的工作單位也定了吧？不知報到沒有？也不知這封信是否能收到或轉到你手裏。若能收到了。來信請寄：武漢市五金礦產進出口公司。

    致

    近祺

天宇19××＋3年6月1日

我的畢業單位定在財校。天宇也已經調到武漢上班了。我們現在見面方便多了。可是張娃卻三天兩頭地給我寫信，找我。她說我是大學生，有才，工作條件也好，以後前途無量。而她不過是一個小城市的運輸廠的職員（每天奔波在武漢至茂遠的長途汽車上）。天宇是她唯一的愛，也是她唯一的希望。

希望我能退出去，讓天宇重新回到她的身邊。

本來我是不準備睬張娃的。可是我有幾次到天宇的單位或是駐漢辦事處，都見到了張娃。我有一次忍不住問天宇，他與張娃到底是怎麼

209

第六章　火車轟鳴

回事時，天宇竟不吱聲，好久才勸我不要聽張娃的。

但見他言辭閃爍，目光遊移，而張娃對他不避嫌的曖昧與親近。我已經知道，現在的天宇已經不是我心目中的那個天宇了。（19××＋3年6月10日至15日）

依依留校了。可李喻申卻要分回雲南了。依依又要經歷一次與愛人的生離，那痛苦可想而知了。我現在雖與天宇在一個城市，可是心卻被什麼生生隔離著。我有說不出來的痛苦，只能喝悶酒。我和依依又恢復了那種煙霧纏繞、醉生夢死的生活。什麼愛情啊，事業啊，統統被我們放一邊了。如果不是怕養不活自己，我真想不要什麼工作單位，跑得遠遠的躲起來，不見糾纏不清的張娃，也不見目光遊移的天宇。

海南一家機關單位要人，我去面試了。我選擇海南的理由不是海南有多麼好，而是我想離開武漢這個傷心之地。因為愛情的痛苦令我心灰意冷。如今我只想走得越遠越好。

我用兩天的時間辦完改派手續。辦完離校手續後，就坐火車到廣州，再由廣州到海口。

我以為遠離了傷心地，就可以不再傷心了。可是我錯了，我仍然傷心。我以為時間可以幫忙我忘掉天宇。可是流逝的時間並沒有沖淡我對他的思念。我不知道我這輩子到底欠他什麼？

竟如此癡迷。

童世卿本來也是分在武漢的，後來聽說我來的這家機關還要人，所以也改派過來了。我們全校一行七人分到海南，除了童世卿外，其他都是外系外班的畢業生。

童世卿高興地說：以前我們是同學，現在我們是同事。你看，你跑到天涯海角來，我還是找到了你。

我苦笑。這是多好的緣分啊！可為什麼我對他沒有愛的感情呢！

（19××＋3年7月25日）

天宇，我一次又一次地看你的信，看自己的日記。我之所以這樣，不僅僅是它們讓我回味過去，也不僅僅是它們已成為我們訣別前的眷戀，更因為它們已成為我們愛情的紀念。

你始終像一處多霧的風景。

在你時隱時現的愛情裏，我亦歌亦哭。我也錯過幾趟車，但我不後悔。因為除了你，沒有一個真正是我要送的人，也沒有一個是我要接的人。

不要以為我是在陽光中，其實我也是在漫長的雨巷裏獨行。

知道你的心同我一樣容不得半點虛飾與偽善。我一直是真實地立在你的面前。至於那讓霧遮著的，是一個女孩的羞澀。

你的信，描繪你的愛已黃昏。我會在今後無愛的歲月裏，抹去我留在你沙灘上的足跡。

請求風或時間，將我的手紋與最後的一串足跡抹去。

不再闖入你的夢中，也不再引你入夢。儘管曾經午夜躑躅街頭，曾經江上伴鷗尋覓，曾經千百次地祈求……

可這都只是曾經啊？

幸福總在前面微笑地望著我，待我走近，她便無言地消失。就像你曾經給予我的愛。

縱使我再千萬次地尋望，那縹縹緲緲的都只是一場夢。

我那麼無倦地追求，今天我才知道真正隔離的是我們自己。

不再執手相望，我的心是不眠的悶夜。

從此，我一個人獨自在雨巷中暢飲憂傷。我不在陽光中，其實我也是在漫長無盡的雨巷中獨行，靠著希望度日。

而你始終是一處多霧的風景，我已失去。

現在我在遙遠的地方想另外的人與事，不止是距離上的遙遠。一切都恍如模糊的夢，叫人無法忘記卻也難以親近。

　　我也知道飄浮的思緒是永遠絷不了根的，因而我要遠離受挫折的地方。

　　終於明白，你的愛無法令我的靈魂高揚。（19××＋3年12月）

在愛中永生──阿毛長篇小說

在愛的芬芳中

現在，我把我年輕的容顏還給你們的記憶，
連同煙，和酒。

1

我得忍住點憂傷，讓自己不再去想他了。

這是白玉第六本日記裏的最後一句話，我抄錄至此，已沒有力氣拿起第七本日記了。我想，我得忍住點憂傷，讓自己暫時不再看她的日記。白玉的日記掀開了我記憶中的角角落落，那些她寫下的、沒寫下的，也在記憶的枝條上開成了各色花朵。紅的、黃的、藍的、紫的，都是那麼好看，那麼香甜。即便是憂傷也是好看的，香甜的。

我看見了白玉，看見了周天宇，看見了他們飛鴻傳情，看見了他們為了相聚常常奔波在火車上，聽見了多少個不眠之夜白玉輕輕的哭泣與呼喚。我也看見了我自己，看見了藍島，看見了李喻中，聽見了自己的心跳與歎息，感受了愛與別的疼痛……這一切都組成了血肉豐滿的昨天，和印記鮮明的傷口。此刻它們都隨著白玉的文字和我自己的記憶一呼一吸，一悲一泣。一切既清晰又模糊，既熟悉又陌生，像一幕幕的電影鏡頭在我的眼前晃動在我的腦海裏翻湧。

一切都重新活過來了，它們在順著記憶的葉脈流淌、歌唱，不讓我的筆去刪除、去遺忘。所以，現在我要把白玉的日記中沒記下或那些一筆帶過的，此刻卻鮮明地閃現在我的記憶銀幕上的故事說給自己聽，說給那些愛過的人聽。

七月被大學生們稱為「黑色的七月」。七月之謂黑色，主要原因是說很多大學生的愛情都走不過七月。因為畢業分配，那些恩愛的大學生

情侶從此勞燕紛飛，音訊漸稀，舊情漸逝。變老的時光只留下無盡的感歎與追憶。

我以為我與藍島的感情能幸運地逃過此劫。可是沒有。我沒有去他的西安，他也沒有留在我的武漢。也就是說我愛他，但我沒能跟他走；他愛我，但也沒能為我留下來。表面的原因是藍島的父母反對他在武漢，我的父母反對我去西安。其實更深層的原因就是我們都太累了，都不夠執著。我本人不夠執著的原因，大概正如白玉所說的那樣——我和藍島相互之間不適合——我的單純感性不敵藍島的複雜狡黠。我對藍島的愛情成分裏更多是愛藍島詩歌方面的因素，而不是愛他本人——當然，這一點我是後來才認識到的。

而我與李喻中的愛情，應該是沒有詩歌的因素摻和其中的。因為李喻中根本就不寫詩，他甚至不看詩。可他的性格中卻有種很憂傷的純淨吸引我。那純淨既是率真又不同於率真，既是單純又不同於單純。令人非常著迷。

說起來，我與李喻中的相識非常意外。那時我上大三。我與藍島分別將近一年了，昔日的濃情愛意正被時光稀釋成禮節性的問候；益哥也已大學畢業到廣州工作了。閨中密友白玉一日日地沉醉在與周天宇的情書和火車的奔波中，常常沒有預兆地笑或哭，根本沒有時間和心思顧及我的情感生活。我自己已沒勁再談戀愛了。但內心還是有些兒落寞的，而且這落寞是看書和寫詩都彌補不了的。為了不讓自己發呆發到傻掉，我改掉了不打開水的習慣（益哥畢業後，沒有人每天跟我和白玉打開水了），每天晚飯後都打開水。有時候是和白玉一起打開水。可那晚我是一個人去的。白玉到茂遠會周天宇去了！宿舍裏的其他姐妹早已不見蹤影了。我只好一個人孤孤單單地去打開水了。路上碰到的熟人竟都問我「怎麼你一個人？白玉呢？」「怎麼你親自打開水？」她們知道我這個「驕傲的公主」以前都是有人打開水的，現在自己親自動手，當然

會半是好奇半開玩笑地問。可這些問話使有些落寞的我更顯落寞。為了避免形單影隻引起的注目，我幾個快步，想混跡於三三兩兩的打開水的女生隊列中。可在拐彎處左手中的開水瓶被迎面而來的一輛自行車撞掉了，砸在地上，轟的兩聲巨響，把我震得心驚肉跳。我的左腳也崴了一下，身子一陣晃悠歪在自行車把手中。我還沒有反應過來，就看見一個男生用雙腿支著自行車，手扶在我的肩上，連聲說：「有沒有傷到你？有沒有傷到？對不起，對不起，對不起。」我可能是被那兩聲巨響震麻了，根本就不知道有沒有受傷，身上有沒有疼痛的地方，於是我搖頭說「沒有」。那男生扶著我，把自行車歪在路邊，仔仔細細地打量我，「嚇死我了，幸虧瓶中沒有開水。」看到越聚越多的人群，我慌忙推開那男生，想轉身回宿舍。可是我的左腳根本就不聽使喚。原來我的腳脖子青了一大塊，疼痛也似密密麻麻的針腳，由表及裏，讓我一下子喘不過氣來。那男生扶著我，一定要送我到校醫院去檢查。我想校醫院有點遠，這樣一路被一個陌生男孩扶過去，叫熟人看見，還真不好意思。那男生像突然明白了什麼似的，左手扶著我向路邊靠了靠，右手扶起那輛自行車，然後用腳支好。他扶我坐在他的自行車後座上，然後帶我去校醫院。因為醫院早已下班，值班醫生只開了一點跌打損傷膏，讓我明天再到校醫院拍片。那男生說，我送你回宿舍。我嘴裏說「不用」，可左腳還是邁不動。還得坐那男生的自行車回宿舍樓。到了宿舍樓下，那男生蹲下身要背我上樓。我不好意思地說，我能扶著扶手上。於是我雙手扶著樓梯的扶手，右腳一個臺階一個臺階地往上蹦。那男生說這樣太危險，小心右腳也傷了，還是我來扶你吧。可是因為我的左腳不能用勁，那男生左手托著我的腰，右手架著我的右胳膊，幾乎拎著我走。弄得我腰部緊張，右胳膊酸痛。到了宿舍，那男生扶我坐下。要給我敷藥。我擺了擺手說，不用。回到宿舍的大姐看我的腳脖子青了腫了，她用開水燙了毛巾敷在傷處，然後對那男生說：「你怎麼不小心把我們的小依妹

撞傷了。」看到那男生一臉的尷尬，我慌忙說：「不是他不小心，是我太匆忙在拐彎處撞到他的自行車了。沒什麼問題，你回去吧！」那男生一臉歉意地說，他明天再來看我。還不容我答話，他就掩門走了。大姐扶我到臥室躺下。可能還不到半個小時，那男孩又來了，拎著兩個新開水瓶，放在我的自習桌下，就蹬蹬蹬地下樓了。三姐見狀，走到我的床邊說，依依，你真是好福氣啊，你的益哥畢業了，這又來一個什麼哥給你打開水了。大姐附和說，是呀，依依只崴了一下腳，就賺了那麼帥的一個男生，真是值啊！我慌忙說，你們瞎說什麼呀！我們根本就不認識。大姐說，現在不就認識了嗎？這叫不撞不相識。

左腳還是痛得厲害，我一晚上沒睡好覺。第二天準備讓大姐陪我到校醫院去拍片。剛要出門。那男生來了，手裏拎著早點。大姐見狀，輕聲對我說，看來我不用去了，你的護花使者來了。於是，讓那男生坐下，自己拎著書包上課去了。出門前還對我伸了伸舌頭。我小聲嗔怪道，你真不夠姐們，看我受了傷，都不陪我。

吃早餐吧？吃了早餐，就到醫院去拍片。那男孩把早點放在我的面前，就站在我的對面，微笑著看著我。我也微笑著看他。這確實是一個帥氣的男孩：1.75米左右的個子，臉龐既圓潤又有雕塑感，兩隻丹鳳眼似睜又微閉，卻滿是純真的笑意，單薄而微微上翹的嘴唇上也掛著好看的微笑。他半含著肩在我的面前站著，修長的雙手羞澀地垂著……整個人給我一種眷戀而溫暖的感覺。

那男生見我看著他，不好意思地說，快吃早餐吧！

我這才意識到自己的失態，慌忙拿起桌上的牛奶喝，算是掩飾。

出門後下樓梯時，那男孩硬是要背我。他說扶著走又慢又不方便。我扭不過他，最後還是不好意思地趴在他的肩上，讓他背著下了樓。

到了樓下。他扶我坐上他的自行車後座，然後帶我到校醫院。拍片結果是沒有骨折。但一定要臥床休息。

回到宿舍樓上樓時，那男孩既不扶我也不背我，而是輕輕地換了一個動作，就把我抱起來了。我滿臉通紅說，請放我下來，放我下來。誰知這男生輕聲而堅定地說：「對不起了，我抱著你上樓就會安全得多輕鬆得多。請配合一下，用雙手勾住我的脖子。」我的右手已經在他的肩上了，但我的左手沒有配合自己的右手去勾住他的脖子。自與藍島分別後，我還沒有與一個男生這樣近的距離。這男孩的抱，讓我心驚肉跳的。

你叫宋依依？那男孩輕聲問我。我反問他是怎麼知道的。他說你昨天自己對醫生說的。

我「哦」了一聲。他欣喜地說，我只是覺得這名字好耳熟，剛剛上樓時才記起來，我在校廣播台聽到過這個名字，也在校報上看到過這個名字。原來你是廣播台的播音員，又是校園詩人。想不到我撞了一個大名人。

我不好意思地說，我才不是什麼大名人呢，我是一個倒楣蛋。他笑著說，我李喻中能碰到你這個倒楣蛋是我的福氣喲！

從此，我記住了這男生的名字——李喻中。記住了他的臉龐，他的微笑，他眉心的一顆痣……

我的腳過了十天才好。這十天裏，李喻中每天為我買飯，打水。十天過後，他仍然為我買飯，打水。正像大姐所說的那樣，我的一次輕傷竟換來這麼好的一個男生。白玉更是驚訝得不得了——剛走了一個益哥，又來了一個喻哥。依依你真是好福氣啊！

白玉說，益哥對你那麼好，都沒能打動你，喻中不過是填補暫時的空白，他不可能打動你。我也以為自己如白玉認為的那樣是一時情感的空虛。其實不是，我在不知不覺中愛上了喻中含蓄與溫存的愛。

我想我愛上喻中的正是他的純真與明淨的部分。這是藍島沒有的，也是益哥沒有的。

第七章　在愛的芬芳中

而且他的那種純真與明淨的部分，正是我的生活與寫作所力圖保全的重要部分。

　　這讓我覺得溫暖而踏實。

　　只是這溫暖與踏實太短暫，我剛剛醒悟過來，就已經面臨畢業分配了。喻中的籍貫是雲南昆明，按當年的分配方案，喻中必須回雲南。而非雲南籍的漢族畢業生是不能分到雲南的。就這樣，喻中回雲南了，而我作為優秀畢業生留校了。

　　喻中答應二三年之內考回武漢讀研究生，因為只有這樣才有可能在武漢工作，也只有這樣我們才能在一起。可是喻中畢業不到兩年的時間，他的父母就移居加拿大了，緊接著不到半年的時間，也把喻中辦去了加拿大。喻中去加拿大之前，開好結婚證明。他說，先拿了結婚證，我再辦移民會簡單多了。也許我的內心有和喻中結婚的打算，可我從來沒有想到要移民。真的，很多人都想出國，可我對出國真的一點興趣都沒有。我討厭說別人的語言。熟悉我的人應該知道我現在還固執地說著故鄉的方言，生活在武漢連武漢話都不願意說，更別說說英語了。我用母語說話，用母語寫作。這與其說是一種愛，不如說是一種習慣。

　　喻中說我與別人太不一樣了——好多人擠破頭想出國，而你有機會都不願意出去。你太與眾不同了。可正是你的才情，你的與眾不同深深吸引著我。依依你等著我，也許過不了幾年我會回來了。

　　我勸喻中千萬別為了我，捨棄在國外的環境。否則，我的良心會不安的。

　　喻中說我寧願忍受分離的痛苦，也不願和他在一起。

　　我說我不是不願和他在一起，而是有些愛只能分離。

　　有多少曾經相依相偎的人，如今卻只能天各一方。我們也不能例外。

2

　　我報到後，回了一趟家。返校時是八月中旬。因校房產科說9月初才能安排我的床位，所以我在40號樓402室的鑰匙沒有退。返校後也住在這裏，直到開學上班才搬走。

　　我清楚地記得那天是8月15日下午，我剛剛到收發室去查看信件，李喻中、白玉、益哥都給我寫信了。我首先打開李喻中的信，細細地看，回到宿舍後，躺在床上回味，整個人沉浸在一種思念的情緒中，隱隱約約聽見有人敲白玉她們宿舍的門，後又轉敲我的宿舍門。一定是哪位提前返校的忘了帶鑰匙的同學，我拿著信件起床，邊看信邊開門，眼角的餘光卻發現敲門者是一位有些面熟的男生，可我一下子叫不出他的名字，倒聽他輕輕地叫了一聲「依依」。

　　我做夢都沒有想到會是周天宇。

　　我「咿呀」一聲，慌忙請他進來。周天宇還沒落座就問我，白玉去哪裡了？他到她的工作單位財校去找過，沒有；到宿舍裏找，也沒有。想到我是白玉的好朋友，又留校，一定知道白玉的去處，所以就來找我，也找了好多次。

　　我對周天宇說，我今天才返校。剛剛收到白玉的信，還沒有來得及看呢？

　　我把手中李喻中的信折好裝進了信封，然後拆開白玉的信，飛快地看了一遍——

第七章　在愛的芬芳中

依依：

　　我已經報到了，單位怎樣，我還不清楚，也不太關心。對我來說，我到這個天涯海角的地方來，並非因為這裏是房地產熱門而來成就一番事業的，我是來療傷的。真的，本來我是想待在武漢的，想和周天宇待在一起的。可是我太痛苦了，無法在武漢呆下去了。所以我只能躲在這麼遠的地方，讓自己慢慢地忘記痛。我因一份癡情親手在自己面前塑起了一尊偶像，可我終因為絕望而親手毀了它。我終究不清楚愛的面目，不能承受愛的傷害，終究只能逃，逃得遠遠的。遠得讓自己想回頭都沒有力氣。

　　你看，我現在好了，逃得遠遠的了。我以為我的心可以好起來，可以不痛，可它還是痛的。這痛已像一種看不見的毒針長在心裏，拔不出來。所以我沒有辦法不痛。沒有你在身邊安慰我，只有煙和酒還可以讓我暫時地忘記一些兒疼痛，讓我麻木一點。

　　日記已經空白，可眼裏滿是淚水。

　　不想掛念卻仍然掛念；想平靜卻無法平靜；撥通電話卻不能開口；寫了信卻不能寄出；有一把很漂亮的傘，而我總是全身濕透；欣賞別人的詩，卻傷了自己……

　　不知道自己何去何從？

　　很濃的過去，走不進也逃不出；而現在和未來仍會在痛中。

　　這就是我的狀況。

　　依依你怎麼樣？還好嗎？惦念。（19××＋4年8月10日）

　　白玉的信讓我既心酸又心痛。我不知道說什麼好，只是把信遞給了周天宇。周天宇看完信後，沉默了很久，才說：「我想辦法調來了武漢，她卻去了海南……她對我是寄予希望的，可我卻讓她失望了，而且還傷了她的心。」

「我的現狀是配不上她的愛的，一直都配不上。這或許是我有意無意地冷漠她的原因。可我卻是愛她的，連冷漠都是。這點她應該清楚。

我不能拖累她，可又不能不愛。也許她未能瞭解我對她的這種複雜情感。」

「讓白玉受傷的不是你因境遇的原因帶給他的冷漠，而是你對另一個女孩的態度。白玉既善良又敏感，她不願意讓張娃絕望，也不願意讓你為難。所以她只能選擇逃避。」我毫不猶豫地說出了自己的看法。

周天宇猶豫了一會兒，說：「我和張娃並沒有什麼。」

「張娃並不這樣認為。張娃來找白玉，我都見過幾次了。就像一個賢慧的妻子在哀求別人離開她的丈夫，那語氣和態度連我這個局外人都同情，更何況白玉。」

「有一段時間病了，住院。醫院就在張娃單位附近，她照顧了我一段時間。可能別人開玩笑說她是我的媳婦。她當真了。那時白玉到鎮江實習去了吧？我們好長時間都沒有聯繫。白玉的畢業去向不明，好像也不願意去茂遠，而我那時還沒有調武漢。我們兩個人的態度都有些傲慢與冷漠，都有一種愛我就應該到我身邊來的期待，可誰也不願意說出來。但我不能阻止張娃的愛，那是她的權利；就像張娃不能阻止我愛白玉一樣，這是我的權利。其實，我對白玉的愛就像白玉對我的愛一樣忠貞。這些我們從沒有在口頭上相互表白過。」

「我覺得你們倆的愛更多是精神層面的，而不是物質生活中的。」

「所以我要讓愛從精神層面擴充到物質生活中。只有這樣我們才完整。所以我來到了武漢。」天宇苦笑了一下，說：「看來我還得去海南。」

一個月後的一個下午快下班的時候，我接到白玉的電話。她說周天宇到了海南。目前在一家建築公司的項目部上班。我說，你們現在不鬧

彆扭了吧？什麼時候結婚別忘了通知我去喝喜酒啊？

還早呢？天宇說，他得有一番成績做結婚禮物才行。

看來，白玉和周天宇的愛情終於有了進展了。可是不到一個月的時間，我聽說，張娃也到了海南，而且還帶著5個月的身孕。不論這個消息（後來證實是準確的）是否屬實，我都不能從白玉那裏打聽了，因為這太傷白玉的心了。我去了一趟海南，想找周天宇問問到底是怎麼回事？在周天宇租住的房子裏，我沒看到周天宇，反倒見到身懷六甲的張娃。張娃一臉沮喪，良久才說：「我到的第二天他就沒回來了。我懷孕事先沒有跟他說。他太震怒了。因為他愛白玉，卻在不知情的情況下跟我有了孩子。我能理解他的心情。可這也不能怪我啊。有一段時間他不停往學校跑，好多次都沒有找到白玉。一個下雨的晚上他喝醉了，又吐又哭的，我又愛他又疼他……所以我很自然地給了……他朦朦朧朧的，而我知道得很清楚，可是我不敢跟他說。直到他到海南之前我才不得不跟他講了實情。當時他還以為我是在騙他。現在我大著肚子……已經有一個星期沒見他了。」

「他不會在白玉那吧？」我自言自語。

「我不知道他在哪？也不敢去找白玉。他說，如果我再去找白玉，他會讓我一輩子都見不到他。我的直覺告訴我，他不是一個絕情的人，也不是一個不負責任的人。所以我不會做掉這個孩子，相反要把他生下來。」

我的心裏很不是滋味，半天才說出一句：「這不過是成就了你的婚姻，但卻毀了他們的愛情。你以後也會痛苦的。」

「我一直在痛苦。可孩子沒有父親會更痛苦。」張娃幾乎是在怒吼。

我真的不知道再說什麼了。只能離開。身後卻傳來張娃極不友善的話——「請你轉告白玉，以後別再想我孩子的父親。」

這是一個多麼無禮而又專制的女人啊！她以為肉體上的佔有可以掠奪別人精神上的思念。真是太蠢了！

　　我還是去看了白玉。出我意料的是，白玉心情非常好。她不停地跟我講，這一兩個月來與周天宇的甜蜜時刻。還說，周天宇半個小時前才離開她這裏。顯然，白玉不知道張娃來了，更不知道張娃懷孕了。

　　我也不能跟白玉講，因為這事實太殘酷了。我只是試探性地問白玉跟周天宇的感情到底好到什麼地步了？——是不是談婚論嫁的地步了？白玉說：「當然了。可是我不會主動提出來的。我要等周天宇親口說——他說過他的事業就是我們的結婚禮物。我會等的。」

　　我問白玉，「你們有沒有？除了接吻，有沒有更親密的接觸？」

　　白玉臉通紅地問，「你是指什麼？」

　　「當然是問你有沒有和他……做愛？」

　　「沒，沒有啊，曾經有幾次，差一點兒我就放棄了防線。可後來我還是隱住了自己。周天宇也沒有勉強我。他很尊重我。我要把它留到新婚的那個晚上。白玉害羞地說。你怎麼問起這個？」

　　「我在想，愛如果沒有性的摻入到底能走多遠？」

　　白玉眉頭微蹙地說：「如果兩個人真心相愛，自然有信心等到新婚。有信心的人是不會用性去佔有對方、拴住對方的。」

　　看到白玉這麼自信，我更不便開口講周天宇張娃的事了。但是我要想辦法讓白玉放棄周天宇。因為我覺得現在的周天宇不但配不上白玉，還會讓白玉更痛苦。於是，我一個勁地在白玉的面前說周天宇這不好，那不好的。詩也不寫了，哲學也不研究了，研究生也沒有考，企業也沒有做起來……反正是一事無成。而且還總是傷害你純真的感情……

　　「依依！」白玉大叫一聲。臉色驚訝而蒼白，眼眶裏滿是淚水。「我不許你這麼說他。你不知道他的打擊有多大？他的面前全是阻力。沒有任何人的幫忙，他所有的一切都是從零開始的。他現在還在沉默的

第七章　在愛的芬芳中

積累中，不久他就會爆發的。你等著看吧。或許不是你喜歡的詩歌，他喜歡的哲學，但一定會有成就的。我始終堅信這一點。」

再有成就又怎麼樣呢？我痛心地反問道，「如果愛受了傷……」

「依依，你怎麼了？你一直鼓勵我和周天宇的。今天怎麼說這樣的話？」

「沒什麼，我只是覺得你和周天宇相愛以來，痛苦多於歡樂。讓我心疼。白玉啊，如果愛讓你覺得非常非常痛苦，你一定要學會放棄。」

「依依啊，你放心吧！我現在非常幸福啊！」

我在海口待了三天就回武漢了。這期間我沒再去找周天宇。我想周天宇如果是個男人，他應該會處理他和白玉、張娃的事的。我不想管他們之間的事，只是希望白玉不要再受傷害了。

誰知我回武漢不到一個星期。周天宇到我辦公室找我了。他說他已經回來三四天了，不再去海南了。離開海南前，他給白玉寫了一封信。信上說，他一事無成，無法再面對白玉的愛與等待，從此將在白玉的視線中徹底消失。

「早知如此，何必當初！何必又跑到海南去呢？白玉的心情剛剛好了一兩個月，你又去戳一刀再回來。你是為什麼啊？」

「當然是因為愛。可是我不知道我和張娃之間出了那樣的事？我如何還能面對白玉啊！現在我只有抱著頭永久地消失。」

「去跟張娃結婚？」我鄙夷地問。

「孩子我會撫養的，但婚姻是不可能的事。我對張娃說過，除非白玉結婚了，我才有可能同張娃結婚。」

本來很想罵周天宇一頓，可聽他這樣說，我的心又軟了。「你這又是何必呢？辜負了白玉，再辜負張娃？張娃也是愛你的啊！」

「可我並不愛她。」

226

3

從此，我再沒有周天宇的任何消息了。因為怕傷害白玉，所以我也不向白玉打聽她和周天宇的情況。我和白玉依然通信通電話，但我們不再談他們——什麼周天宇？什麼藍島？什麼李喻中？什麼童世卿？我們一概不談。

我們當然會談感情方面的問題。因為這是我們逃不掉的。

看看白玉的這段日記吧。我的筆也躲不過。

再度孤獨，我已是無法逃避了。而往事便一一擠來了：唱著歌的，歎著氣的……都是格外的親切。

真想亮開嗓子喊幾聲，可這是靜夜深深。只能喝酒，再抽幾支煙了。

往日是山中的霧，水底的月，天上的星，於我是可望而不可及，可感而不可觸。

世間沒有回頭路，我無法再一次擁有那逝去的一切。

而我可以回憶，在這靜靜的夜裏，與過去對話。我不由得喜歡了這孤獨的夜了。而且只有在夜裏，才覺得自己豐富而溫柔。

夜是心靈的別墅，在這裏我可以無擾地觀賞過去的風景。

幸福也罷，痛苦也罷，回憶起來，都有一份溫情，由此我又不由得感謝那些給我記憶的過去——那些人，那些事，那些愛，那些恨，那些歡，那些泣……

我也知道，過了回憶的今夜，我仍要繼續明天的日子，這是生之本能，同樣是由不得自己的，除非不再有明天。

昨天或此時已不再，所以我要靜靜地面對現在，面對未來。

可是，現在就讓我一個人擁有自己，擁有夜，擁有過去吧。哪怕僅僅是在回憶裏，在微醺的酒中，在纏繞的煙霧裏。（19××＋6年2月）

只有和依依的友誼始終是我記憶中最溫暖的事情，所以我無論在那都要向依依傾吐自己的內心——

依依：

好長時間都沒有音訊，但我們彼此並沒有相互忘記。

我在這裏什麼都停止不前，而且總是重複錯誤。這是我自己的脾氣與性格的原因。你是知道的，過於敏感與憂鬱，總是使我一次次地放棄一些新的愛，新的憧憬。

前幾年的那一份情感，是深沉而熱烈的，可能是因為傷害之深，記憶太深，我一直無法忘掉。

也許以前燃燒得太快，太烈了，現在只是平靜，一味地麻木。這種境況很可怕。因為沒有激情與愛的生活，當然是無味的，僵死的。

總是想，奔波在這世上，卻不知到底是為什麼。對一切憂心重重，對未來也一無所知。

曾經對未來有過設想，野心，而站在現實面前，卻不知從何處翻越。很多事不盡人意又無能為力。

依依，我能理解你事業上的阻力與愛情上的困惑。有些事情不是我們想像的那般美好，但既然選定了一條路，那就走下去吧。不管結果如何，認真地把握好每一個過程。依依，你比我堅

強，有耐心，有主見，在事業上會有一番成就的。我們倆就看你的了。我自己的這條路徬徨不定，無力濟天下，就好好地修身養性吧！

關於被愛與愛，前者幸福得多。雖然有些自私，但實際上是這樣的。

女人的軸心總是家，可家卻是一個遙遠的地方。你以前說愛情一旦以家的形式固定下來，就會失去它自身的美麗與神秘的光環，搞不好，會出現危機。而我始終以為雙方如果彼此欣賞，彼此吸引，就應該細心地築自己的愛巢，生活即便很平凡，應該也有一種平靜的幸福感吧？你說呢？

不知你現在的變化，所以沒法說得太多。祝你不斷進步。希望不斷看到你的新書。（19××＋6年4月8日）

依依：

好想你！

收到信很久了，一直都沒有回。一直想寫信的。可每次提起筆來，又放下筆。不是因為忙，也不是因為陌生，而是因為遠離。我多麼想念我們從前在一起的促膝相談、相擁而眠的日子。好希望我們能再一次同學，再過一些以前的歲月。而時光不再。一切都成為回憶。現在的日子我們遠離著，難得相見。

我遠離了過去所有的朋友與愛。我現在的生活過得沒什麼感覺。

因為越來越麻木，也因為現在環境的世俗與我自己的平靜，我一直沒有一個以心相托的朋友。你和我的友誼，在我的生活中是愛情也無法比擬的。我回憶愛情有的只是淡漠與平靜，而回憶你我之間的日子，卻有好多溫馨的記憶。然而，因為時空之隔，

這些回憶也不免辛酸。所以，想起你來，我又幸福，又振奮，又孤獨，又傷感。

知道你總是快樂的，總是比我聰明，比我樂觀，所以我不忍以自己這些無奈傷感的情緒感染你。這是我一直都沒有給你寫信的原因。甚至聽說你的一些得獎、出書等喜事，我都沒有給你寄出心中的祝福。想你能理解我，也能原諒我。

在愛情裏我已經摔碎了我自己親手塑起的偶像。現在因為心境與對過去愛的留戀，我一直不願再走進新的愛中，更不敢走進婚姻裏。

好羨慕你，你總是能把握自己的情感，使自己立於不受傷或少受傷的境地。這是你在情感生活中的天分。這是我一輩子都學不來的。

想你的日子，我又幸福，又振奮，又孤獨，又傷感。

現在我已淚流滿面。

知道過去的日子再也不會回來了，但請相信我們的靈魂如初。

永遠祝福你的白玉（19××＋7年12月9日）

4

儘管白玉和我的通話通信中不再談過去情感生活中的男主角，可她的日記卻從沒有忘記。即使是訣別的文字也是無限的眷念。

在白玉的第8本日記裏我看到這樣一封信，那當然是一封寫給天宇的信。

天宇：

　　一別幾年了。好久沒有消息。有時候想起你來，還覺得有些話語。

　　不知你怎樣？

　　我變了許多。少了些天真與幼稚，多了一點成熟與世故。更多的是冷靜。

　　與你的一段愛情，教會了我許多。包括被愛與陶醉。原先是不顧一切地愛。現在是平平靜靜地接受愛。雖沒有以前那些不著言語的激情與愛，卻也有一種靜靜的幸福。

　　現在看以前的日記，想起從前的信箋，那時的自己好陌生。那些熱情的出自內心的話語永遠留在過去。現在我有的只是微笑而沒有言語。

　　至於環境是永久的厭倦，無感。所以有些無奈。不過這一切被一種靜靜的幸福所圍繞。所以也還滿足。

　　現在我是俗而又俗的女人。

　　只是心中的祝福還在。

（19××＋9年11月7日）

　　這封信中，白玉的心態比以前平和多了。

　　時間是醫治傷口的良藥。當然還有煙和酒。雖然傷口還隱隱作痛，但畢竟已經癒合了。白玉淚水淅瀝的愛情天空也已開始轉晴。但這一情形的轉變，更重要的是歸功於另一個人的出現。這個人既不寫詩，也不作畫，只默默地坐在白玉的身邊，安靜的笑臉像一縷溫暖的陽光照拂著白玉，令白玉一天一天從過去迷惑中甦醒過來。

　　於是，我看到樸純樹這個名字頻繁地出現在她的日記中，出現在她日記中最溫暖與甜蜜的句子裏。

純樹，樸純樹，我發現我開始愛你這個小男孩，這個小我三歲的男孩了。

我以為我不會再愛了，再也不會愛了。可是每次看見你對我笑，那樣一種久違的安靜的味道，陽光的味道，讓我心動。

你說你愛我。我以為是不可能的。可是我的心卻是這樣地陶醉。

是溫暖的陽光把我從雨幕中，煙霧裏拽出來了。

純樹給了我從沒有過的幸福與甜蜜。我一天天地，一天天地，醉心於純樹的愛裏。這把我從痛苦情感世界中拯救出來的愛啊，我的至寶，你僅僅只用半年的時間，就把我8年的痛苦變成了遙遠的前世。現在是一個今生，你的愛給我換來的今生。脫胎換骨的今生。

我知道純樹不寫詩，也不畫畫。但他懂得欣賞，謙遜地欣賞。尤其是他懂得欣賞白玉，不僅把她當作一首詩，還當作一幅畫那樣欣賞。我在白玉的日記裏看到純樹抄錄的詩。那是法國詩人果爾蒙的詩《髮》（選自湖南人民出版社1983年版的《戴望舒譯詩集》）。純樹巧妙地把詩中的「西茉納」置換成了「白玉」。

白玉（西茉納），有個大神秘
在你頭髮的林裏。

你吐著乾蒭的香味，你吐著野獸
睡過的石頭的香味；
你吐著熟皮的香味，你吐著剛簸過的
小麥的香味；
你吐著木材的香味，你吐著早晨送來的
麵包的香味；

你吐著沿荒垣

開著的花的香味；

你吐著黑莓的香味，你吐著被雨洗過後

長春藤的香味；

你吐著黃昏間割下的

燈心草和薇蕨的香味；

你吐著冬青的香味，你吐著蘚苔的香味，

你吐著在籬陰結了種子的

衰黃的野草的香味；

你吐著蕁麻如金雀花的香味，

你吐著首蓿的香味，你吐著牛乳的香味；

你吐著茴香的香味；

你吐著胡桃的香味，你吐著熟透而採下的

果子的香味；

你吐著花繁葉滿時的

柳樹和菩提樹的香味；

你吐著蜜的香味，你吐著徘徊在牧場中的

生命的香味；

你吐著泥土和河的香味；

你吐著愛的香味，你吐著火的香味。

白玉（西茉納），有個大神秘

在你頭髮的林裏。

　　對於白玉的長髮，周天宇也是有過讚譽的，我記得最清楚是的那句
──你黑風暴般的長髮席捲我。

當時白玉把這句詩轉述給我聽時，我被這句詩的氣勢震憾了。我想白玉愛周天宇的，也許就是這種席捲與席捲的氣勢。可後來這氣勢已蕩然無存了。風暴只成為鋒利的石塊，割傷了彼此的心。

後來在平靜下來的時間裏，這風暴成為越來越安靜的植物。

這樣，在新來的愛中，這標誌性的黑髮，不再是風暴，而成了有香味的植物。這植物不能被瘋狂地席捲，只能被溫柔地撫摸。

同樣是純樹的筆跡。這次不再是轉述他人的詩，而有他自己的觀點——

愛就是做一條魚，是一位詩人的話。但你不要相信詩人的話。詩人的話不是說給自己聽，就是說給詩聽的，或是說給繆斯聽的。它絕不是對一個具體的對象而言的。他愛你，也是因為他愛詩，而把你當成了一首詩，或是像一位英國詩人寫的那樣：「我用鮮美的肉體／和傷人的牙齒／做成玫瑰花」。所以這樣的玫瑰花再美，你也不能接受。因為那是用鮮美的肉體做的。你得用鮮美的肉體去餵養；用傷人的牙齒做的，你得用痛齒去咀嚼。這不是一個要求幸福的人所能承受的。所以我們不要去愛一個詩人。最好離詩人遠遠的。

可白玉在接下來的文字中反問自己：「我愛的是詩人嗎？多年來，我堅持不懈地用我痛苦的愛情，哺育一個天才的靈魂。可最後這個天才卻變成了一個庸才。」

「我失望的不是天才變成了庸才，我失望的是我自己沒有能力。我高估了自己的愛。我無數次的奔波與守望竟抵不上一次肉體無意的碰撞——靈魂之愛抵不上肉體之愛，精神之愛抵不上世俗之愛。」

「在煙霧之中，在酒醉之後，我決計拋掉這個前生。用新生的模樣迎接來世。」

大概白玉終究還是知道了周天宇與張娃有孩子的事情了，所以她的日記裏才會有「靈魂之愛抵不上肉體之愛，精神之愛抵不上世俗之

愛」的句子。

無論如何，白玉已經能正常地愛了，像從沒有愛過一樣愛純樹。不借助煙，也不借助酒，只是愛。這是幸福的。

這幸福不用文字鋪成。只是身邊的呼吸，臉上的微笑……一切都是那麼安靜與真實，這令白玉覺得溫暖與踏實。

我在白玉的第10、11本日記裏，看到了白玉與純樹的甜蜜的愛情。

還有他們的新婚之夜。

他的手指在我的皮膚上順著細小的紋路前移，既像小心翼翼的探尋，又像輕風拂水般的蕩漾。他醉心於這樣的遊移，這使皮膚發癢、血液賁張。體內迅速掀起一股股風暴。我們在風暴之中成為漩渦，不停地旋轉。

他說我給他的感覺，是那種早晨的天空的感覺，既清新又朦朧，既曖昧又純潔無瑕，帶著夜的味道，又有被晨霧洗過的宿醉與煙草的氣味，還有神一般易逝的笑容和高傲的眼神……

我願意一直在這樣的甜蜜與美好中，被讚美，被愛撫；願意沉醉在這樣的幸福中，為這幸福生個孩子。

新婚後的白玉不止一次地在電話裏對我說：「依依啊，別害怕婚姻喲！結婚是非常幸福的一件事情。因為這意味著有個你愛的人時時刻刻真真切切地疼愛著你……祝福我吧，我和純樹已打算要個孩子了。」

說實話，白玉結婚後，我才真正對她放心了。此前，我一直認為白玉並沒有從與周天宇的感情中恢復過來。她一直在無望的執著中不願自拔。直到純樹的愛真正地打動了她，她也真正地愛上純樹之後。這當然是值得慶祝的事情。所以，當我一收到白玉和純樹結婚的請柬，我就訂

飛機票飛海南了。祝福白玉是當然的。我還想親眼看看那個征服了白玉的純樹到底是個什麼人物？

白玉當然知道我的想法，所以一見我，就說：「純樹既是一個小我幾歲的弟弟，又是一個非常會疼我的愛人。」

純樹在一旁微笑地看著我，說：「依依姐，白玉常常提到你！」

純樹給我的第一印象溫暖透明，像雨後的陽光，新鮮而舒適。我突然覺得周天宇相比於純樹，更像是一個漫長的雨季。在白玉這裏雨季是屬於陰鬱詩人的，而陽光則是屬於健康愛人的。

白玉曾經痛苦的心已經被純樹的愛和幸福完全充滿。

5

白玉咳嗽了兩個月都沒有好。她以為是感冒，沒有重視。只想體檢後，選個時段懷孕。可是檢查肺，說有問題，而且還是絕症。她和純樹自然是不相信的，專門請了假到北京一家醫院去複查，最後的結果還是肺癌。

白玉和純樹還是不相信。可是白玉的病情一日一日地加劇。他們不得不信了。於是求醫，入院，化療……不到一年的時間，任何醫術也挽救不了白玉年輕的生命。

「我這一生，雖然短暫，但並沒有白過。我真切而熱烈地愛過，如今仍然真切而熱烈地愛著。就要永別了，我恨不能跟他（她）們所有的人都打一遍電話，不為別的，只想聽聽他（她）們的聲音。因為我愛過你們，愛過你們，連惋惜與宿醉都愛……」

「純樹啊，我最親的愛，我還沒有好好地愛你，好好地報答你的愛，就要走了。我欠你的，今生欠你的，來世再還。」

這是白玉寫在第12本日記裏的一句話，看到這裏時，我已是淚流滿面。

還有白玉寫在日記最後的一段文字，深深地紮痛了我的心——

依依，替我去愛以前和以後的時光吧。如果不能用你的身體，就用你的靈魂。就像我們多年前做的那樣。我就要走了，再也不能想從前，再也不能想他了，我多想再看一眼啊！不為別的，只為了把這一眼作為我的前世。今生我是另一個人的，還有來世都是。這一切不僅僅是為了報答，更是我不由自主的母性。

別了，依依！別了，我的愛。這一生我用心地愛了，專心地愛了，我已經知足了。

現在，我把我年輕的容顏還給你們的記憶，連同煙，和酒。你知道這一切開始並不是我的至愛。後來因為它是我的愛與憂傷居住的房子，因此也成為了至愛的一部分。我長年累月地在這間房子裏被它們泡著。因而它們收容了我的眼淚，撫摸了我的頭髮，像憂傷一樣一直把我陪伴。

為我祝福吧！儘管死亡就要用它黑色的光收去我的眼淚與一切，但我是在愛中。

在愛中，這有多好！

是的，白玉是在愛中，一直都在。

在這部長篇完稿的前幾天，我到北京參加一個文學研討會。開幕式上我竟然見到了周天宇。才知道周天宇是北京有名的房地產商。這次的研討會就是他贊助的。

開幕式完後，周天宇很自然地找我聊天，還問起白玉。他說：「一年前聽說她結婚了。她還好嗎？」

我沉默了良久，才說：「她還好吧？你還關心她嗎？」

周天宇鄭重地說：「我一直都關心。」

看來，周天宇還不知道白玉已經去逝了。我本來不想把白玉的去逝告訴周天宇的，但想到我的這部長篇引用了他寫給白玉的一些信件，事必要爭取他的授權。也想到白玉最後一本日記裏的最後一段話，我就把白玉去逝的消息對周天宇說了。

顯然，周天宇相當驚訝，半天都說不出話來。只是默默地垂淚。

「她那麼年輕，怎麼會得這樣的病？」好久，他不相信似地自言自語。

「多年的痛苦與積鬱，多年的煙霧與宿醉……這主要是因為你的愛對她的傷害。」或許是我太憤怒了，竟然口不擇言地把心中的想法說出來了。

周天宇怔怔地看著我，目光非常的冰冷與陌生。良久才說：「我一直是愛她的。那年從海南回來後，我輾轉深圳，後來到了北京。幾年前，我的事業有些成就的時候，我去海南找她。可我聽說她已經有了男友，而且感情很好。我就退縮了。因為我知道我們的愛情讓她曾經很痛苦，我現在所謂的成就也並非她當初的期望。我在她的面前仍然是自卑的，所以，我只能退縮。我從來就沒有忘記過她，而且還一直愛著。所以這些年來，我一直沒有愛上別的女人，也沒有結婚。」

我問他怎麼沒有娶張娃？

周天宇說：「我沒有和她結婚。她後來嫁人了。孩子跟我。」

從北京回來後，我在想，這部長篇終於可以結尾了。因為周天宇都出現了，白玉的故事當然講完了。邂逅周天宇當然是意料之外的事情，但卻是不得不交代的結局。

因為這結局正好說明了白玉是在愛中，一直都在愛中。

雖然她死了，但是她在愛中。

別的人和事，或許是不重要的。

依依也不重要。儘管她的電話都快被宋益明打爆了，也儘管她的郵箱與個人網頁在十天之內被加拿大回來的李喻中的信件塞滿了。

沒有比愛更重要的了。唯願所有幸福或痛苦的人，活著或死去的人，都在愛中。

在愛中永生。

在愛中永生──阿毛長篇小說

後記

得知她的情況，是在她死後，半年。這很殘酷。也讓人感懷萬千。

一個不到而立的女孩——剛剛成為女人，就死了。這很殘酷，也讓人無法接受。

從此她在我的記憶裏無法消失了。因為她的死，我強烈地記起了她的生，她的活，她的愛與所有。

如果不是死於韶華，也許我們不會憐惜她，記起她，甚至會忘掉她的姓名、容貌，忘記她和我在一起的日子——她的白皙的臉龐和漆黑的長髮給予我的一切。

她永遠走在我的前面，連死都是。我覺得她就是在用她的方式讓一些愛過她的人記住她。她成功了。她活在記憶的愛中，活在永遠不能再給出的愛中。

就是這樣，一個小女子死了，但她活著。她活在愛中。

她在愛中永生。

我寫下這個名字——白玉，我看到黑髮、長睫毛、潔白的臉頰、深陷的雙眼、尖尖的鼻樑、紅潤而性感的雙唇，聞到一種奇特的香味——由煙的氣味、酒的氣味、洗髮香波和香水的氣味，混合而成。間或有一種鹹澀的體味飄移其中。

我看見那麼多的煙霧嫋娜而上。腦子會猛然出現另一個景象：煙波浩緲。隨後一個詞在我的筆下誕生：微熏的憂鬱。

然後，我漸漸沉迷，連文字也產生昏旋。這感覺就像是一種慢性中毒。

　　這毒性由尼古丁、酒精構成，由憂鬱構成。

　　尼古丁、酒精是有毒的。

　　憂鬱是有毒的。

　　用有毒的東西治癒愛情，因而愛情也是有毒的。

　　我們不知所措，只能用歌聲，舞步，日記，衣服的樣式、顏色，眼影和口紅⋯⋯去治癒憂鬱。還用書。

　　我以為時光的夜色已洗盡了我們體內的憂鬱。可是沒有。我寫很多書，我到處走動，卻依然被憂鬱浸嚙。

　　毒已經很深了。我們首先看到的是昏旋，然後不能避免地看到了死亡。

　　可即使是死亡，也沒能阻止我聞到她的靈魂的味道。這種味道一直飄動在那些纏繞她的雜蕪的味道之上。那麼多的煙味、酒味也薰染不了，它高高在上。

　　所以我說：被擊垮的僅僅是她的身體，成就的卻是永不逝去的靈魂。

　　而我是多麼愛她，愛她的頭髮，睫毛，鼻樑，嘴唇，牙齒，耳垂；她的手和腳，她的衣服的顏色和鞋子的樣式⋯⋯那些速朽的，被她棄在時光的塵土裏。只讓靈魂前進。

　　我一天也不能停止對她的懷念，所以在寫了那首《我們不能靠愛情活著》的詩後，還寫了這部《在愛中永生》的長篇。我知道在這樣一個日漸缺乏激情的時代，寫愛情是一件吃力不討好的事情。現在的愛情早已是一個似是而非的東西，是一個我們再熟悉不過的地方。但我不想在陌生的地方發現新東西，因為這太簡單了，我就是要在似是而非的地方，在再熟悉不過的地方發現新東西。在一個愛裏發現永恆，在一張面

孔上發現新的笑容。當然這是難的。但是不難的事是沒有意義的。

我知道，一個急功近利的時代，做吃力不討好的事和寫似是而非的東西，對一個講究藝術品位的寫作者來說是一件相當冒險的事。實際上我用自己的筆鋒刺激人們日益麻木的神經，就是在做一次沒有歸途的旅行，就是在匆忙繁雜的人群中作無意義的尖叫。我不能對我碰到的偷竊視若無睹，如果我不能鉗制，但我一定要叫。也就是說，我一定要做一個勇者，哪怕面對的是鋒利的匕首。在這樣的時代，智者遍地都是，可是勇者卻太少。

我一定要這樣做，或者碰得頭破血流，或者面對的是沒有回聲的風。我會覺得有意義而倍感欣慰。因為我的良心與責任感時時告訴我──一個作家就是要去尋找一些日漸丟失的東西，在尋找中發現新的東西遠比在虛無中尋找更重要。

愛情也在成為我們日漸丟失的東西，成為一個我們似乎去過的地方，一個去過卻永遠找不回來的地方。

我，和我的文字，一直在途中。

在途中，是在愛中嗎？

是的，我是在愛中。你看我如此疼痛。我就是在愛中。可如果不是在愛中，我會更加疼痛。

我的文字也在愛中。她說：一個天空的疼痛，是為了找到一片雲；一片雲的疼痛，是為了找到一陣雨水；一陣雨水的疼痛，是為了找到一些淚水；一些淚水的疼痛，是為了找到一張臉龐。

而我永遠都撫摸不到你的臉，你的手，和頭髮，還有淚眼中的煙霧……我永遠都撫摸不到了。

我只能帶著一隻漂泊的旅行箱與幾本流淚的日記，在你無力走過的地方，用文字抵達。

後　記

我的心溫柔地藏著的秘密，不只一次要大聲地喊出他的名字，但還是悄悄地藏在文字的花心裏。讓他同我們的過去、我們的青春一起沉睡，直到死亡降臨。

　　是的，死亡降臨，而愛仍在呼吸。

　　在此，讓我們的青春、我們的愛情感謝這本書裏的每一個字，因為這些字成了那些親愛的身體和靈魂居住的房子。

　　所以，讀者朋友，如果你和我一樣有過青春、有過愛情，你一定會停留在一些心愛的段落裏，因為那即便不是你的溫馨小屋，也一定是你恍恍惚惚的前世，和至親至愛的今生。

　　我相信。

　　　　（此文初稿於黃陂木蘭湖、武昌東湖，終稿於武昌街道口）

在愛中永生——阿毛長篇小說

釀文學39　PG0645

在愛中永生
——阿毛長篇小説

作　　者	阿　毛
主　　編	蔡登山
責任編輯	林千惠
圖文排版	蔡瑋中
封面設計	陳佩蓉

出版策劃	釀出版
製作發行	秀威資訊科技股份有限公司
	114 台北市內湖區瑞光路76巷65號1樓
	電話：+886-2-2796-3638　傳真：+886-2-2796-1377
	服務信箱：service@showwe.com.tw
	http://www.showwe.com.tw
郵政劃撥	19563868　戶名：秀威資訊科技股份有限公司
展售門市	國家書店【松江門市】
	104 台北市中山區松江路209號1樓
	電話：+886-2-2518-0207　傳真：+886-2-2518-0778
網路訂購	秀威網路書店：http://www.bodbooks.com.tw
	國家網路書店：http://www.govbooks.com.tw
法律顧問	毛國樑　律師
總 經 銷	聯合發行股份有限公司
	231新北市新店區寶橋路235巷6弄6號4F
	電話：+886-2-2917-8022　傳真：+886-2-2915-6275

出版日期	2011年11月　BOD一版
定　　價	290元

國家圖書館出版品預行編目

在愛中永生：阿毛長篇小説 / 阿毛著. -- 一版. -- 臺北
市：釀出版, 2011.11
　　面；　公分. -- （語言文學類；PG0645）
BOD版
ISBN　978-986-6095-51-1（平裝）

857.7　　　　　　　　　　　　　　100018181

讀者回函卡

感謝您購買本書，為提升服務品質，請填妥以下資料，將讀者回函卡直接寄回或傳真本公司，收到您的寶貴意見後，我們會收藏記錄及檢討，謝謝！
如您需要了解本公司最新出版書目、購書優惠或企劃活動，歡迎您上網查詢或下載相關資料：http:// www.showwe.com.tw

您購買的書名：＿＿＿＿＿＿＿＿＿＿＿＿＿＿＿＿＿＿＿＿＿＿＿＿＿＿＿

出生日期：＿＿＿＿＿年＿＿＿＿＿月＿＿＿＿＿日

學歷：□高中 (含) 以下　　□大專　　□研究所 (含) 以上

職業：□製造業　□金融業　□資訊業　□軍警　□傳播業　□自由業
　　　□服務業　□公務員　□教職　　□學生　□家管　　□其它＿＿＿

購書地點：□網路書店　□實體書店　□書展　□郵購　□贈閱　□其他

您從何得知本書的消息？

　　□網路書店　□實體書店　□網路搜尋　□電子報　□書訊　□雜誌

　　□傳播媒體　□親友推薦　□網站推薦　□部落格　□其他＿＿＿＿＿

您對本書的評價：(請填代號　1.非常滿意　2.滿意　3.尚可　4.再改進)

　　封面設計＿＿＿　版面編排＿＿＿　內容＿＿＿　文／譯筆＿＿＿　價格＿＿＿

讀完書後您覺得：

　　□很有收穫　□有收穫　□收穫不多　□沒收穫

對我們的建議：＿＿＿＿＿＿＿＿＿＿＿＿＿＿＿＿＿＿＿＿＿＿＿＿＿＿＿

＿＿＿＿＿＿＿＿＿＿＿＿＿＿＿＿＿＿＿＿＿＿＿＿＿＿＿＿＿＿＿＿＿＿

＿＿＿＿＿＿＿＿＿＿＿＿＿＿＿＿＿＿＿＿＿＿＿＿＿＿＿＿＿＿＿＿＿＿

＿＿＿＿＿＿＿＿＿＿＿＿＿＿＿＿＿＿＿＿＿＿＿＿＿＿＿＿＿＿＿＿＿＿

11466
台北市內湖區瑞光路 76 巷 65 號 1 樓

秀威資訊科技股份有限公司 收

BOD 數位出版事業部

....

（請沿線對折寄回，謝謝！）

姓　　名：＿＿＿＿＿＿＿＿　年齡：＿＿＿＿　性別：□女　□男

郵遞區號：□□□□□

地　　址：＿＿＿＿＿＿＿＿＿＿＿＿＿＿＿＿＿＿＿＿＿＿

聯絡電話：(日) ＿＿＿＿＿＿＿＿　(夜) ＿＿＿＿＿＿＿＿

E-mail：＿＿＿＿＿＿＿＿＿＿＿＿＿＿＿＿＿＿＿＿＿＿